林谷芳作品·文化

又·十年去来
一个台湾文化人眼中的大陆
（2003—2016）

林谷芳
孙小宁
著

商务印书馆
The Commercial Press

2017年·北京

图书在版编目(CIP)数据

又·十年去来:一个台湾文化人眼中的大陆:2003—2016/林谷芳,孙小宁著.—北京:商务印书馆,2017
(林谷芳作品·文化)
ISBN 978-7-100-14071-3

Ⅰ.①又… Ⅱ.①林…②孙… Ⅲ.①散文集—中国—当代 Ⅳ.①I267

中国版本图书馆CIP数据核字(2017)第136904号

权利保留,侵权必究。

又·十年去来
一个台湾文化人眼中的大陆(2003—2016)
林谷芳 孙小宁 著

商 务 印 书 馆 出 版
(北京王府井大街36号 邮政编码100710)
商 务 印 书 馆 发 行
北京市十月印刷有限公司印刷
ISBN 978-7-100-14071-3

2017年8月第1版 开本787×960 1/16
2017年8月北京第1次印刷 印张23
定价:60.00元

目录

第一章　又·十年去来
　　　　——缘起篇　1

第二章　人心的安顿
　　　　——不在世间的逻辑里转　21

第三章　从制度看，还是从修行看
　　　　——历史与现实层面的宗教之思　45

第四章　隐性台湾与显性台湾
　　　　——什么是让台湾美丽安宁的正能量　67

第五章　匮乏已久后的回归
　　　　——文化传统的再认识　85

第六章　苍茫不见
　　　　——信息化时代的生命空间　105

第七章　乡村的逝去与重构　131

第八章 文化产业与创意的迷思　153

第九章 当人类的行为被资讯革命改变
　　　　——纸媒消失与自媒体　181

第十章 文化主权
　　　　——当大国崛起之后　197

第十一章 多元认同与去魅
　　　　——民族融合的再认知　217

第十二章 期待当代的史诗　237

第十三章 知日
　　　　——我们怎样看邻国　257

第十四章 一元与多元
　　　　——怎样才有一元的凝聚力与多元的弹性　293

第十五章 大小之间
　　　　——心结时时有　313

第十六章 又十年去来，依旧在碰的因缘　329

后记 我还会在这片大地继续走着　林谷芳　349

　　　两个十年，作为老师的林谷芳　孙小宁　351

第一章

又·十年去来
——缘起篇

这十年间,我已从大家印象中的音乐家、文化评论者变为纯然的禅者。对过去的角色,可以说放得很彻底。在我,这是生命情性的回归——我天生就是个宗教人格者。但另一方面,这转,也是生命走到一个阶段的必然。现在,我自己既聚焦于自身生命终极安顿的问题,也就更多会去观照其他生命是否安顿。就从这基点看,和大社会还是连在一起的。

一、四百次去来，大陆已经在势头了

孙小宁（以下简称孙）：我们的《又·十年去来》，谈话又开始了。不得不对以前的缘起有个呼应。早先做《十年去来》那本访谈时，您来大陆，还是六十次，现在的次数已有四百多次。如果我们不惮于在开始就做个剧透，那么我很想知道，这四百多次的两岸往返之后，您的观察点会有哪些不同？

林谷芳（以下简称林）：以六十次的来去经验书写大陆，过去我谈得比较多的还是一般人眼中的文化观照。看到两岸异同，关怀这里的文化、社会与人，或者对一些议题做一些较全面的观察。

但以四百多次的心情来看……从外相上讲，两岸的文化发展位差何止已在急剧缩减，大陆更已在势头上了。这里因此更会映照到：这量上、势头上的猛，到底有没有真的带来质上的扎根？以前是质、量俱缺，很好对比，现在则必须更深一层看到，这里面变化的复杂，更须去观照它到底该何去何从。

再从个人方面来讲，我不只是来去的时间、次数增多，年纪还大了十岁。生命轨迹不一样，观照点肯定也不一样。就是说，我自己也有一个里外的变化。

孙：这个变化，我特别能感觉得出，因为刚刚和您做完《观照》那本书的访谈。您的所说所指越来越就是个禅者的照见,文化评论人的色彩是少了。

林: 的确,这十年间,我已经从大家印象中的音乐家、文化评论者变为纯然的禅者。对过去的角色,可以说放得很彻底。在我,这是生命情性的回归——我天生就是个宗教人格者。但另一方面,这转,也是生命走到一个阶段的必然。现在,我自己既聚焦于自身生命终极安顿的问题,也就更多会去观照其他生命是否安顿。就从这基点看,和大社会还是连在一起的。

孙: 这其实也是当下我们急需的。在这个 GDP 一直傲人增长的社会,我们却时时能感到人心的不平与不安。

林: 是啊,以前看到这种不安,大陆朋友还不假思索地把它与物质上的匮乏连在一起。虽然我总提醒大家,事情未必就是如此——20 世纪 50 年代,台湾也一穷二白,但大家穷得也很洁净。可坦白讲,我当年这样说,并不见得有说服力,因为有些人会认为我唯心嘛。他们会说,台湾是台湾,大陆是大陆,大陆曾经的物质匮乏哪是你们能想象的……

现在情况不一样了,至少在城市,大家都富起来了。我开玩笑讲,过去我认识的民乐界的朋友都比我穷,现在我则成为他们眼中的"赤贫"。然而,是不是物质方面改进了,心灵就一定会丰富?显然并不如此,人心依然惶惑。明明是比以前有了十倍百倍的拥有,为什么心灵还会不安？这时，就该检讨一下，当年的那种发展好了一切都会变好的逻辑，是不是太单纯了些。

孙：是啊，至少说明，仓廪实未必就知礼节。

林：通俗一点的说法是，物质有了，幸福指数并没增加。而现在很多人提"幸福指数"，搞不好也还是错的，因为他们还是把幸福建立在太多外缘的基础之上。

二、中国之路，里面的人会有自己的想象，但在外人看来，就是提心吊胆

孙：《十年去来》中，您曾谈到对大陆急剧变动的忧心。现在看来，这个变动，比过去还大。十几年前无法想象，中国新一代领导人会说：把权力关进制度的笼子里。十几年前同样无法想象，一个色情视频的爆出，会让一串的高官落马。现在上微博、微信，不时能看到这种爆炸性新闻。

林：在这里，我有一个外来人的提醒：中国特色社会主义，在一些外界人士看来，也许只是个说法。但我们不得不承认，中国现在的历史处境与开放态势，是没有任何经验可资借鉴的。比如我就听过外国朋

友戏谑地说，早知道中国会这样崛起，当初就不该帮中国开放。对他们来讲，中国开放当然是好事，但世界也就比以前更难预测。毕竟没有哪个大国，可以锁国这么久，且一旦开放，所选择的路竟就是从经济体制改革开始，而不是像苏联，从政治改革开始。

也就是说，它走的路非常独特。的确是摸着石头过河。里面的人，当然会对这个过程有自己的想象。但外面的人看来，却往往只有四个字：提心吊胆。因为你不晓得下一步它会怎样。

尤其在越来越全球化的今天，外面的人更经不起这样的变数。你想想，即使像希腊这样的国家，GDP只占欧洲的2%，它的经济垮了，也照样影响全世界。如果中国失控，真不知全球会怎样！

谈到中国的改革开放，以及大国崛起，单纯的"中国威胁论"，现在已不足以概括外人的感受。因为"威胁"只是说，它太强大了，会威胁到别人的生存。但还不只如此，中国其实已经是一头巨兽，一切与大家息息相关。动得好不好，人人都提心吊胆。

又因为是摸着石头过河，下一颗石子在哪里？深度多少？没有谁会知道。虽然有些人希望赶快过河，但肯定也有些人希望稳当地过，少些危险。

另外还要看到，2009年金融海啸，全世界表现最好的，是中国。大家第一次发现，当资本主义背后平衡市场的那只手失灵时，原来所谓的国家主义，竟然能在此起到相当的稳定效果。这就修正了以为完全开放的市场才是最佳经济发展模式的想象，而这想象之前却是以真理的姿态在主流世界拥有绝对话语权的。

孙：近两年，我个人特别喜欢美国学者托尼·朱特。他所写的《沉疴遍地》，是在个人主义、自由经济于全球甚嚣尘上之时，重提国家主义的重要性。比如他谈到如果一个国家的铁路、邮局等也全部市场化，会有怎样的后果。托尼·朱特已故去，但他留给当今世界的诸多反思，值得知识分子认真对待。

林：其实，国家从来都是在这里扮演重要角色的，包括美国。美国也在做自己的汇率战争，可是在意识形态的宣示上，又告诉全世界，它是完全自由的。所以，如果不是只以概念来看美国，你还是能看到许多学者所指出的，美国借着某种自由，得到了它想要的东西。

孙：但不管怎么说，新一代领导用一系列行动来反腐，还是一件令人寄予希望的事。

林：从台湾经验看，这确实是当前要务。反腐，当然应该从制度着手，但并不是有了制度就没有腐败，它也许还会被包装成另一种形式。

孙：迈尔克·桑德尔，那个在哈佛大学讲过"公正"公开课的教授，在他的《金钱不能买什么》一书中提到了市场和腐败。他说：我们时常把腐败与非法所得联系起来，然而，腐败远不只是贿赂和非法支付。腐蚀一件物品或者一种社会惯例也是在贬低它，也就是以一种较低的评价方式而不是适合它的评价方式来对待它。

林：谈这个问题，也许可以从远一点说起。许多人赞誉美国的民主制度，但现在有更多人开始注意到，这制度之所以在前期有效，是因为开国时期的一些先驱在人格、价值上有所坚持。而近期美国政治每况愈下，就因为缺少了这样的人。也就是说，人的良窳仍旧是制度优劣成败的关键。

但台湾目前却忽略了这一点，乱象就多。

三、观察中国，为什么更多去杭州，而不是去北京？

孙：翻看以前我写您的文章，有一句话是：我相信还会在北京遇到他，因为这里有他滚雪球一样增长起来的朋友。现在看来，这句话结论早了，您这十年，来北京越来越少，而去江南尤其是杭州的次数越来越多。以至于我在北京，遇到很多认识您的人，都不得不回答他们一个问题：林老师什么时候来北京？如果说地点也是观察中国社会的一个坐标，您的这个选择变化，又有什么原因？

林：这些年，确实少去北京。每次去，似乎也恨不得就把所有要办的事在几天内都办了，要不然，还真没有动力。北京总是大文章……坦白讲，北京的议论总有社科院的性质。尽管这些议题我也能用非社科院特色的语言回应，但毕竟不贴合生命情性。相对于此，我现在更加观照的却是，在一个变动的时代，个人的安顿、个人的自由在何处。

就这样，自然去北京少了。也包含你和我做《观照》那本访谈书时，我常提醒你，我其实是勉为其难的（笑）。这样的书如果放到七年前、十年前谈，我一定是多所议论的，但现在是小宁你在逼我……

孙：（笑）但逼还是逼出了能量。如果我拿那些问题去问一些纯宗教人士，都不一定有那样的好效果。

林：说实在的，宗教人士一般是回答不出来那些问题的。我毕竟是经过世间法锻炼的行者，在世出世间上较他们更能出入，对问题的观照也就更具通透性。只是在来来去去看稿时，也会想，唉！我怎么会被逼得要回答这些问题……

孙：呵呵。还是有很多朋友读后很受益，尤其是知识分子朋友。刚才您说到北京人，北京人是容易去想大问题，但同样也有除社科院议题外的个人安顿的困惑啊。从某种意义上说，北京朋友问题多，更应该救。杭州人守着这么好的山水，光这片山水就可以自我疗救了，您却常常光顾杭州，不公平哈。

林：这个问得太好了。有人问我杭州有什么，我说物阜民丰。下面呢？一样不安顿。那我到底是去结缘北京人、甘肃人，还是杭州人呢？其实，对我都是一样的。但佛法谈因缘，这里还是有对应的问题。你跟一位边区——就如西北某些穷乡僻壤——的人讲要好礼，他一句没饭吃，上不起学——尽管这些不一定跟能否好礼有绝对关系——你的理对他就讲不下去了。而北京人，你跟他谈安顿，他会说：政治改革还没到头嘛。相对的，杭州人不怎么关心这些大议题，他们的生活也比较落地，可是，却照样告诉你他不安顿。没有理由嘛！你钱也有，房也有，为什么不安顿？因为人家比你更有钱，房子比你更大？但全世界你怎么可能成为最有钱、房子最大的？这困顿，一方面是你有余力思考，一方面你其实又找不到各种社会性的遁词。看着个个都比林老师富有，却还是羡慕林老师？疑情就出来了。

孙：也就是，当杭州人发觉他们什么都有却依然无法安顿，这时最能追问到安顿的本质？

林：的确。他们看我一介布衣，却活得很安然，也就知道问题的解决并非如他们原先所想。他们看到，在台湾，认识我的富豪，其一日之所得，常就为我一生之所得，却也同样因生命安顿的问题与我结缘。于是，不只有疑情，连行动也来了。

另外，从大的文化重建来看，我常讲，文化重建要能成功，就须先成就两个效应：一是灯塔效应，一是群聚效应。灯塔效应是，你要有个亮点，大家才看得到，所谓"见贤思齐"。群聚效应则是，你不能孤芳自赏、孤军奋斗，必须同声相求、汇流成脉。如此，生命固因之更有底气，大环境的改变也就更成为可能。

孙：您是认为，从文化的灯塔效应与群聚效应上看，杭州的客观条件更成熟？这个我也同意。在北京，如果你嘴上谈安顿，会有一些学者、知识分子认为你是在寻求心灵鸡汤。他们的确觉得政治改革比较重要，社会正义比较重要。这才是大事，而安顿只是升斗小民过日子的事。更重要的是，在他们看来，大事不解决，何谈个人的安顿。

林：的确，北京是首都，氛围就是和其他城市不一样。不是大家都开玩笑说，北京的出租司机讲起天下事，语气就像国务院总理嘛。

孙：嗯。他们是侃爷，什么都能侃。其实我这十年对您有个错觉，觉得您不多到北京来，除了北京的整体气氛与您不洽，主要是北京不像杭州，山川美，人文也美。我在春天里到杭州，很深的体会是，中国文化里悠远的隐逸文化基本没有断层。正像您以前所说，水墨并不是想象，而是实然。在真切的山水里体会中国文化，就不会觉得中国文化只有儒家经世致用、铁肩担道义那一部分。所以，也许在杭州讲心灵的安顿，可以直接从文化的另一支映照出来，也就是佛家与道家意义上的安顿。

林：坦白说，世间的美其实对我已无多大吸引，但你所说的释道、生活，就说到点了。对，在这里不只有讲名教的儒家，更有它生活的底子。你没有这个底子想自己去创建，常就变得不自然。

孙：是会造出一些概念。

林：何止概念，更会出问题。

孙：无论从历史还是现实看，杭州都是一个奇迹。很多自然美景，都逃不掉各种劫运，而西湖始终还在，始终那么美。如果说人在这片山水中能找到安顿，还有一个部分是，西湖还在，大家要回还回得来。

林：杭州的历史文化跟政治的连接比较少，你改朝换代，会改个紫禁城，却不会换个西湖。杭州的历史文化，更多是跟人文的对应，和政治是比较远离的，朝代变迁没有太影响到它。应该说，你是一个中国人，就容易在这里找到心灵的放怀、归属。寄情山水，在杭州不是一句空话。

四、你永远可以有社会价值以外的安顿

孙：一个最能找到心灵放怀、归属的地方，在您的感受中，也寻不到安顿，您的观察是怎样的？

林：我在杭州时，《钱江晚报》一位女记者采访我，她最深的问题也是生命的安顿，但最后并没写出来。她说，林老师您之所以什么都能舍，是因为您什么都有了。我说，你如果看我前三十年，我什么都没有也活得很好。而也因为什么都没有还能安顿，世间人才愿意听我说说，愿意把他们的一些东西与我分享。当然这对我也是个境界考验，比如我会不会有了之后就开始异化，还是有了之后，得也如此，舍也如此，

都能够卷舒一如。她当时若有所思，但因心有疑惑，也就下不了笔。

孙：一般人会觉得，人拥有了才能放下。所以即使讲心灵安顿，也好像要在其中历尽挣扎，最后才能归于安顿。

林：你知道，我不是生来就有一些东西，也不是奋斗后把它放下的，而是从来就没有。即使现在，看来拥有许多，但对我，也仍如梦中之花，并非实有。这些年我的学生还能从我的身上得到一些依归安顿，最主要的也是看到了这样的生命境地。他们看到老师有时朗然自若，没有时也朗然自若。即使遭受不公平待遇，我想的，也总是守住道人、行者的本分。

孙：您说的有与没有，估计是指世俗意义上的金钱、地位、功名、成就之类吧。这一点我想说说我的感觉。您说世俗所说的这些您从来没有，但外人看您云淡风轻，还受人尊敬，又的确觉得您的富有比这些具体有形的还多。而且作为禅者，您的确走了一条和一般人不一样的路。比如您从没在一般意义上的职场中打拼，从没在文化部门就职。我的意思是，很多人在了解这些之后，也许会觉得，生命没有可比性。

林：生命是没有可比性，我也的确有异于一般人的生命轨迹。但这里面哪像你们想得那般云淡风轻。正因不在常轨，所受的压力其实更大，横逆更多，真要说，这些歧视、横逆就可以写上两本书，但不也就这样一路朗然走了过来。而即使不谈这背后的种种，就只这不在常轨，也可给别人以提醒，不是非怎样才能怎样的。你至少可以看到，也有像我这样的人，并不是因为有了才安顿。

　　大陆社会变动厉害，机会看来很多，某种角度是正数，但另一种角度，你的生命也就搅在里面。我们看大陆的一些社会文化论述，包括现在时兴的幸福指数，都是把个人放在社会整体脉络里来谈价值的。你会发现仍旧没能走出来，只是换个论述的形式与内容而已。而我就从宗教及道人的角度给大家来个提醒，提醒你永远可以有社会价值以外的安顿。就像我们在《观照》那本书提到的，甘地说他爱坐牢，因为坐牢时没有人打扰他，最自由。这绝对不是社科学者所能讲出的话。我不是常提"魔焰炽盛，亦可全真"这句话吗？

孙：嗯，《南方周末》记者为《观照》采访您，还用它做了访谈标题。不幸的是，现在发达的信息其实是把所有人捆在一起了，而要追寻您所说的社会价值以外的安顿越来越难，因为很多信息爆出的都是负面的事情。

林：一个社会往前走，我们当然希望它走得更好。但当无明的力量变得非常大时，我们能做什么？一个当然是尽可能促使这个社会不要朝我们担忧的方向走，另一个更重要的，我还是要提醒，你仍旧有个人的自由空间。

　　再有，即便是讲社会改造，人心还是最重要的力量。如果人心没有安顿，拥有的社会能量越大，反而越乱，因为彼此倾轧的能量更大。就像两个弱女子不和，骂骂也就算了；两个壮汉争斗，动不动就会拿大刀砍。

五、台湾作为文化实验场的意义，主要还是在隐性台湾

孙：以前您说两岸的存在有文化实验场意义。因为彼此原点既同，又相互区隔，所以有对照。但这么多年，两岸越来越资讯互通并且趋同，这个实验场意义是否还有？

林：在人心的安顿这一块，还存在。台湾儒、释、道一直没断层，长期的文化与宗教的安顿力量，尤其是后者的安顿作用，在台湾所显现的能量，目前对大陆还很有提醒作用。

正因这样，现在台湾很多方面发展都不如大陆了，但许多人还喜欢往台湾跑。

孙：是的，我同事的父母一大把年纪了，还去了一趟台湾。同事告诉我，老人家生生被台湾感动了，非常喜欢那个地方，觉得那里人情味很浓，而且很有中国传统文化的氛围。

林：许多方面，台北都不如大陆很多城市发展快，面貌新，但人在那里就是容易找到安顿。且不仅是宗教所拈提的生命最终的依归，你还能随时看到这样一种依归在现实中所起的作用，就是我常说的"一方天地"。

孙：您的《落花寻僧去》那本书中就有一篇谈到"一方天地"。

林：为什么要谈它？是说无论怎样，你都可以有自己的一方天地，无论是大是小，那块天地就是你的，你可以在此自由、安顿。如果一个人把自己的自由、安顿完全寄托于社会，那社会不能给你时怎么办？在北欧，福利那么好，为什么自杀率还那么高？这还是说，外在的环境并不能直接解决个人的问题。回到禅，慧可名满伊洛，博览群书，又通于儒老，为什么还断臂求法？都是同样的道理。

在这里，两岸之间还是能看到一定的差异。大陆比较强调追求所谓客观的成就，台湾人却总是在为自己寻找一方天地，就此安顿下来。

孙：但我所能感受到的是，这边的人看台湾，重心并不在自我生命的安顿这部分。大陆经济如此飞涨，有人甚至认为，台北怎么那么旧！而知识分子看重的其实是那种充分表达的权利。

林：但我要提醒，即使是这一部分，你们其实也只看到台湾的一面，并没有看到这方面的失序。

自由带来的失序，以及社会制度没能解决的旧问题，乃至新出现的不公平，可能不像威权社会那么赤裸，但也因较难察觉，乃更难觉醒。台湾怎么从制度上解决这些问题，现在还在继续摸索摇摆……

孙：可在我们这边的知识分子看来，这都是正常的啊。罗马不是一天建成，制度也在不断改进之中。您要说的是……

林：我要说的是，台湾如果还能像大陆朋友所感受到的那样美，那样安顿，绝对不是因为这边的人想象中的这些，而是有一个隐性台湾，默默支撑着这个社会。

孙：隐性台湾、显性台湾，也是这次我特别想与您探讨的。在《十年去来》中，我们其实已经提到一些隐性台湾的力量。当年的隐性台湾，有些已经渐渐被大陆所知。但我相信，目前还有一些隐性台湾的存在，以及它们存在的意义，还没被我们认识到。微博、微信的发达，让大陆人容易从显山显水的台湾人来认识他们代表的台湾。说来这也有误区。

林：两边社会的进程不一样，容易各取所需。

当然，得承认，台湾这个社会，已经形成一些规矩，包含内在精神或者形式要件，外人看了似乎程序已颇完善。但这些不能只从表面看，它涉及衍生的问题很多，所谓"徒法不足以自行"，人的素质，永远是其中真正的关键。

所以我一直强调，政治需要有其他方面的制衡，不是政治制度在设计上的制衡，而是政治与文化、政治与宗教、政治与道德、政治与学术等等之间的制衡。政治是众人之事，它的本质是现实的，而文化、宗教、道德、学术则是长远的，社会有这两种坐标间的平衡，才真正能称得上健全。

六、落花寻僧去，风景的变异、山河的起落还会牵挂于心吗？

孙：您说您现在已经是纯然的道人角色，我关心的是，一个道人，在这几年行走大陆，看到那些自然风景渐渐变成当地人的赚钱营生，心里会不会仍有起落？我记得在《十年去来》中，您曾经赞美过那令您感动流泪的大陆美景，而不幸的是，这些风景却在发生着各种变异……像西湖这样不被现实打扰的美景真的很少了。相信您的感觉也如此。

林：西湖是难得，其他地方可就没那么幸运。中国历朝习惯是上来就泯灭前朝记忆，所以历史都是断裂的。而在西湖，比较看不到那种政治原因导致的断裂。在中国拥有天下者，其文明的建树往往与其权力不成比例。改朝换代更带来文化的巨大断裂。礼失而求诸野。野，就有野的幸运。西湖有这样的幸运，别的地方就少。

孙：真的是，发现一个美景，就毁掉一个美景。即使是一些看起来沿着传统轨迹在走的东西，也都在变味。有一次我听您的学生讲，你们一路看徽派建筑马头墙，您一直在说，这房子改得不对劲。

林：马头墙的房子不能盖三层以上，盖两层还有美感，三层以上就比例不对了。

孙：以前您去婺源，是否还能看到比例对的？

林：传统比例都对。以前去过一个叫长滩的地方，在河的一个转角，看那些房子，时间就好像在此凝固。但这几年也变了，老房子拆去，村民迁走，破旧房子重建。重建原本也没什么，像杭州的永福寺，在江南的温润映衬中，新建几年也就像古寺一样。但这里不是，一个徽派民居，动不动就盖三层四层，马头墙看着就像碉堡一样，是拼贴，而不是一体的。

孙：细微的美感往往是建筑的精华，你得慢慢体会，重建才不会走样。现在我们做什么都粗刺刺的……

林：有一些东西在我们是日用而不自知的。当没能用心领略它美感何在时，有意接续出来的东西就常是错的。所以说，即便只谈美感，也必须唤醒人心，不是你直接去用它的符号来拼贴。

孙：说来真是悲催，大陆许多名城风景区，都被改得不像样，知识分子抗议，但当地还是按自己的步子来。你做你的劝告，他有他的诉求。

林：大陆很多地方的变化，有时真是时有运也。为什么这么说？早变了，观念没跟上；晚点变，时间又来不及了。举个例子，周庄开发早，却完蛋了。乌镇现在弄得蛮好的。你可能会问，那其他水乡会不会往后也更好？这很难讲，搞不好其他水乡想那么做，却已经被破坏得差不多了。

孙：有些地方生生就是无可奈何花落去。我在云南，看到有些傣族寨子本来好好的，但愣是被改造成所谓"民族风情园"。当地人还被允许住在那里，但怎么看都像伪民俗的一部分。相信寨子里的人对此也是无能为力的。

林：也不能全然这样认为。当地人的觉醒，一定程度会起作用。因为有些东西，你发声，别人才会知道。

也有好的例子啊，西溪湿地，原来也是要做公寓的嘛。因为有不同的声音，所以就留了下来，结果变成杭州人的骄傲。西溪湿地如果再早几年盖公寓，估计也没人反对。现在大家意识起来了，加上领导也通达，时机都对，就有了这么好的城市湿地公园。

台湾的河口也是这样，都是红树林，有丰富的河口生态。以前也有人要建公寓，那时刚有"文建会"，一年经费才两亿台币，势力弱，但是当时的"主委"、知名人类学家陈奇禄坚决反对，以他的政治能量，根本不敢想象能扭转乾坤，但结果他却赢了。

孙：唉，这个话题一说就沉重了，换一个。您的云水记行《落花寻僧去》，若是从前往后翻，非常直接的印象是，您的人生角色改变了，笔调也因此而变。如果说泸沽湖那篇还能读出一个文化人对一种文明被破坏的慨叹，后面的文章，则真是"落花寻僧去，片叶不沾身"的禅味了。

林：是如此，前面很人文，后面基本上是道人世界，是我怎么看一株枫、一座山、一个道场，怎么看时间的流逝、因缘的聚散、死生的本然，这些生命安顿的观照。也可以说，前面是社会性角色、文化人本色；到后来，就是道人的家风。

对我来讲，不管未来还能活多长，毕竟也已在人生的后半段。这后半段如果还只继续荷担外在的东西，对生命就是一种摧残。成为纯然的修行人，固是有意，更是自然。

孙：但您的角色改变，对我们是不是也意味着某种损失呢？做《观照》那些议题的讨论，您总提醒我说累，我也觉得歉歉的，因为是拿自己的困惑让您应缘。现在，我们要开始《又·十年去来》的访谈，这个虽然也和人心安顿有关，但毕竟牵扯到更多社会层面的议题，会不会再一次强您所难？但愿这是我的多虑。

林：倒还好！知识分子更多的问题是作茧自缚，常常只能当头棒喝。你问题问得多，我不免得搅在其中与你谈，所以说累。但整个文化的问题牵涉更实在的生活，谈来就比较轻松，比较情性。而与过去对照，也可趁此对自己生命的变化做个观照。

第二章

人心的安顿
—— 不在世间的逻辑里转

　　许多人问我，怎么修行？我说你得去体会"及身"这个词语。什么事物与你有切身关系？什么是自我概念的无谓延伸？你能看清楚，就有在这纷扰世间自己生命的"不动"。现在资讯发达，社会浮动，却又有更强的一元价值与从众心理，没这"不动"，你就会被信息或概念牵着鼻子走，终日惶惶。而个人若都心不得安，社会也就无尽扰攘了。

一、这个时代，人为什么集天与阿修罗特征于一身

孙：在《十年去来》中，我们头个章节谈的就是"心不得安"。如果说这四个字是那十年社会人心的写照，很多不安其实依旧在现实中延续。并且，微信、微博、手机客户端……盛行，资讯的即时性比过去大大提升。坦率讲，负能量多于正能量。要在这中间保持心灵的宁静，还真考验当代人的功力。

林：我常说现在这个时代，很像佛法所讲的天与阿修罗的时代。天在六道众生里能力最强，有一定福报，可不知因果，因此果报尽又堕轮回。果报来临时，就会有"天人五衰"的产生。而阿修罗能力与天齐，他跟天最大的不同是充满嗔怒。

孙：在《观照》一书中您也这样讲过。的确，这个时代一方面娱乐至死，另一方面，人人心中都有不平之气，借着那些自媒体宣泄出来。用一个作家微博上的话说：你看满大街的人都是一边臭美一边诉苦。

林：是啊，现在是个物质极丰富的时代，真非以往任何时代可比。年轻人之所以有月光族、啃老族现象，也正因于这个基础。享乐与欲望在这个时代得到了最大程度的肯定，有些东西被节制，也仅是因为我们行共同之生活，不得不拿法令、制度限制一下。人文主义走到极端，就是对所有存在都肯定。

孙：这大概就是天。那为什么这个时代的人同时又集天与阿修罗的特征于一身？

林：当我们把"我"扩充到极致，任何事都从"我"的角度看待时，就很容易充满嗔怒。也就是，"天地为什么不随我而转"的嗔怒。

孙：但也会有人觉得，之所以有那么多嗔怒，是因为越来越多的资讯平台，让各种表达被看到了。以往这些情绪也许就有，只是被遮蔽了。

林：尽管媒体看一个社会的开放程度，常就是看它抗议的活动多不多，但这也不必然意指抗议就存在着必然的委屈、合理的诉求。抗议当然是因自觉遭受不公，但公与不公，相当程度还有主观因素。

孙：穷困骂娘，吃肉也骂娘，没谁觉得自己很自足，是这个时代的典型特征。而且负面的情绪很容易感染人，更增加人的焦躁不安。跟有的朋友聊天，他觉得这个时代不管物质多丰富，好像都称不上是一个好时代。人的幸福感没有增加啊。

林：的确，从获得这方面讲，我们当然得到了很多物质享受，也拥有了前所未有的资讯。这使得你至少在心理层面上觉得，坐拥电脑就拥有天下，可以在虚拟世界里无限扩充自己。但从失去这方面来说，因为资讯发达，人的观照、人的价值也就在无限的网络中被稀释掉了。欲望与自我无限扩充，无以返观。在资讯的无限互动中，生命自然会出现"旅鼠现象",满是焦躁不安,甚至陷入歇斯底里的状态。

  然而,尽管这焦躁浮动是世界性的现象,是这时代的一个特征,但在大陆,情形又特别明显。所以如此,一来是因为这二十年来惊天动地的社会变化,二来也因这变化把我们的心给养大了,也就是说,将那个"我"给大大扩充了。于是你可以看到名校的教授公开宣称,若四十岁时不能赚到某种财富,就不配做他的学生。社会上竟然出现了一门"学问"叫成功学。人人想成功,而这成功又有所谓的客观标准,人人尽往窄门钻,所求未遂,自然焦躁愤懑,尽觉得这社会对不起他。而所谓成功者,挤进窄门也是费尽全力,甚至踩在别人身上才得以如此,生命也不可能从容。这种情形近十年尤甚。井喷式的经济一方面迅速造就了新贵,让人人都觉得自己也有可能,但另一方面,现实中贫富差距的拉大,则让人更无法安于现状,再加上制度的确有许多的偏失,就难免有人竟还念起过去那一穷二白、一切都被决定的日子。

二、只从外在的制度上寻求安顿,当代知识精英也会显出天与阿修罗病征……

孙:芜杂的资讯、社会的变动,的确给人不安,但正如我们在《观照》中谈到的,许多文化人,尤其是公共知识分子,虽然也对这些有反思,但其生命,也常显示出浮动与不安的一面。

林：是，知识精英反思能力较强，对生命价值的追求更注重精神的层次，而关心天下事的心量也较大，按理说应更能"不以物喜，不以己悲"才是。但正如你所说，他们多数人仍多有不安。而这种不安，直接说，其原因一个是将事情一肩挑，一个是急于寻求或到达答案之地。因此，他们做事做人，所显现的急切逼人与高调张扬，都不如历史中的人物，诸如民国"先生"那样身影从容。也因此，较诸一般人，当代知识精英常反而更有着天与阿修罗的特征，这在今天的大陆尤甚。

孙：这也是我们在《观照》中反复谈的，当代公共知识分子生命异化的问题。他们习惯借外在改变来寻找社会及自己内心安顿的解决之道。

林：是的。十年前谈大陆的很多现象与事物，整个大陆多多少少还暗存了一个期待：只要经济更好，这些状况就会改进。而现在许多公共知识分子又进一步认为，制度改好了，这些就可以有所改变。但我们在《观照》中也辨析过，世间的事，并没有那么简单。

尤其是回到人心的安顿，我们还是要看到，如果每个人都只想扩充自己的权力及意志，人与人、人与社会的冲突就必然是尖锐的。而所有的冲突，如果只想靠制度来约束，它就会变成强者的游戏，最终那个扩充的心理还是无法宣泄的。

孙：也许没看过《观照》那本书的人看到这里会有此一问：制度与强者的游戏，是必然联系吗？

林：首先，制度是什么？制度是不同利益、不同价值的竞争与妥协，最后整个社会呈现的常就是主流或诸方折冲的产物。你想在这里求得终极的安顿，基本上是走错方向了。

再者，制度有时而穷，它也因应时空必须有变化，人心在其中的"窜流"，也让制度永远有调整的空间，而这些空间往往给予强者机会。

制度当然不必然与强者游戏连在一起，但调整就必牵涉到谁更具能量。尽管强者不一定就是坏人，但我仍必须提醒，制度的建立总有强者的痕迹，就连西方原先为制衡而设计的制度也一样。

说到这里，我再拿死刑存废问题说一下吧！我最近在台湾的演讲也经常提到它。我发觉只要提到"废死"这个议题，台下的反应就格外激烈，而这反应又跟我们报纸上反对死刑的呼声恰成强烈对比。听众如此强烈的反应究竟为何？就因为他们觉得自己的意志被扭曲了。谈废不废死刑，原须先尊重绝大多数人赞成保留死刑的态度，但这些人却没能在媒体上有话语权。而可笑的是呼吁"废死"的一个重要理由，竟就是"国际潮流"，这国际潮流其实是西方主流，他们的主张常就如此直接地被以为是"真理"一般。什么是真理？是谁在定义？你看，一个诉诸所谓人道的制度改变，都有这么多"强者能量"的痕迹，那其他的呢？

再举个例子，台湾报纸上有个新闻，是动物保护组织批评我们的少数民族抓猪来祭祀这件事，他们说到动物受虐待，还哭了。但问题是，这个动物保护规定是谁定的呢？说来还是主流人群定下的，也就是我们所谓的现代人。少数民族的祭祀仪式对他们的族群认同是非常重要的，这个仪式即使要改变也得慢慢进行，而不是单靠主流社会的一个动物保护规定。你看，即便这样一个建基于共同价值的制度设计，都可能对弱势群体有某种扭曲，反而映现出不那么有共同价值的一面。所以，对制度本身，我们永远要打一个问号，持一种保留，更不用说要在其中得到生命真正的安顿。

孙：是啊。在《观照》中您也谈到，法律和制度会随新的问题改进，而问题总是不断会有，人在这个层面追求心的安顿，其实不可能，因为总会有新的问题，暴露出制度的不完美。

林：《孟子》中有句话：徒善不足以为政，徒法不足以自行。你可以从另一角度体会这句话，那就是法的本身不直接就是正义的本身，它总牵涉到人。你自己就在新闻媒体，台湾媒体因制度的改变而显得很自由，但是这改变带来了人心的安顿吗？恐怕是更多的不安。

生命有太多东西不能从外求得。我们行群体生活，消极一点的说法是我们用制度制约大家；积极一点的说法则是，我们用公民意识成就一个合理社会。但其实这公民的公，还有着一定的个人主观想象成分。而在形成制度时，也永远有强弱的拔河。

你看我们旅行界经常打出的广告：地中海八天豪奢之旅。"豪奢"这个词，在传统社会是被骂的，现在就这样张扬出来。而说来他还不犯法，甚至在资本主义逻辑里，有钱就是他有能力有办法。但是当我们的自我如此扩充，到了根本不顾及他人感受时，却又回头跟大家说，我们来共同构建一个合理公平的社会吧。这样的人如此号召，怎能让人心平气和地接受？但制度却也无法去规范大家不得用"豪奢"两字，要真规定到此,这社会就又会落入专制,反而更乱。

总之,还是老话一句,尽管制度的改变有其必需,但它与生命的安顿还是两个层面的事。

孙:其实那些能享地中海豪奢之旅的人,即使旅行一趟,也未必心灵安顿。因为他可能发现,自己是苦心经营赚来这个能享豪奢的钱,而那些富二代、官二代却坐享其成。想比较的人总是能看到自己弱势的那一面。

林:所以就人的生命安顿而言,自我谦抑很重要。人向内求,内在领域越宽广,外在的风头需要就越少,你甚至觉得它毫无意义。

孙:但当我向一个朋友做这样的表达时,他直接说我是自我麻痹。

林:这也是片面之词。因为我们以前也讲过,不是每个人都念佛,社会才会好;同样,也不是建个公民社会,社会才会好。它本来就是几个层面一起做才能趋于完善的事。何况正如我一直强调的,个人的安顿与社会的完善还是两个不同层次的事,其中不必然地相连。而你能主体掌握的,除了自己,还有谁?

禅讲,"不与万法为侣"。这是最可贵的提醒。任何事情,都有人作为主体,有操之在我的那一面。你如何能不被社会的洪流裹挟着走,跟你的内省观照有关,跟你有没有自我安顿的力量有关。

从佛家来看,生命的不安常让我执增大,但我执越大反就越不安。

你想抓住"我"以求得安，可世间是众生因缘和合而成，岂会只为你一己而转，而你既所求未遂，则又更添增不安，这是一个恶性循环。我执是根本的乱源，但制度却往往肯定我执的伸张。所以说，人心的安，永远必须来自生命主体的观照。你要待社会安，你才安，这是缘木求鱼的事。

　　许多人问我，怎么修行？我说你得去体会"及身"这个词语。什么事物与你有切身关系？什么是自我概念的无谓延伸？你能看清楚，就有在这纷扰世间自己生命的"不动"。现在资讯发达，社会浮动，却又有更强的一元价值与从众心理，没这"不动"，你就会被信息或概念牵着鼻子走，终日惶惶。而个人若都心不得安，社会也就无尽扰攘了。

三、希求复古，也是一种加法哲学，于心灵安顿无补

孙：现在大陆有一股潮流，看来是好的，就是慢慢往回找：国学热、传统热、民国热，很多人在这些里面寻找心灵的安顿。但我同时又看到了事物的另一面，那些有民国情结的人，面对现实，常常流露出更大的不满。而传统热，比如弹古琴这件事，本来是好事，但又听接触古琴的朋友说到现在古琴的昂贵……传统文化热了半天，最后也成为烧钱的事情，又扭曲了。

林：是啊！所以现在传统文化学习中出现的四个热点：弹古琴、喝普洱、听昆曲、信密宗，它们原来都具备一定的生命内涵与文化意义，却因为里面龙蛇杂处，乃至以紫夺朱，外面竟就有说这是"四大俗"的。

孙：怎么讲？

林：这种说法当然冤枉了这四样传统文化。但古琴关涉内心的修养，本来最应该跟钱隔离的。普洱关涉养生的观念，现在却只有花大钱才能做到。昆曲，原来是美学幽微细致的涵泳，更不是靠钱能买来的。密宗，是终极生命的观照与实践，更不用说要与世法有一定的区隔。而这四样现在最耗钱，也难怪有人用"俗"来形容这些现象了。

孙：好的东西落到钱字上，不免又让人窘，也让人的不安又增加了一层。

林：还是在世间逻辑里转啊。但人心安顿，说到底，是一个减法的逻辑。而这也是这些年来，我从世间的评论者，文化的研究与体践者，回归禅者本务的原因。而这次我们所谈的种种，也总得回归到这个原点，才能看到我真正的观照。

孙：先不谈这些依于钱的追逐，就谈那些认真地在国学热、民国热里寻求安顿的人吧。不知为什么他们做得那么投入与认真，外人却并不能感受到传统内在的精神。比如倡导汉服之美的那些活动，我一看到那些着汉服的，心里就打问号，这些是代表我们民族的服装吗？

林：说汉服，就可以看出我们虽有回归的热情，但对传统却又陌生得很。中国朝代历有更迭，而每一更迭，往往就抹去大量的前朝记忆，重修礼乐典章。服装，尤其正式场合的服装也如此，更何况这里还牵涉到不同民族的统治。

中国不像日本，日本基本上是单一民族，天皇"万世一系"，所以能很单纯地界定和服。在中国，你说的汉服是汉代的服饰，还是唐代、宋代的服饰？一味复古，又不真了解传统，就会惹出这样的争议。

谈中国服饰，关键不在哪个朝代的形式，而在其中的共同元素与精神。中国服饰有一些基本的形式，在这基本形式之上，你怎么做、怎么穿才是关键。如过度强调一定的形式，以形害神，就食古不化了。

孙：您的冬夏一衲，倒是令很多人羡慕。它也说不上是唐服或汉服，但就是看着很合体，很舒服。您的学生雪清的老公是太极高手，他有一次还向我打听，林老师的衣服在哪儿定做的。他说他穿的那身太极服，总是在一个场合对，另一个场合就不对。而您这一身，到哪儿都出入自如。

林：的确，重要的是穿出味道来。佛家有佛家的味道，道家有道家的味道。我的衣服，真没有遵循什么唐服、汉服来，但一看，也就是个行者，是个道人。

形式是内在精神的投射，我们现在谈自己的文化，常常就连形式都无法掌握。上次有朋友请我在他们茶道雅集上讲禅，单单他们的茶器那么贵，汉服那么贵，你真就不晓得禅怎么谈下去。禅是生命的减法，你首先要能放下，能让人家看到这原点，但现在就只有附庸，形式的本身就已背离了禅。

孙：这可能是他们想象中的传统生活，他们想在这里求个安顿。

林：但说一千道一万，如果你只是对现状不满就希求复古，这也是病急乱投医。

　　再说直接一点，大陆许多现象，现在都还陷在加法的惯性里。不只在物质追求上用加法，哲思、文化也用加法，连回归传统文化，都是一种加法，以符号做标志，拼贴堆叠。到头来，不过是以另一个迷妄取代现有的迷妄。

孙：客观说，追寻传统如果不停留在这些层次，每一次热过后，也不是沉淀不出一些很好的出版物。潜心阅读与思考，有些也能享用一生。但多数人就是一浪一浪追过去，所获得的无非是一些浮泛的名人逸事与名言警句。我自己看燕京大学学者洪业的传记，会对他一生的思想价值体系的建立感兴趣。那一代民国人物，最让人佩服的是，虽然西学顶呱呱，但骨子里仍然流淌着中国文化的基因。这让他们无论身处何时何地，何种潮流涌来，都有一个稳定的价值观，更可以看出，令他们安身立命的东西，是来自中国文化的滋养。

林：的确，无论是民国热、传统热，我们要看的都是这里面有什么东西扩充了我们的内在生命。中国文化是儒、释、道三家，在这里，儒家扩充了我们什么，道家扩充了我们什么，佛家又扩充了我们什么。

孙：这些在不同学者的论述中都能看到。但是我知道，您的说法总是跟学者不一样……

林：谈儒家的社会性，许多人会将焦点放在制度、人伦，而其实它最基底的，是扩充了我们的忠恕之心，提醒我们凡事不要只站在自我的立场，晓得"己所不欲，勿施于人"。这是最主要的。而不是现在一学儒就背个《三字经》《弟子规》，那就走远了。

儒家是要让人在人世里看到自己。而道家呢？它是让人从自然里领悟到人只是大化的一环。从表面看，人好像因此变渺小了，但接续于大化，心也就扩充了。它让你不争一时之是非，晓得起落之平常。

佛家提醒你"万法无常"，让你领悟许多烦恼都因自己执着而来。于是你不只于大化，还跟众生，乃至世出世间的一切都连在了一起。看起来你的自我似乎更小了，但心的领域却又变得更大了。

我们是该从这个角度来看传统文化的，而不是现在什么不行了，就囫囵吞枣地赶紧找传统。

孙：呵呵，走到"五四"，就已经被否定了一道。2013年的"五四"，一群知识分子重谈这个话题，用了一个很有意味的标题：倒退的"五四"。

林：所有文化都有它时代的对应性，"五四"也一样。相较于传统，"五四"的种种在时间轴上是如此短暂，你就更不能被当时的许多观念锁死。更何况，对于传统，百年间，我们也的确通过政治力量有意丢弃了相当一部分，这些都是遗憾。传统当然有它的价值，当社会面临问题时，一些有心人回头省思，来找传统，是很自然的现象。但在这里，还需要更如实地去观照，看到底是什么东西能让中国文化几千年不绝，哪些东西又能够让一个社会在目前获得稳定的力量。

孙：国学在大陆虽热，有些其实是对传统的误用。我就曾看到，一位在大陆还算有名的台湾学者，讲到学国学的次第性，学国学的不同阶段，说五十岁就该读《易经》，为什么呢？因为你那时就是领导了，需要做些决策，而《易经》有助于你做决策。底下网友的帖子就在问：啊，政策是靠《易经》制定的呀？

林：这还是在相上着力啊。许多人谈《易经》说来就是个术，还不是道……

孙：关键是他那个讲法，我五十岁了不是领导，《易经》对我就没用了吗？并且，《易经》就是要用作这个才要了解的吗？这个理由不能说服人啊。

林：很多文化学者讲传统文化有问题，问题也出在这里。讲道，不是把它放在接于自然融于大化，或生命的究竟本质与归宿的层面，而喜欢谈黄老。黄老尽管也是无为，但黄老就是要懂得变通进退，说到底，还是在世间法上转。

孙：所以就永远转不完。一切传统文化精髓，都成了世间之用。《孙子兵法》用到办公室政治，《易经》用到政策制定。听来都是和外面的世界做对应的，但说到对心灵的滋养，没有。

林：谈人心安顿，就大陆而言，最根本的还在于，缺少了一种终极价值的信仰。终极价值一定与宗教心有关，而你不得不承认，到目前这在大陆仍有极大的缺口。你追寻民国，先不说穿不穿长衫，你就是把民国的价值拿来，也只是到"以美育代宗教"的层次而已，还没能真正看到人心之幽微及生命终极的安顿之处。

四、铁三角不可缺，但少林寺已变少林市

孙：这就是您演讲时经常提到的，中国文化必须是儒、释、道三家并举，如此才是稳定的铁三角。但我觉得，您如此强调儒、释、道铁三角一样不能缺，重心还在"释"。因为前面您也说了，大陆现在缺少的是对终极价值的追寻，即宗教信仰这部分。宗教的问题我想在另外一章专门来谈，这里只涉及一些与宗教有关的社会现象。虽然很外在，但有时也会造成人心的浮动。

不同于前十年，现在我周围对佛教感兴趣并且真诚修行的人越来越多。应该说，信仰还是在慢慢起来。不幸又是，少林寺在慢慢变成如您比喻的"少林市"。而有一阵，西安兴教寺卷入"非遗"风波中，僧人修行的地方面临被拆迁的命运，仅仅因为它是后期建筑，不符合"非遗"

所说的原汁原味。只为"申遗",兴教寺从此就可能变成孤零零的三个塔,这里面也充满了世人对僧人的宗教生活的种种误解。

林：比起前面几十年,大陆佛教确实起来了,但如你所举的现象,无论是官方还是民间,乃至僧人对待自己,都还有许多让外人觉得有偏差的地方。而其原因之一在于,对儒、释、道这三家各自的角色还是认识不清。

铁三角真正的内涵是在儒家的社会性、道家的美学性、佛家的宗教性。如果用人类学的理论来对应,中国这三角就很有意思。我们看印度,印度教几乎统摄一切,是一元的。西方则由希腊哲学与基督教哲学共同托起,属于二元。但中国不是,中国人把人与人的关系交给儒家来管,人与自然的关系交由道家承担,佛家则在人与超自然的关系上显现了它的优异性。

而也就因佛家的本质在超越,所以,台湾的人间佛教虽那么兴盛,对社会的稳定虽起了那么大的作用,却也招致了一定的诟病。就因为太具人间性,与超越该有的连接也常就模糊了。

孙：在《观照》中您提到过这一点,但似乎已无可改变。

林：俗化不要紧,但它的世俗必须建立在道之上。也就是说,它与俗世的关联必须落到人与超自然关系的解决上。是终极价值的追寻,是死生来去之间自由的追问。而不是今天我拜了你,你就让我升官发财。

为什么我总说把道家弄成黄老是不好的,因为黄老(也包含《易经》）固然来自于自然之道，但多数时候大家已经把它用在了人世，用在了实用性上，到此，也就一定程度背离了自然之道。

孙：是。所以生活中看到一个人演说《易经》，一般的感觉是：江湖术士。而不会对他有格外的尊敬之心。不过，虽然中国文化是铁三角共同支撑，但是作为一个人，由于情性原因，到底还是各有侧重吧？

林：那当然。你看，南怀瑾三家都较等分量地涉及；徐复观儒家的味道最重，道家次之，佛家涉及的部分就很稀微。我呢？禅家的性格极强，对道家亲切，儒家就远了。但虽说是三角，并不是彼此就割裂隔绝，这三家本身也是相互涵摄的。佛家会谈到人间伦理，儒家也会说"逝者如斯夫，不舍昼夜"，而道家也有道教的产生。我在这里只是强调，你必须看到它们在中国文化中承担的主体角色与功能，违逆它，看不到它体现的价值，就会异化。

孙：寺庙其实是宗教生活的直接体现。但就像您在《落花寻僧去》里谈到的，一个本是达磨[1]面壁修行之地，因一部电影《少林寺》出来，人们谈的都是那里的武功何等了得。而少林寺由武功发展到少林武术学校，一系列的文化产业链风生水起，让人难免不有一问：这还是寺庙吗？

---

1 指菩提达磨，中国禅宗初祖。大陆写作"达摩"，而《景德传灯录》《指月录》《五灯会元》中皆作"达磨"。

林：是啊，如果是寺庙，我们要看的是它在修行事务上面的作为，而不是作为企业成不成功。少林寺作为佛家角色，的确存在着偏差。

孙：那兴教寺呢？我在微博上看到那里僧人的一封信，写得很中肯，呼吁不要对他们的修行生活之地做拆迁，只是不知道能不能对这件事情有所逆转。

林：兴教寺的问题根柢其实是，到底要把它当文物保护单位，还是一个修行场所。当然这两者在有些地方是可以得兼的，但如果面临取舍，其重点又在哪里？根柢还是，我们大陆一些部门，总将它当文物场所来看待。所以他们会觉得，拆除了三座主塔之外与僧人有关的建筑，并无所谓。

　　文物讲究修旧如旧，但换成宗教眼光，看法又会不同。有一年泉州妈祖像到台湾来展，台湾文化人都骂，这元代的妈祖像怎么可以修葺一新。我和一位道教研究者却持不同看法。因为这里的妈祖像是用来拜的，修葺一新恰好表示千百年信众都以她为灵验，也就是说，她在此发挥了极大的宗教功能。这是两种不同的角度，必须既分别又相互参照。

孙：每当这类信息传来，你就会觉得，好不容易信众有了皈依之所，但寺庙在世间又变得飘摇，或失真。真是很大的遗憾。

林：台湾人到黄山，就觉得自然景色很美，但缺乏了活生生的人文。

虽然你也可以说那些石壁上的题字是人文，但你要知道，那里原来是有寺院道观的。通过这些活生生的存在，你才能真正领略什么是中国文化。

而现在，道观庙宇也有问题时，你让中国人到哪里去体会中国文化的铁三角？传统不能只是个形式，不能就是穿个所谓的汉服、诵一下《三字经》，它还必须跟它后面的美学、生命以及社会关联在一起。

孙：这个我深表赞同。我2012年去日本的高野山，真是很喜欢那个地方。说来人家也是世界文化遗产。我在旅日作家朋友毛丹青的文章中读到它被认定的理由："构成纪伊山脉的文化景观的历史遗迹，在表达东亚地区的宗教的发展与交流方面是独一无二的，神社与寺院以及相关的宗教礼仪是千年日本宗教文化繁衍的凭证，以群山为背景的古典建筑表现出了独特的形式与气氛，尤其是远古森林能够如此完美地保存下来更值得特别称颂。"自然、宗教的完美结合，才是理想的道场啊。我还记得我们和其中的外国僧人聊天，问他们怎么到这儿来修行，难道不想念故乡吗？他们答：心安即故乡。我想不是一句假话。连我在那里都有安顿之感，并且觉得，那样的僧人生活很有美感。

林：高野山是我常到之地。坦白说，中国佛教的四大名山在文化、修行、自然、生活联结的一体性上都远不及它。而那份纯然沉静与神圣超越，更与两岸的道场形成巨大的反差。

五、士是通人，必须落实到生活，这和西方意义上的知识分子不一样

孙：在谈到传统文化如何能够扩充我们生命的内在这个话题时，我记得您曾谈过古代的士与现代知识分子的不同。余英时先生有一本书专门谈到士与中国文化。他很欣赏士的担当，不过在他看来，1905年科举废止以后，传统的士便为现代知识人所取代。而"社会多元化把知识人送向各行各业，除了极少数特例外，一般已很难具有'以天下为己任'的心态"。这是他做历史研究后非常专业的看法，但我感觉，您说到的士与知识分子，有些地方还没被很多人认识到。

林：中国传统的"士"，首先有一个社会性的责任与角色。但这之外，士还是通人。就这两点来说，他是不能和西方意义上的知识分子画等号的。也就是说，西方意义上的知识分子，并不等同于士，只有其中的公共知识分子，大概还能和它有重叠部分。而另一类知识分子，则是在自己的领域做本质的探索，做纯粹研究学问的学者。

虽说公共知识分子和士有重叠部分，但作为一个通人，士跟公共知识分子区别还是很大的。公共知识分子涉及事务的公共性层面，担当着社会启蒙、为社会制度的设计建言等角色。他们是把生命价值一定程度放在对所谓抽象价值的追寻上。而士，作为通人，则要有自我人格、自我生命的完成。许多谈公共事务的公共知识分子，私底下是不能被检验的，因为这个人可能道理说得好，但在相应的生命事务

上并无实践。表面上理论架构很完整，生命却是破碎的。但士的要求首先就是，你得是个通人，还得是个实践的通人。这通人，对传统文化中所说的形下训练的六艺（礼乐射御书数），形上的儒、释、道三家，都必须有所悠游。

也就是说，士，就像中国文化的人间性一样，必须落实到生活。而士的生活美学，最高境界是极高明而道中庸。但公共知识分子或西方意义上的知识分子，就没有这样的要求。

这也就是，当我们看到一个中国知识分子也像一个纯然的西方知识分子时，会有某种不适应，因为我们的文化是讲人间性、生活性、体践性的。

士，重要，但在传统文化里，很多的优秀生命并不就是士。文人与士固多所重叠，也都是通人，但他们却各自强调了不同的生命情性。士的社会性，儒家的味道很浓；文人则有更多的美学，更多的生活，更多的生命悠游与挥洒。士与佛家的距离远；文人则多与佛家往来，与禅尤其有所交涉。像韩愈，士的味道就极浓；苏东坡则是典型的文人。而除了侧重不同外，更有与士情性完全无关却无碍其动人生命风光者，比如佛道之士、潜修的行者等。现在动不动就以公共知识分子的观点看事物，并以为公民社会就是一切，不晓得公民社会在道家佛家看来也还只是以人的观点为主体建构起来的社会，有一个把人无限扩大的局限。

孙：您和他们始终有距离。

林：是啊，他们太强调公共性，而我好不容易住到山上图个清净，却

还被要求参加邻里活动。（笑）

六、有大学教育，为什么还要标举书院教育？

孙：说完士，想跟您再聊一下书院教育。因为您现在的角色，还是台北书院山长。

有人会觉得，既然现在有了大学教育，为什么还要做书院教育？而我听过您几次关于书院教育的演讲，每一次都心有戚戚。

有一段时间，大陆流行一句话：谢谢同学不杀之恩。是由复旦大学学生投毒杀人事件而起的。警方的表述是，杀人者因为宿舍琐事而投毒杀害室友。这案子想想真叫可怕，我们当年上大学，即使男朋友被室友抢了，也没有到起杀念的程度。但现在，杀人竟可以因为一个微不足道的理由。在大家看来，他们还都是未来的精英。于是不安在全社会扩散，就有了这么一句怪瘆人的玩笑语。

林：道德跟知识水平无关。时代如此，个人也如此。这是我首先要强调的。要是跟知识水平有关的话，人类越到后面，道德水平就会越高。但显然不是。

而如果一定要从这事反思今天大学教育的话，我们的教育确实存在过度的分科、过度的功利、过度的跟生命无关这些问题。

我做书院其实是应缘，真要孜孜矻矻、风尘仆仆做教育，其实与我禅家的生命情性或接引宗风有违。但虽是应缘，倒也就趁这机会将书院教育有别于目前大学教育的基点给拈提了出来。而这不同在哪里呢？用我的话说，书院所授为立命之学、经典之学、人师之学。这三点恰可补现代专业教育之不足。

孙：关于书院在当代的存在意义，2012年您在杭州万松书院正谊堂的演讲中有一个词我印象很深：山林之气。您说："中国古代官学庙学，不带有浓厚科举性质是不可能的，只好借由民间书院来体现山林之气。而书院到宋代，由于儒家兴盛，变得只讲儒家，可对中国人的生命而言，如果只有儒家社会、进取的哲学，缺乏老庄的谦冲、自然的哲学和佛教超越、空无的哲学，这个社会就会因竞争，因只做加法，变得越来越躁动不安。"书院是立命之学、经典之学与人师之学的结合，而您特别强调经师与人师之别，"经师长于一经一论，人师则更体现君子不器，是整体人格的显现"。

林：过去的私塾教育就是人师教育，它可能所教不够深，但一定会教你做人的道理，老师也一定要做给你看，这就是人师。而这里的立命是说，这样的学问是跟整体生命相关的，不是把人局限于专业。至于立命从哪里来，它强调，要从经典而来。本土化很重要，是因为有些东西如果不是从自己文化出来，那知识、信仰就和中国的生活、美感、超越扣不到一块，所学与生命无法打成一片，人就是分离的。

孙：现在岂止是所学与人打不成一片，在学校，学问很可能和人的修养无关。它变成一门技艺，是学生将来投入职场的敲门砖。

林：这就是过度分科的弊病。即使有的大学意识到这点，有个通识教育或全人教育，但你也经常能看到，它讲的艺术，也就是很浮泛的理论系统乃至表面的鉴赏。而不是像我们谈水墨般，可以直接扣到你的生命情性。所以，为什么不从书院做起呢？

孙：其实以前的大学，也有一个整体的文化氛围在那里熏陶着你。当代人特别愿意谈到西南联大。那在战乱中不断迁徙的大学，流传到今很多佳话，让你知道大学的精神是什么，为什么这样的大学有那么多大师出现，而且他们的学术路与人生路又是互相成全、不割裂的。

林：的确，现代社会分工极细，变动性极大，很容易就将学校直接变成职训所，这是局限之一。另外，因竞争激烈，又为因应社会多元，制度的设计乃愈趋复杂，愈趋零碎。而每人也一心想成为强者，汲汲营营。这些都使得学校所授所学与"生命的观照"日远。

第三章

从制度看，还是从修行看
——历史与现实层面的宗教之思

我们谈宗教时，永远不要忘记它的原点。守住这原点，宗教的身影就清晰，宗教对生命的作用，乃至在文化里、社会里担当的角色，就很清楚。无论它后来衍生多大的副作用，你也不会决然地否定它。

一、当宗教与权力、财富搅结在一起

孙：这一章我们专门来谈宗教吧。正信的宗教是让人安顿的力量。十年前，关于人为什么需要宗教，您曾做了解答，是从社会层面谈的。这两年做《观照》，更多涉及个人层面。现在这本书重提这个话题，感觉似又回到社会层面。但我这次更想将它先放到历史的一环来问一些问题。近十年，学者作家做深入的区域历史研究，著作又出了一些。读它们会有个印象，原来边疆历史发展中，政治与宗教搅得那么深。像西藏，它历史上是政教合一。而追看NHK拍的历史剧《葵：德川三代》，我也有强烈的印象，哦，原来那些日本寺院的大和尚，都是给德川这样的幕府背书的。

林：你这样想好了，宗教在日本、在中国西藏影响很深。在整个中国，儒家难道不也是影响很深。同样的情形啊。

过去，帝王时代的统治，一定是要跟超自然做连接的。只是中国恰恰是人间性的儒家文化，在此就较隐微。从这个意义讲，中国反而是特例。特例是说，从整个世界范围看，我们的政治反而并不那么直接地连接于超自然，尽管仍是"君权神授"，君主仍自称"天子"，也崇尚天，但"天"又是个很模糊的字眼，是一个"天听自我民听，天视自我民视"这样儒家的观念。

儒家谈"未知生，焉知死"，但不谈死，就不能叫宗教。不过，现在也有人主张把儒家改儒教，过去也有人提倡儒、释、道"三教一家"，从这看，你又不得不承认，它确实发挥了教的某些功能。只是，要直接谈它就是个宗教还是有问题的，因为它并没在死生这生命根柢的问题上做彻底的观照，不直接牵涉生命在此的超越。它不像禅，禅虽强调"超圣回凡"，但基本是先超越，先有超越的存在，再谈"凡圣一如"。禅并不否定超自然的存在，只是强调这终极的道必渗透于诸行之中，你修行时离不开语默动静的观照，真有所悟，也须与行住坐卧打成一片，正所谓"道在日常功用间"。

孙：也许宗教就是有和政治结合的这一面，让人容易对宗教产生更复杂的感受。我从一位藏族作家的演讲中看到一句话：一个宗教如果掌握太多的权力与财富，你让我相信它的纯粹是没办法的事。

林：绝对权力造成绝对腐化。这看法对宗教依然适用。

孙：但这的确容易让人对宗教的看法有拉扯啊。我有些朋友没去西藏时，将它想象得净土一般。但具体深入到历史，又接触了现实中不如意的法师，怀疑反而加大。

林：我们谈宗教时，永远不要忘记它的原点。无论是从文化的角度、个人的角度、族内的角度、族外的角度、信众的角度、非信众的角度，都必须观照到这个原点。

这个原点我们在许多地方都谈了，就是生命有其根柢不自主、不自由的本质，这是生命的天堑。而它又很具体地聚焦到死生上面。生，不是我们自己能决定的，但它却一定程度界定了我们的一生。死，如果就是带走一切，生命也就显得虚无。死生是生命的天堑，我们在世间生活，其实无时无刻不被它牵绊着。

孙：对，很深的不自由。

林：对这样一个原点的观照，我们过去很素朴地认为，科技的发展、科学的昌明会替代宗教解决这些问题。但事实上，过了这么多年，想起来，还是两码子事。

　　守住这原点，宗教的身影就清晰，宗教对生命的作用，乃至在文化里、社会里担当的角色，就很清楚。

　　有这一点，无论它后来衍生多大的副作用，你也不会决然地否定它。因为这原点，其实是一切的基础。

　　大陆现在很多搞文艺的人喜欢重提蔡元培先生的"以美育代宗教"，台湾有些茶人也呼应这种说法。直接讲，就是不理解宗教才会如此。没能看到宗教观照在生命存在中那最根柢也最终极的角色。

二、出世间法，又必须在世间运作，也就免不了世间人对世间人的那些事

孙："以美育代宗教"，我们在《观照》中认真辨析过。但回到今天这

个话题，我理解很多人赞成"以美育代宗教"，可能还是想规避宗教的复杂性给人带来的副作用吧。毕竟，艺术文化，离权力远一些，也单纯些。

林：当然，宗教的原点尽管如此存在，运作时却也不能不注意到，首先，它是应对世间"需要"的，而更彻底的还在，做这件事的，本身也是世间人。也就是说，宗教尽管是一个出世间法，但它又必须是在世间运作。何况这些僧人、神职人员还都不是究竟的觉者。过程中人做这些，就免不了世间人对世间人的那些事。世间的法则，也必然适用其间。为什么我一直说，绝对权力带来绝对腐化，在宗教里同样适用？是因为宗教还有更深的绝对性。相比其他，这种绝对性更为特殊。别的权力可能是由结构而来，由外力强压而来，而宗教还有内心顺服的一面，顺服一个先知、一个上师。当你从心里顺服时，就更容易产生盲点，也就让权力之人更可以操控。

孙：是啊，当看到某些人被某个"法师"骗财骗色的消息，一般人总难免摇头：怎么在这个时候连起码的常识都失去了？但有时又不得不承认，在打着宗教名义的某个特定的场，有些说法的确容易让人心生忌惮——你必须怎样怎样，口头虽说不全然相信，但就是生出挂碍。

林：这类情形最常出现在新兴宗教。新兴宗教常有典型的个人崇拜。谈先知降临，宗教领袖就直接扮演着先知。许多人把自己说得比佛陀、上帝还伟大，好像全世界人都没有发现，就他们发现了真理。信徒在这里盲信盲从，盲目崇拜，结果问题就出了一堆。

孙：那么传统宗教就不存在这个问题吗？许多人觉得，那种有着特殊修行体系的宗教，比如密教，最容易被所谓的"上师"利用来做骗子一样的行径。修行涉及这些，外人的确不好判断。

林：的确容易出现这类问题。它的好处是有一层一层的次第，因此，一个真正的上师，一定有其修行上的知见基础，必须受严格的显教与密教的教育。如此，他才能谈上师佛法僧，上师就是佛法僧的具体示现，这两者是重合的，不仅仅只是个代表而已。这一下子就将上师推到非常高的位置。而在法的修行中，它更强调师徒之间的授受，有口诀、有生命与生命之间直接乃至特殊因缘的对应。这些从法上来讲都不成问题，但问题是，这样集结下来，也就形成了一个庞大的寺院系统，如果还涉及政治权力，乃至政教合一，就会形成极大的封闭性。

举例来说，你今天想见一个法王是非常困难的，那程序有时跟见一个古代的封建君王没什么差别。而我们修行人看多了会知道，道场的佛旁边常就是一堆魔。有的魔是因佛不舍众生、无有分别而被接引的，但更多时候，是因为一个更大的系统，需要更多人才能撑起一个整体的运作，这时不及他顾，魔自己就乘虚而入。

所以，说到道场，不只是密宗道场，台湾的显教道场也经常能看到权力的痕迹。这痕迹既包含宗长本身的权力行使，也包含在下者为了获得更高的权力，来往之间，与俗人无异的许多作为。

此外，神职人员还常有信徒供养。这也使得他们即便没有那么大的直接权力,也会受到种种物质的诱惑,财啊、色啊、名啊。也因有这些便宜,冒他们名的骗子就多了起来。

但虽然有这些问题,这里还是要强调,宗教制度与宗教修行是两码子事。比较强调社会性的人习惯把宗教当社会制度来看待,然后谈他们认为的制度上的普世标准,这种说法看来合理,却有其族外的盲点。一个简单的道理:你怎么跟恋爱的人谈普世标准?他对她讲话有点儿粗野,你评论说,这里面有不平等,可那女孩子就是觉得他有男子气。两人间愿打愿挨的事,你在一旁讲,有什么用?

总之,一切都得回到宗教的原点来看待,否则对它的臧否就会片面。

三、道元空手还乡,为的是什么?

孙:现实中确实如此。说来这也会增加我们的怀疑,甚至包括对这个"上师"本身的怀疑。因为判断不出他是明察秋毫、悲悯众生呢,还是被魔骗,或者干脆就是臭味相投。宗教如果需要我们通过学习去认识,这里面可供辨析的还真多。

林:当然,这里的诱惑并不比世间少。有些宗教系统还有供养机制,异化的可能性就更高。为什么我非常强调农禅的精神或制度,非常强调禅宗那"一日不作,一日不食"的拈提?这里说的"作",不只是一般所认为的修行人的念经、打坐、做法事等等，它更直接就是日常作务。就好像你要种田，要去管一家店似的。为什么？就是要让你有一个自给营生的能力，晓得世间的资粮，都必须靠世间人己力而来。体得这，你才不致因供养而怠惰，以为理所当然而失掉感恩心。

何况，佛的戒法中就要求出家众不坐高广大床，你习于规格习于安乐，那又何必来出家呢？

孙：我个人喜欢禅宗也是因为这个。因为它总是在放、在减，没有一套复杂的体系，讲究自我承担、自觉觉他。如您常说，禅穷密富，人容易在这里面清修。

林：最近我写了《空手还乡》这篇谈日本曹洞宗开山祖希玄道元的文章。你看遣唐僧、遣宋僧对日本文化有多重要。而唐时最具代表性的人物是真言宗的空海及天台宗的最澄，除佛法外，他们还分别从中国带回了大量的文物。遣宋僧里最重要的是禅门临济宗的明菴荣西与曹洞宗的希玄道元，荣西带回了茶，但道元却"空手还乡"。他说："山僧所历丛林不多，只识得先师天童于等闲。当下认得眼横鼻直，不为人瞒，便空手还乡。"

孙：这后面的话我也喜欢："所以佛法无一毫。朝朝日东升，夜夜月西沉。鸡晓五更鸣，三年一润生。"空海、最澄是日本真言宗、天台宗的创始人。有一年我去空海的道场高野山，气场氛围好极了。但他们的修行的确复杂而神秘，法师跟我解释了半天。道元是日本禅宗曹洞宗的创始人，您怎么看他空手还乡？

林：我在这篇文章里谈到"贫道"这一称呼。贫道，贫道，它并不是如贱内、犬子般只是种谦称，是没有贫哪有道，所谓"为道日损"嘛！这个"贫"，是相对于世间的"富"，相对于世间的加法。现在大陆许多大和尚，手上的念珠价格，我要赚一辈子。这里面哪有道可言？要知道，所有的宗教面对世间基本都是减法。真要从究竟义肯定世间，要么，就是禅门的"日用是道"；要么，就从无尽缘起，从大悲，谈与世法的连接。但这都是"见山不是山"后的"见山只是山"。也就是说，一个宗教如果只讲加法，那就不是宗教，只是披着宗教外衣的世间法。而世间法，哪个帝王将相不比你讲得更好？！

　　一个行者或神职人员，他之所以愿意修行，是因为他比别人更敏感地观照到生命那根柢的不自由，尤其聚焦于死生的天堑。但宗教这个系统里，诱惑其实比外界想象得多。于是，本来是为超越生命困境、慈悲救苦而来修行的，结果却只是名闻利养。坦白讲，你还不如一般人知道苦呢！普通人有家庭之苦、职场之苦、在外求生之苦。这些你都没有，即使寺院里有地位高低，但至少基本生存还可以保障，你在这里反而更不容易观照到生命之苦，因此也就更容易异化。历史上发生在中国的"三武一宗"法难，纵然是各种因素导致，但其中，与僧家不事生产、拥有大量田产钱财有关。你用事浮华，超越一般人太多，自然引致反扑。

　　所以，我非常强调这"一日不作，一日不食"。尤其是一个寺院，你为了利乐众生，固然不一定要完全做到自给自足，但总要有一定的劳动乃至营生，要不然就不接地气。

孙：不过说到这个"作"，我想到了印度。印度的僧人不是也不做日常劳作，专门修行吗？他们连饭都是讨的呀。

林：这叫"乞士"。印度有乞士的传统，他不是在接受供养，别人拿溲水给他吃，他也是不能拒绝的。这其中修的是"忍辱"。印度僧人不吃素，因为乞士没有选择的权利。不像我们现在许多所谓的素，做出来比荤还贵、还讲究。美其名曰清净，实际也一样在追逐物欲。你追逐荤和追逐素，其追逐则一也，你追名人和追仁波切，本质还不是一样？

乞士比别人更能领略生命之苦，所以才能告诉大家离苦之道。他乞讨所得，只是作为起码的生命维持，所谓"资色身以养慧命"。这里不光是忍辱，还有随缘平等之意。另外也在直接地表明，道人不会花很多时间在世间事务，而是要付出更多的精力在修行。

孙：我们这边，经常在肯德基、麦当劳这样的地方，或者是路边道旁，冷不丁看到一位穿袈裟的人，给你出示某个寺院"证明"，接着就向你要钱。说是化缘，但你看着他的样子，就是不想给，他哪里是在清修，或者在修忍辱！

林：尤其自己还年纪轻轻的，对吧？即便在台湾，宗教已经形成良性生态，大家对出家众蛮尊敬的，但除了寺院的托钵行脚活动外，我也很少给一般托钵僧人钱。

孙：为什么呢？

林：想想，我六十几岁了，每天还在为一日三餐奔波呢！（笑）奔波而修行，你也知道我自己不接受供养，除非有特殊因缘，不然我怎么会供养个二十几岁的小伙子，只因为他剃了头穿着袈裟呢？布施本来就有财施、法施、无畏施。我常和学生说，你们从老师身上得到法与无畏，老师其实早已在布施了。这像在说玩笑话，但也真是实情。不过话说回头，这里还是要强调，不能因为宗教有这些流弊，你就否定它的作用。

孙：当然，当然。问这么多，只不过是在解答一些因宗教现象而产生的疑虑。关于宗教，还有一个看法我们特别能从少数民族作家那里感觉到。那就是，他们觉得自己所生活的地方，千百年来处于一个封闭的世界，很多人的信仰缺乏自由选择。如果和外面的世界对接上，无论怎样选择都可以，那反而是正常的。

林：这里面仍然是我常讲的，你到底是信了才了解，还是了解了才信呢？这说法仍然是世间的说法，有它一定的道理，但是，不能把它当成非此即彼的道理。

我们现在这个世界很多元，多元的意思往往也就是没有核心。现代人的选择何止是过去的多少倍，我们，尤其是做古典文化的人都有这种感觉。但，选择又为了什么，是为了选择而选择吗？不是，是为了使生命更深化。这选择并不就是价值的本身。

孙：但我们似乎常把二者看成一回事。也包括我们在《观照》中辨析的法律概念，程序正义与实质正义，究竟哪个更是根本。宗教领域本来大家就不太熟，所以，这方面的许多认知也就似是而非。批评与褒扬，都触不到实质。

林：谈实质，举个例子，你就不能只说所有的宗教都是劝人为善的，讲这句就表明你其实还没有进入宗教；就跟说所有的艺术都是带来美的一般，正表示你不懂艺术。

　　总之，在这里还需要两面观。一方面可以从外面看，知道宗教太封闭了会有流弊，许多宗教改革的确也是受外力冲击才有的。但另一方面，也不能就以信仰选择的自由直接来说一个宗教的好坏。

　　当然，这选择的自由如果是由宗教自身规定的，坦白讲，滋生的流弊就容易大。过去我提醒大家，修行时避免让自己踏入误区的几个参照点之一，就是一个道场或教派如果在教义或戒律上让你只能进不能出，你就得小心。佛教连出家都允许七出七入而不算犯戒，禅宗则根本是一个完全开放的法门，甚至说"佛之一字，吾不喜闻"，流弊就小。

　　但即便我在这完全开放的禅门，也还是那句话，我们固然要了解宗教本身在世法上的局限，但是也要知道，不能直接就以世间法去看出世间法。那样看，宗教存在的原点你就看不到了。

四、当修行在大陆变成日常用语，兼看大悲寺争议

孙：跟您探讨一下这十年的宗教现象，先从负面说，也可能是因为最近所看之书、所看之剧所引发的疑问。事实上应该说，这十年来，大陆的宗教明显比以前大有改观。尤其是近些年，常常可以看到媒体公开报道寺庙僧人的修行。甚至大陆还流行一个词：正能量。基本也把宗教看成正能量。我在微博上关注了学诚法师，他是龙泉寺的住持，时不时就以微博传播一些寺院的修行信息，回答一些博友的疑问。这也是微博上的正能量。而这个龙泉寺更特别的一点是，高学历僧人云集，但也不再有人一惊一乍，或者像以前那样不理解。佛教与世间联系多了以后，的确显现出宗教之于这个社会的正能量。

林：比起过去，当然是好太多了。虽然现在也还时不时被媒体曝出一些所谓不法僧众敛财、劫色之类的负面新闻，但渐渐也能看出，不少人在认真修行，大家也渐渐能理解，宗教对于生活、生命的意义。

宗教涉及生命的解脱，正如禅所讲，是"如人饮水，冷暖自知"。要大家更能理解宗教，肯定要经历一段过程。而尽管谈出世间，宗教也自有它世法的一面，就大来讲，世法既都是动态的，宗教就有时盛，有时衰。而就小来说，经过的人再回头看，常会说，当时怎么那么傻，就那么傻傻地投了进去？这里总有人明白，总有人不明白，所以坦白讲，也永远让那些恶徒有可乘之机。

这十年，我所感受到的"好太多"，是这么一种体会。过去我常对比说，"修行"这个词，在西方基本找不到同义词，在海外的华人世界，则是个陌生名词。而在大陆，有段时间它还是个禁忌。但在台湾，则是日常用语。而现在，"修行"在大陆，也快要变成日常用语了。至少在一些阶层，通常会有这样的话：小宁，你会这样，修行不够啦……是不是？这代表什么？代表要你从更根柢处去观照生命的一种提醒，一种返观。

孙：是，我们在《观照》里不是也提道，艺术家也常把修行挂在嘴上。演戏是一种修行，写作也是一种修行……这里，我们再回到寺院的修行，因为有些现象已经被媒体拿出来探讨。其中就包括辽宁海城的大悲寺，媒体曾报道他们，一方面是"不捉金钱，日中一食，百衲衣，四小时睡眠，行脚、乞食"；另一方面，在其十三年发展中，又因为征地问题，与当地村民有过激烈冲突。总之是在"慈悲心肠"与"雷霆手段"间行走。此外，到此修行的人还要像建筑工人一样出苦力，修行的方法还包括"燃指"什么的。这都是引发争议的地方。

林：我们得一个一个来看。第一个，征地引发冲突——如果报道确实，这里面就有一点是宗教可能的异化。它往往以自己的神圣性高于一切为依托。过去的宗教战争就是如此，而这也是小型的宗教战争。在禅，这是不允许的。禅，你可以独坐大雄峰，你可以有气概两刃相交，但是绝不能自居圣境而把自我扩大。没有人有义务去配合你自以为的修行神圣性，这一点是清清楚楚的。

尽管我个人是那么谈宗教，但对某些宗教，其中的一些说法做法我也是不赞成的。尤其是牵涉皈依本身的自主性问题。有些宗教是孩子一出生就受洗，这可以从信仰与亲情的角度正面来看待，但之后呢？这信仰的当事者就应该有选择的自由。毕竟，宗教必须让人从内心皈依，谁也不能代替别人皈依。之前我们也提到过某些单一宗教所产生的封闭性，我不赞成直接就从选择的自由来臧否它，是因这信仰的单一性并非由教义来决定。尽管如此，强调传承上的近乎绝对的神圣性，虽说有修法上的道理，但从禅的角度来讲，也还是过分了点。在这里，何止信众会惑于此神圣性，连行者也会因它而不自知地异化。

禅所以总特别警醒行者自身的局限，尤其因神圣性而致的局限。

谈神圣性，在台湾我们也常遇到，有些寺院的信众比僧人更自居神圣性。大悲寺这事到底是寺院的作为还是信众的自发行为，这里不及于事实真相，不便评论。我只能说，一个宗教不能自居神圣性，以为可以对他人做出强制的行为。

至于说信众们在寺庙里劳作，算苦力还是苦行，坦白讲这都是名相，因为你不是当事人。

孙：这怎么讲？

林：对当事人来说，有时苦力也可能就是苦行。苦行有很多方式。以前念佛，念七七四十九天不许停下，连睡觉都不许，这样把生命逼到极端，让它得以解脱。这也是方式之一种。苦不苦？也很苦。

其实，与其辨"苦行"还是"苦力"，不如观照它和道有什么关系。

在佛法，释尊也曾日食一麻一粟，六年苦行。后来发现苦行非道，为什么？这里面可探讨的就多了。苦行原来是放弃物质、放弃外在的欲望，是忍辱，是不依存于身，而让心得到更多自由。但反过来，苦行很可能又变成依存另一个权威，即你以为它可以完全救你。你做这个是为了什么，很关键。是奉献的快乐，还是希冀通过奉献得到一种福报？或者在一个很内聚性的团体，宗长让我死我就去死……这些都得很有机地去看，看它和修行的关系如何，人会不会在此异化。

孙：那如果依据上面的说法，燃指供佛对僧人来讲，就是一件无可厚非的事情了？

林：僧人燃指，跟一个艺术家刺全身挂东西，你说哪个更残酷呢？不也一样吗？我们面对燃指，会说这样不对，但对另一个，却总会说那叫发挥创意与自由意志。人呐，文学中描写为爱情粉身碎骨，我们感动掉泪，说：啊！好伟大！而为宗教粉身碎骨，又没碍到你，忽然之间怎么你就变得那么理性？这不是双重标准吗？

孙：（笑）会是这样。说到底，人还是活在世间，愿意理解、肯定世间的种种。出世间的想法与追求，有时是在生死相逼的时候才会认真对待。而对那种伤及身体的峻烈的修行法，世人理解起来就更难。这可能也跟我们中国的传统文化观念有关。中国古训讲："身体发肤，受之父母，不敢毁伤，孝之始也。"

林：燃指确实带有对身体的直接舍弃。而我们又生活在一个有儒家传统的中国，如果它只是你修行的一种资粮，而非究竟，这种较激烈的方式就应由修行者自己选择，不应该鼓励。真说到底，燃不燃指并非关键。主要还得看两点：第一是否自愿；第二则是与教理的相关。也就是，这个行为是否跟你的解脱相关？当然，每个人的情形又不同，世尊当年还舍身饲虎、割肉喂鹰呢！

不同时代不同情况，在宗教上，对一种行为我们也不能因过去有就一概而论。关键是一个人说自己燃指供佛，燃就燃了，并不就一定殊胜，也不须鼓励。真正法的殊胜，是与道的相应，是与真正解脱的相连。

孙：其实也是和前面谈的苦行一个道理。苦行并非直接走向道，燃指也是。但从公开报道出来的住持对此的解释来看，他用的语气太肯定了，所以也就难免引起反弹。

林：我七八年前在宁波的阿育王寺，就看到一僧众燃两指。他对我带去的学生都颇不客气。这当然也能理解，因为一般去那儿的多是随众而信的，僧人也因此难免我慢。但看到他的手流着血，只用手帕包着的时候，我还是从另一角度理解了他。至少那种不客气就可以理解了。对他来讲，他是用这样的生命去供佛的，你们怎么可以轻慢呢？

当然，从一个更高的层次，如果跟他熟，我会跟他讲：你要如此供养，是你的事；别人用别的方式供养，只要不直接碍着你，你又为什么要管别人，为什么要在此起心动念呢？

后来也算结了一缘。我还寄了一些书给他——在他知道我的一点背景后。

有些东西，当我们理解宗教的原点，理解行者生命自身的处境、修行的观照时，就不会单纯像那些做文化评论、社会评论的人那样，全称性地谈论这些现象了。

何况谈宗教，它哪里就只是这两个字，这里面有佛教、基督教、道教……太多了，是不是，你到底又懂了多少？

所以，除非它太越于常规，我们可以当现象来讨论，要不然，以它的个人性，行为方式可多着呢，你不从这里去看，就无法有真正的切入与对话。

孙：说来能引出这么多争论，也跟我们这个时代有关。这个时代就像我们在《禅：两刃相交》书后访谈中提到的，很多的评判都带有即时性特征。也就是一个行为还在进程里，评论、跟帖就纷纷出来了，所以往往失之客观。而且如您所说，以世间法眼光去看去评出世间法，对的不多。

林：只从信息做讨论往往当不得真。如果是真实的讨论，我想有一个基点可以在这里再强调一下。也就是对于一个寺院的行为而言，信众做，可以，但想不做时，他有没有脱离的自由。

这个是我们检验一个道场很重要的一条线。

佛教讲到出家，有个说法是："出家乃大丈夫之事，非将相所能为也。"现出家相，为天人师，但佛教出家，却可以有七次出入。为什么？这是佛法对人性的观照。一个东西再好，也不能牵绊住人家。人都有认知、心情的变化。

所以，出入是重要的考察点。我可以苦行，可以供养、拜佛，但我不想再做，觉得不契机时，离去是否自由。如果没有这种障碍，副作用就少。

如果一个道场告诉你，你们是上帝的选民，道场的秘密不能告诉别人，进去时立誓，出来时还有种种规矩，它就有问题。又规定，你必须在这儿苦行，做够多少天，少一天，福德就变祸害，那你也不要信。就像微信上常常说，如果不传这个，你就怎样。那再好的文章你都不要传。神道设教，在这儿就把你框死了。

除开这些，一切就都是个人选择。要理解这个实质，否则谈论来谈论去，仍只在空泛的事相上转。

五、终南隐士修行，为什么令人向往？

孙：在当今很有意思的是，不少寺院都成为社会话题，而且形成争议。但我注意到，终南隐士同样被关注，但是至今还没听到负面评价，反而谈起来向往的颇多。您有没有注意到这群人？

林：知道。大家不批评他们，主要是因为人家跟你无关嘛。我选择我的生活，没有影响到别人，也不让人心生忌惮，你还要怎样？说多了反而自暴其短。

其实终南隐士真正的生活怎样，大部分人都没见过，只是想象，但这想象恰好又能弥补我们现实生活的不足，所以也就向往。

坦白讲，这也是我比较喜欢的一种修行方式。我不是讲过，"禅者的存在就是宗门对众生示现的最大慈悲"吗？存在，而且不取别人一丝一毫，以这样的方式修行，最没有副作用。

孙：我觉得他们有点接近于您在《茅蓬七千》中说到的那些做茅蓬修的人。

林：是。别人知道便知道，不知道，"不患人之不己知"。修行就是个人冷暖自知的事。

孙：我们知道终南隐士，还因为美国人比尔·波特的一本书：《空谷幽兰》。作者我还曾经采访过，很有意思的美国人，精神气质也接近出家人。

有时想，如果让我选择一种修行方式，我也更倾向于终南隐士这样的。寺庙其实也是个小集体，里面同样需要很多调适。而且碰到那种一发愿就说一定要建中国最大的禅修中心的人，就像您的学生在微信上问到您的那种，我就也不太想加入其中。发这样愿的人，总让人感到执念在心。

林：个人之外，宗风会如何呈现，常也有时代因素。清末民初、

"五四"时，佛教受到那么大的排挤，加上中国文化的人间性，以及宋以来佛法渐衰的种种因素，导致现在的汉传佛教特别强调自己在人间的作用，把行善当成一种重要的修持甚至以之为核心。但这样的行善是否能取代根柢的修持呢？你还得有此一问。当年梁武帝问达磨："朕造寺写经度僧不可胜纪，有何功德？"达磨为什么回以"并无功德"？就因要在此有所提醒。所以你会看到台湾的人间佛教，僧家比俗人更忙。忙什么？忙众生之事。你当然也可以说，这也是修行啊！但我们谈佛教最直接的两句话：第一句是"诸恶莫作，众善奉行"；但第二句呢？"自净其意，是诸佛教"。没有这第二句，你做的事怎能说和世间人有不同呢？

孙：在这里，"自净其意"是关键。

林：对，缺心法的修持，没有这重要的核心，人间佛教就容易执念于世间。

这也就是我谈修行法门时，总喜从"别"入手的原因。说儒、释、道三家之别，教下与宗门之别，曹洞与临济之别。除个人宗风外，我会在此多有拈提，也希望借此能提醒有心人，我们这个时代太谈人间佛教、太谈"同"所可能产生的弊端。

孙：人间佛教重人间而少谈宗教的超越，而恰恰，终南隐士的修行，是在以自己的个体修行，求生命的终极解脱。我想这也是您肯定他们的重要原因。这个说来在当今社会更有典范效应。也包括您。有时对自己现在从事职业的未来没信心时，就想到您。您当年曾称自己是台湾最大的文化个体户，这么多年不也是打了一片天下，而且两岸之间也集结了这么多的弟子学生。

林：说天下，那还是世间法，我只是随缘而行，守住行者生命的原点。之外真能如何，"犹其余事也！"而受我影响者众，也许是因为我书中所述，让他们接触到宗门的正知见吧！而能结上师生缘的，更因为在实际接触中，他们多少看到了禅家的孤朗身影。

"存在"本身就是"示现"，你愿不愿意来做？像我这样观照，像我这样生活？至于会不会形成怎样的群体效应，原不在考虑之内。我想终南隐士给大家的，也就是这个感觉吧！

愿意就来，因缘不足就罢。你说我这种生活好，是你的事。说我这种生活坏，还是你的事。"万法本闲，而人自闹"，不回归"自性自悟"这修行的原点，尽从其他方面谈宗教，不只"说食不饱"，其实也给予神道设教者更多的可乘之机。

第四章
隐性台湾与显性台湾
——什么是让台湾美丽安宁的正能量

　　隐性台湾着眼的是一种生命态度：谦卑自处，善尽因缘角色，不浮夸不张扬。显与隐的区别，关键在于生命态度。处在闹市，坐拥倾城财富，仍旧可以是隐性台湾。住在乡下，却粗陋、张扬，也还是显性台湾。

一、什么是隐，什么是显？

孙：我们做《十年去来》访谈，其实从我的角度，是想借您的观察点，再回看下我们自身。您这十多年来的角度多聚焦于人心安顿，我觉得《十年去来》中您所提到的"隐性台湾"这个说法，恰可以在本书里再充分谈一谈。因为从您的言谈中可知，隐性台湾对于台湾人心的安顿，起着关键作用。当然，当年列举的代表人物，这十年几乎也都被大陆认知，比如证严法师，以及当时还不太为人所知的朱天文、朱天心等作家。我想知道，这十年来，您对自己所提的这个概念，定义有没有改变？

林：没改变。隐性台湾着眼的是一种生命态度：谦卑自处，善尽因缘角色，不浮夸不张扬。以这样一种态度生活着的，就叫隐性台湾。所以，它既可以指严长寿这样的人，虽然全台湾人都知道他，可他就有这样的特质；也可以指证严这样的法师，以及像陈树菊这样台东卖菜的老妪，经年累月捐款千万，资助别人。

孙：不过一谈显隐，又有人理解会有不同。以为公众知名度大的就一定是显性台湾，从政治人物到各界精英。隐性台湾则更多是民。

林：这样来区隔显隐性台湾，还是简单了些，仍然是一种阶层性的分法，容易以类分人。其实不然。说到民，民和民也不同。我们若是在台湾选举的时候去看那些乡下的政治人物以及旁边许多的支持者，你就会看到他们是如何赤裸裸的，这种赤裸也并非一般印象中的质朴，更多的是粗暴排他。而某些乡下举行迎神赛会时，种种异化也同样存在。比如在赛后直接跳脱衣舞等。民间仍然有它粗陋乃至粗暴的一面。

我再次强调一下我的观点，显与隐的区别，关键还在于生命态度。

处在闹市，坐拥倾城财富，仍旧可以是隐性台湾。

住在乡下，却粗陋、张扬，也还是显性台湾。

若要谈文化，有一点倒是可以确定的，隐性台湾这种生命态度受到我们自己的传统文化，尤其是宗教修行相当大的影响。但在这里，也还有着日本文化的影响。这些，我在《落花寻僧去》一书中的"一方天地"一文中其实已提及。

孙：那么在您看来，显性台湾一定是个负面的词汇吗？

林：先不讲正面、负面。我先举一个例子。几年前，有位大陆企业家来台访问。赖声川夫妇希望我也去聚会，因为这位企业家希望知道，他观察五六天后的台湾是不是真实的台湾。那天选在严长寿的亚都饭店聚会，严在场，也约了黄永松。因为我头发白一点，所以大家就让我来回答他的问题。我因此提出，台湾有显性与隐性的两个台湾。

其中的显性台湾，虽在不同行业，但其实都是一个样子，好听点讲叫意气昂扬，难听点讲叫张牙舞爪，生命并无可多所探究之处。但隐性台湾不同，尽管都谦抑自处，活在自己生命的一方天地中，但这一方天地却风姿各异，耐人涵泳。而他就碰到了几个不同层次的隐性台湾。

孙：哪几个层次？

林：这里的层次只是就大家的熟悉度而言，我以现场的四人举例给他听。大家最熟的是严长寿，他在台湾家喻户晓，出来竞选，马英九都可能输给他。但他是隐性台湾某个层次的标杆。因为他谦虚、服务，永远把别人推在前面，自己只做推手。

再被大家熟悉的，是赖声川。他有一定的公众性，但还不是一般意义上的社会知名人物。升斗小民不一定知道他，但文化圈都熟悉，娱乐圈也都知道他。如果连他都不知，你这艺人也就出局了。

再来是黄永松，直接认识黄永松的人并不多，但台湾经历过七八十年代的人，尤其是关心文化或有一点文化素养的，说不晓得《汉声》杂志，坦白讲，其谁能信！

我最后也半开玩笑说，再来就像我这样，什么都不是。恰好前面三个今天就请我说说隐性台湾。

他听了有如获我心之感。他说在电视上看台湾，和这几天接触不一样。难怪！

孙：我1997年受您之邀，第一次去台，因为手续原因，错过了您主持的两岸民乐会，但您倒一点也不遗憾，还说：十五天都是你的，好好观察观察台湾。显性的台湾人人都可以看得到，隐性的就未必。而您其实也没有特意安排什么，就是每天让我随着您的日常活动跑这儿跑那儿，我却收获颇丰。后来在《十年去来》中，我用"台湾文化的异数、隐性台湾的标杆"来定位您，现在看，也还没有错。

我那时就觉得，隐性台湾并不只在台湾乡下才有。那段时间台湾正在发生白晓燕事件，从电视新闻看，岛上不知有多乱，但走在大街上，却不觉得有多危险有多乱。您那时经常对我说：外面的人单从新闻、电视里获得对台湾的印象，大概早就觉得台湾要陆沉了，但来了之后却发现，还有一个隐性台湾，各行各业都有一些默默奉献心力的人，正是他们，支撑了一个美丽、健康、良性发展的台湾。

二、当以前的隐性台湾，成为现在的显性台湾

孙：我们回到《又·十年去来》。如果说当年大家是通过电视、新闻看台湾，这几年，通过微博、微信看台湾的就多一些。从一些公开发表的文章与言辞能看出，大家觉得台湾有希望，一方面是当年的隐性台湾，那些正面力量被看到；另一方面，一些台湾公共知识分子的声音、言论，或者他们曾经的文字主张，都被微博、微信转发着。

而我通过做《观照》的访谈又知道，有些被我们赞许的台湾知识分子，您其实并不喜欢。您说过一句话：台湾的公共知识分子，在2000年以后基本已成为社会的负债。

一个曾经的社会进步的推动力、社会可贵的资产，怎么现在就不再是资产而成为负债？这中间的历程是怎样的？

林：我们在《十年去来》中不是提到过知识分子的两种角色：拉车或

刹车吗？当社会保守、封闭的时候，他必须拉车；在社会盲动、躁进之时，他必须刹车。而要能够应对这样的角色，作为狂者、狷者，知识分子在所谓的进退上，就要有一定的观照。更何况，所谓的批判性，并不代表你一定得站在时代的前锋，以指导者自居。批判有时需要你逆着时潮提醒大家，而这往往需要当事者更深的返观、更深的坚持。即使在西方社会，我们也能看到有些学者在努力提醒大家，一味顺着资本主义的法则走，很可能逃避了生命中真正可能的自由。

举例来说，我们现在喜欢谈GDP，谈幸福指数。这个幸福指数表面看来和资本主义无关，其实包含着资本主义通过媒体、通过一种量化行为而形塑出来的社会价值。而你要对这个东西有更深的批判，别人从表面看，也许就认为你这个知识分子是保守的。

说台湾现象，我先拿大陆社会做比喻。大家能够看到，大陆过去封闭已久，要求开放，所以知识分子正在担当拉车的角色。但是一个社会车速要有多快，或者说车子拉的时候有没有走偏，不同知识分子的观照程度并不一样。有些人主张猛拉，有些人在一定时候则要试一试刹车灵不灵。

在社会的期待中，一个猛拉的人，也许会因为简单的逻辑、素朴的情怀得到更多的掌声，而那些深入议题、反复思量权衡并做提醒的人，却因此被挤在一边。

许多情况下，一个人对一些事情越深入，越会发觉其中不那么简单。所以，往往长期关心研究一个议题的人，他的态度反而不是最激进最前端的，因为他知道事情背后的复杂性。另外，当他戮力于此，也就没有那么多的时间与精力曝光于媒体、行走于街头。

但正因这一点，台湾那些最早参与抗争的人，基本在20世纪90年代末期就已被淘汰殆尽。并不是他们自己做错了什么事，只因为他们不够激进。但大家忘了，90年代你激进，已不需要付出什么代价，而之前，则有诸多的实质钳制，如牢狱之灾以及社会的不谅解。从那个时代走过来的人，一方面是过去的历练，一方面是到这时生命也过了中年，看事情因此有一定的沉稳度，反而就被一味激进的人斥为保守了。

一味激进合于新闻追新的胃口，袭夺了台面上的视听，让如此者居于浪头，他们既有许多利益可得，也自居于道德高点，更以"非我族类，其心必异"肆意贬抑乃至攻击他人。许多公知就成为了这样的人。

这样发展的结果，许多论述与作为就语不惊人死不休，远远地逸出常理之外，社会也就多了许多不合比例、原则的现象。例如：台湾的戒烟与反毒运动就是。就社会而言，抽烟之害，主要是二手烟对人之害，对它的控制，其实只要限制抽烟的场所即可，至于对个人的健康，除不得卖给未成年人与孕妇之外，基本就是个人的选择。但台湾的反烟运动常把烟草的毒害说得比毒品还厉害，抽烟的人都成了过街老鼠，甚至抽烟竟成了一种罪恶。与此同时，持这种论调的许多人却又把吸毒当成一种身体病征去同情与理解。这真是一个奇怪的逻辑！但奇怪逻辑的背后，却有着因激进而袭夺社会视听、取得话语权的基底。总之，现在是谁的话大声，谁激进，谁就拥有话语权。

台湾社会运动之所以不能深化，老停留在浮面的层次，就因这一点。本来，当一个社会封闭保守时，知识分子该给大家启蒙，但台湾现在的情形是，已经是那么开放的社会了，很多知识分子还更极端地跑到前面去，以此自居于道德高点，寻求在媒体上曝光的机会。这中间，假借议题为谋私利的情形比比皆是。

孙：如果用走过这个阶段的台湾经验，给转型过程中的大陆社会一些提醒，您的提醒是？

林：以台湾人的经验告诉大陆朋友，我想说：旅客来台湾，打开电视，看到的是一个表象。公知切入社会议题，看到的，也仍是个表象。两岸有许多事物的确互补，因此更容易找自己喜欢的来看，从自己想要的来解释。台湾公知的功能转变，大陆人不容易看出来。台湾公知的战斗力都极强，而其他人呢？他们有些不善于论辩，有些烦透了这些整天在公共事务上任意发言的人，觉得自己还有更重要的事，不值得跟你耗。这固然成就了隐性台湾，但因此也使得这些公共知识分子更居有在公共领域早已形成的独断。台湾因此有越来越不相属、越不交涉的两块。这当然不是个理想的状况，但看台湾，你就得去看这媒体台面上看不到的这一块。直接地走入生活，才能体会到台湾真正的能量何在，晓得它真正的迷人之处。

三、显性台湾与隐性台湾，并非是非隐即显，非显即隐

孙：像您所说，隐性台湾那种低调、从容、善尽因缘、善尽自己职责的

人，大陆也并不少见。但大家还是认为，需要有人为公共领域发声。甚至大家还体会到，他们因为为公众发声而被媒体聚焦，多少还是有些风险的。所以在微博、微信上批评公知，便有人反驳：不要妖魔化公知。对公知的批评，会出现这样的反弹。

林：没有谁否定公共知识分子的作用，在转型的社会里，就如大陆，他们尤其扮演了重要的角色。但也因此，公知的内涵、态度、自我定位就很重要。

　　本来，你关心社会，可以有不同方式的取舍：是默默地做着，改变社会，还是站在一个制高点上，可以风动草偃？

　　当然，能风动草偃本是好事，传统不是讲，"士，不可不弘毅，任重而道远"吗？社会也需要那一肩挑天下事且站在台面上的人。但你也要知道这台面是两面刃，不小心你就在此异化。像严长寿，也是站在台面上的人，却能显现隐性台湾的特质，不就挺好吗？若你站在台面上，就往显性台湾的那些特质靠拢，你的这个站出，对社会反而会有不良作用。

孙：那怎么区分一个人，既是对公众事务发声的公共人物，同时又是隐性台湾的代表呢？您所说的隐性的特质最根本的是什么？

林：是生命的安顿。首先是对自己负责，眼光不只看到外面，更重要的是能看到自身的定位，对自我角色有一种反思。

　　再举一个典型的例子吧！台湾华硕电脑的总裁施崇棠。台湾在竞争激烈的电子业虽有它一定的地位，但主要都在做加工，要创立世界性的品牌很不容易，但华硕做到了，这关键的人物就是施崇棠。他在台湾是动见观瞻的人物，但为人自谦低调，俭朴自在。有一次某杂志拍到他穿了破洞的袜子，那其实也就是他日常的生活。创造与修行，似乎是他生命最快乐的事。他对禅有深刻的观照，看到他，许多人才知人也可以在浪头上自主。我因与他相熟，知道他真就是这样的一个人。

而那些喜欢喊口号、举大旗的知识分子，我不喜欢他们的一点是，将自我极度托大了。因此，尽管社会在改变，他们却没有及时地调整自己的角色、返观自己的不足，永远停在那里自以为是。他们是对生命不做自我反思的一群人。

孙：这个怎么说？

林：台湾公知最典型的异化就是成为"名嘴"。现在电视的谈话节目，除了娱乐节目就是政论节目，出现在上面的，有些人是投机者，有些人其实是带领台湾走过重要阶段的人，至少是曾经大声疾呼的角色。但现在一打开政论节目，发现他也整天在这个节目里说三道四，没有一件事不在讲，又没有一样事情是他看得惯的。讲错了，他也不必负责。相由心生，坦白说，这些人的相貌都改变了。

孙：您指的是？

林：我们怎么能想象一个生命是以批判为职务，而不返观自己的？你写时事评论，写艺术评论，以评论为自己的天职，那你也要反过来评论一下自己，看看你这些年来的评论工作有什么是可检讨的，看看你是否针对评论的对象或内容下过真正的功夫。

孙：批评与自我批评哈。不过传媒请他们出来，就是评论别人或者社会事件的。之所以给人不知反省的感觉，可能是因为他们的语气总是笃定的，总是一副真理在握的样子。

林：何止笃定，根本就是张扬。问题是，他们不必为自己所说负一点责任，法律上对可供公评之事是有言论免责权的，但长期以来，他们连在道义上也自我免责。举例来说，台湾小小的地方，人口2300万，170所大学。有一年，高考总分7分就可以上大学，情况到了这般地步，但当年那些认为广设大学就可以解决联考、会考问题，而逼政府广设大学的公知，有没有为此负一点道义责任，有没有现在站出来检讨过？没有！如果你只批判别人，而不被批判，那你也是特权。总之，公共知识分子须时时警觉，自己因批判所获得的权力，往往也会成为腐蚀批判的强酸。

孙：说到做评论这个职业，也还是有点危险的。如果不时时提醒自己，真的容易暴露出您所说的显性台湾的那些缺点。

林：是啊，观照所有事物，观照天下，却独独不返观自己，可以想见问题会有多大。

孙：但还有一个悖论，我必须说出来。有时为了达成一个东西，批评者喜欢在言辞上讽喻，喜欢嬉笑怒骂，就不免姿态过激，但你又能感到，他所起的作用，的确比温良恭俭让的我们要直接有用得多。也就是说，他可能在表达方式上是显的，但心底又有隐的淳厚的一面。我不知道我的表达清楚不清楚。

林：文章能显，不一定须张扬。首先，这当然牵涉现在的媒体生态，以及我们文化位阶失序的问题，张扬者才占尽舞台。但有反省力的个人在此本须有所坚持。更何况，即便是辛辣，仍可在字里行间包含对自我的反思。

四、大陆社会，不能只是与显性台湾对接

孙：说到这里，问题复杂了。隐性台湾是一股沉潜的力量，不大容易被大陆看到。因此，当我们观察台湾社会，想要从中借鉴的时候，就难免最先从显来对接。

林：大陆选择的对接，是大陆希望的投射，无可厚非。但对接如果看不到实质，也就无以避免随之产生的副作用。

孙：但不是连您也觉得，台湾已经走过了类似"五四"那个阶段，而我

们这边，很多知识分子则认为，"五四"所说的启蒙并没有完成，所以这里其实还有许多真可借鉴之处。说到启蒙，我始终觉得您对它持保留态度。为什么不喜欢这个词？

林：的确许多地方可以也应该借鉴，只是，也得注意到它的异化与局限。

说到我不喜欢"启蒙"这个词，是因启蒙的意义通常是以先知启后学，但这里还是要问：谁是先知？当一个人近乎先验地认为自己是先知的时候，权力的毒芽其实已经在其体内长出了。

不喜欢就因于此，启蒙的意义太绝对，仿佛我是对的，你就是错的，或者我是先知，你是无知。

启蒙常涉及的对正义、公平、公正的追求，何止在转型的社会，其实哪个时代、哪个社会都必须观照。但还必须强调，这里面具体的内容原该放在不同时空、不同社会、不同价值做考虑，而不能像现在这样，一句简单正确的口号就偷懒带过。另外，也得提醒大家，启蒙，不能成为独断的借口、获得权力的遮羞布。这里面牵涉的问题需要有更深刻的返观。举例来说，西方不是讲自由主义吗？但它必须面临一个逻辑悖论：如果你是一个自由主义者，当一个人选择了他不需要自由的时候，你怎么办？

所以说，这里需要有更谦虚的态度，你只能把自己界定，再将自己的构想告诉大家，找到更多的同道人，告诉大家这样的话会更好。但你不能觉得，其他人就该与你的想法相同。

你可以向拥有权力的人宣战，但对常民不能这样。举例说，你觉得中国社会应该政治上更开放，另一个可能说，这样太危险，还是慢点好。你如果一迳认为后者是无知、保守，是在逃避自由，这态度就可能成为以后的异化之本。

每个人都有对事物的看法与选择，你只能说服。

再有，一个人选择什么样的文化，怎样的生命与生活，也还是他自己的决定。你如果问我，一个自由的美国，与一个看来较传统但有着悠久文化的中国，我选哪个。我会告诉你我选后者。因为一想到美国没有我所喜欢的丰厚的历史文化，我可能就头疼。如果一个看起来保守的社会，它的统治没有直接危害到人身自由与安全，这里面人的选择可真多着呢。

孙： 您说的这个选择，很可能在一些公知看来，就是逃避自由的表现。

林： 也许那些把单一价值放大到极端的公知会这样看吧。但是，佛法的观照就是：第一，诸法不能离因缘而立；第二，单一的观念不能放到极致，因为药毒同性。

法不孤生。中国人也常讲，孤阳不生，孤阴不长。看任何事物都一定要有个缘起的观念。而当一个人认为自己是对别人都错时，就离开了对应缘起。

举例来讲，到底我们要全部地电子化，还是应该应用纸张？一些环保人士会说：一本书，几棵树……永远是这样的观点。我们这样的人会说：我们又没有在别的地方浪费，而摸不到实体书，生命就没感觉，某些美感触发就会不见。

那你说谁对？其实也没有所谓的对错，只是不能把单一观念放到极致。所以如果我们在此有一定的观照，就会说，某些东西我们可以让它无纸化，某些东西我们会坚持纸质出版。这不是单一的资源问题，还是心灵层次的问题。

当然，一个转型社会有更多的观念碰撞与拉锯，彼此观点常就不同。但如果一个社会只让那些喊爽的、极端的人占据，并取得道德的正当性，它就不是一个成熟的社会。

孙：这两年我庆幸自己做人文版面，不用在新闻舆论前沿论是非。这个版块更多是往历史深处回溯，因此做过民国几个专题，比如老课本、民国先生之类，很是感慨。如果老课本也算对孩子的启蒙的话，那启蒙真就做得好。如此温润，而不流于简单粗暴，声嘶力竭。民国经历了"五四"对传统那么激烈的否定，又历经那么多战事，传统还是没断掉，真是民族的大幸。

林：还是那个阶段文化的氛围丰厚。即使是那些批传统文化的人，这方面的底子也是厚的。当然，还有个原因，当时的媒体没那么发达。不像今天，如果打倒孔家店式的启蒙放到今天……

孙：那可能真乱了套了。

因为跟您认识相对久，交往接触的台湾朋友相对多，所以，也容易看到大陆与台湾的对接错位。我当然希望隐性台湾跟隐性大陆对接，但这往往不容易达成。反而是显性台湾最容易跟显性大陆对接。有些在台湾社会并不那么被正面评价的人，在这里得到的掌声却很大。

林：两岸彼此存在着认知对方的误差，就像台湾有些人兴致勃勃跟你们谈余秋雨，你们会觉得彼此落差真大。同样情形也发生在大陆人兴致勃勃跟台湾人说龙应台之上。这是社会进程不同、交流有限带来的认知差异。当然，这具有一定落差的认知一样可以带来折射的文化效益，但这借到的他/她，很可能跟他/她的本身无关。

孙：这是我们这边这一阶段还没有意识到的事。

林：不少文化界的人说我在台湾文化界还比较有影响力，大家比较愿意听我的意见，但我清楚地知道，他们眼中的我，比较像影片《蝙蝠侠》里大家要找蝙蝠侠时那个被投射到云端的蝙蝠投影。投影很大，其实是假的。大家借助的是我的效应，与我本人无关。我本人只是在巷弄里自由自在飞翔的一只小蝙蝠。

五、如果说台湾较少异化，那是因这些各安其位的人

孙：看电影《一代宗师》，我对宗师叶问没感觉，倒是记住了宫二小姐一句话："所谓大时代，就是一种选择。我选择活在自己的时代。"但我也知道，如果我们选择自己的活法，就不一定和时代合拍，有些人就会

觉得姿态不够。比如一些微信文章，就流露出为什么众人都不站出来的指责。

林：那我就直接回答他：那就你来嘛。这些人总是把人想得那样绝对，而修行人为什么谦卑？因为永远觉察到，如果把自己放到那个处境，是不是也有人性的脆弱，有自己的生命盲点。

孙：即使不苛责，也会被认为是逃避自由。说来"逃避自由"，还是弗洛姆一本书的名字。如果让您看这四个字，您怎么理解？

林：弗洛姆的"逃避自由"，更多不是高压统治意义下的逃避自由。因为那在西方世界已无须多说。对今天的人来说，它更重要的意义是点出，资本主义用细密的运作同化你、侵蚀你的自由，可能很多人还不会觉察，认为这就是自己想要的。

孙：他的确已经探讨到现代人的两种自由观念。我看他的书，就被这样的字句击中："在近代历史所记载的有关为争取自由而奋战的史实，只注意到如何去打倒旧有权势与束缚，认为传统的束缚根除得愈多，人们就愈自由。然而我们没有认清，纵然我们已摆脱了自由的传统敌人，而各种新的敌人却又接踵而至。这些新的敌人不完全是外在的，而是许多内在的因素阻碍了我们对自由的认识。……我们只注重争取抵制外在牵制的自由，而没有注意到人类内心的束缚，内在的冲动与畏惧。"

弗洛姆对于资本主义下的逃避自由的心理审视，是人很可能为克服因与外界隔离而形成的孤独感，而放弃自己的自由，甚至变得人云亦云，以融进时代与人群。

林：的确，从众一定程度意味着逃避自由，这是我们都须去观照的，但许多公知将道德光环带在自己的议题上，将自己定义为"社会标杆"，其实也是另一种形式的从众。

　　严格讲，公共知识分子如果只选择简单的自由概念而不在此深究的话，也可以看成是逃避自由。

　　在社会的转型期，像隐性台湾，其实最容易被戴上保守主义的帽子。甚至宗教人士都会被一些人形塑成保守分子，就因为他们没有勇敢地站出来表达声音。但过了这些年再看，正是这些人，构成了台湾最稳定的力量。没有他们，就没有美丽台湾。如果让我告诉大陆朋友所谓的台湾经验，我就必须说出这个。而如果说台湾较少异化，也就因这些各安其位的人！

第五章

匮乏已久后的回归
——文化传统的再认识

　　若直接谈传统文化品味——品味涉及生命情性，你觉得契合哪一面、投入哪里都无可厚非，但若涉及认知，想要看清它真实的地位，史的涉入就非常必要。这个史还不只是说我喜欢昆曲，就找来一本讲昆曲的历史书读一读，不是。是在整个中国大历史中间，你要清楚它所处的位置、担当的角色。

　　有了史的涉入，你与传统的东西结缘，才能如实照见其中的短长。

一、传统文化回归，但不能鸡兔同笼

孙：和您谈传统，最觉得贴切。因为您总是在这方面给人以启发，让人体会到传统对于生命的滋养。尽管看《十年去来》中我们谈传统的那一章，觉得该谈的点都已谈过，但您一来北京，一聚一聊，我的很多想法又被触发了。比如关于传统中的昆曲、古琴与生命的关系。

您也知道，大陆近些年的国学热，带起许多传统文化的回归。读经热、昆曲热、古琴热，不一而足。但说起昆曲、古琴来，大家又普遍有一种共同的认知。而您那天的说法，在我听来恰好是一种打破。所以想趁此谈一下传统的再认识。

林：好，谈古琴、昆曲前先说说这个国学热。从我这样一个外部的角度观察，大陆这些年的国学热，其实是匮乏已久的回归。一个回归运动——如果权且称之为运动的话——会有一个特征，就是把所有的东西都神圣化。现在也确实显出了这样的味道。

我们可以看到，原来在传统社会里是下里巴人之歌的，这时也以殿堂的位阶来对待。不仅给予高度的尊敬，还假设它是暗含了精练技艺乃至哲思的，这样就偏离了它该有的位置。当然，下里巴人之歌不见得不好，广义的下里巴人之歌就像民间乐府，自有它的价值——反映了很多人的真实生活。但它有自己的美学位阶，你不能直接将它等同于殿堂。

孙："非遗"保护方面经常会出现这种情况。地方文化部门申请"非遗"时，自是将它说得珍而又珍。但凡你对"非遗"保护对象表示出或许没那么重要的态度，对方就会激烈反弹，仿佛那是他们的神圣区，你不能冒犯。

林：回归运动中的神圣化，一方面是为引起大家注意，可以理解，但也可能让原来丰富的文化变得单一化、扁平化，让人不容易看到文化的实相，尤其是它衰落的原因，无论这主要原因是自身物腐还是外来虫生。

台湾70年代时，也有一个寻根的热潮，那时"中国"还是最重要的文化概念。经过学者专家的呼吁，80年代初，就有了一个"薪传奖"的设置，授予的是那些在工艺美术、表演艺术上有成就的民间艺人。整个活动还是唤起了社会的一定注意。大家很惊讶，哦，原来台湾有这么多的传统艺术。举例来讲，因为台湾有很多大陆移民，"薪传奖"除了台湾地域特色的传统东西以外，还涵盖京韵大鼓、相声这样的门类。奖项做了十年左右，眼见这些"薪传奖"得主老去，大家觉得就止于此也不是办法，后面乃又仿照日本的"人间国宝"开始评"民族艺师"。"薪传奖"是针对艺术的某一项成就而设的，"民族艺师"则已类似于终身成就奖的性质。这个评选就比较严格了。第一届我记得授予了五个人，里面包括在我的《谛观有情》里出现过照片、留着长胡子的古琴家孙毓芹，我们都称他"孙公"。另就是南音、歌仔戏方面的艺人，还有两个做木雕的大家。奖评出来了，孙公却不想接受。他说，你怎么可以把我这弹古琴的跟一个唱民间戏曲的放在一起呢？

你当然可以从另外的角度说，你孙公是自视清高或就带有一定的艺术偏见。但它其实反映了一个根本问题：你不能鸡兔同笼嘛！文化有它的丰富性，这丰富性不只指样态多，也因这诸般样态，彼此有其不同的位阶。

再举一个例子。20世纪80年代末90年代初，台湾不是兴起过一阵"本土运动"热吗？那时也把这里的东西都神圣化了。当时我就提醒大家，过去台湾的迎神赛会里，即便是跟在神像队伍后面的民间游艺团体，它的排序其实也是有规矩的，一般是南音在前，然后是北管——皮黄系统里的东西——接着是四平戏、高甲戏，再来才是歌仔戏，最后是民间游艺，即舞龙舞狮之类。为什么是这样呢？这说明了民间对于它自己的传统心底也是自有衡量的，所以有一定的位阶排序。排在前面的，都是历史沉淀相对久、艺术形式较成熟、文化含量比较高且需要长时间熏陶锻炼的，也因此，相较于南音，像歌仔戏这样历史比较短的台湾乡土戏种，就排在后面。

只是到了回归运动，无论原有的位阶高下如何，却都被绑在一起一体看待，内行人就觉得怪异。

孙："民族艺师"，是否像现在大陆所评的"非遗"传承人？

林："非遗"传承人比较像"薪传奖"得主，"民族艺师"选拔更严格，像日本的"人间国宝"，比现在的"国家级非遗传承人"更严。至于两岸的"非遗"传承比较，大体上是这样的：台湾虽经过急剧的现代化，但传统的流失还没这些年的大陆迅速，传统技艺真要找人，基本不会离谱到哪儿。而大陆，就我接触的情况，真要传承技艺，评定传承人，经过层层的机关遴选，最后会不会落实到真正有底子的传承者身上，还是个问题。这点越乡下越如此。其次是，"非遗"评选在大陆已变得如火如荼，感觉各地上下都在做这件事，都以申请到联合国的"非遗"为荣，却没有人提醒，有些东西如果不需要特别保存，就不必申请"非遗"了。因为就联合国的评定标准而言，显学是不能够进入"非遗"的。"非遗"的入选不只代表它是一个重要的文化遗产，更重要的还因它濒临绝传。台湾"薪传奖""民族艺师"的评定，也要看他们身上所代表的艺术是否濒临绝传——像京剧就没有"薪传奖"得主，也不会有"民族艺师"，因为它的承传在学校里还在继续。

然而，立意虽好，"民族艺师"这个评选，不久也中断了。为什么？因为当时艺师每月有5万台币的津贴（大概相当于一位副教授的薪水），但要不要这些人负责承传，社会存有争议。不承传，这门艺术也许很快就断掉，但要担起承传之任，对他们也是折磨。你想想，能达到"民族艺师"这样程度的，年龄多在七八十岁，先是体力有问题，再就是教法。过去传承艺术，是要跟老师一起生活的。靠时间浸淫，你还得给老师捧洗脚水，服侍他生活。现在的教法是校园式的，你既然不管他生活了，他自己所得的钱也不算多，真要让他们做这些事，真就是勉为其难。尽管情况如此，当时一些专家对艺人只拿钱不做事，还多有微词。这个奖因此评了两届就中断了。前两年又恢复，但我对这恢复是持保留态度的。因为很明显，放在前一二十年评，是能评出一定程度的传统艺术大家的，现在评，就只能评出二三流的。所以，这里更重要的问题是，你即使想借此抢救一些东西，它自己也是有时间性的。时间一过，就变成放到篮里都是菜。前后一对比，还真显出其中的荒谬：明明整体的风华已不再，你还把当年的二三流者放到比以前的一流者更高的位阶……

孙：抢救中的补偿心理，我们这边尤甚啊。一下子发现失落的传统那么多，先留住再说。这个鸡兔同笼现象，在您观察大陆时，包括哪些呢？

林：大陆国学热，很多人都在宣扬《弟子规》。其实它就是一个前清秀才所写，远不像有些庭训那么精练的一本童蒙读本。在台湾，没人读《弟子规》，从小学到大学都没人看它，因为它很难入经典之林，坦白讲，某些内容还难免迂腐。但大陆有些人说起它，基本是把它奉为"四书五经"这样的经典，这就有问题。

孙：不过台湾的词作家方文山 2010 年还作了一曲《弟子规》，由大陆歌手周笔畅演唱。感觉还是台湾人在给大陆普及《弟子规》，呵呵。

林：最大的推动者的确是台湾人，动机也许是觉得你们会需要才如此。但将之推到经典之林就有问题，而许多人现在何止将它当成文化经典，甚至将它当成宗教修行的经典。所以前阵子有人引经据典也包含审视台湾的经典教育后，谈到 1956 年到 2000 年间基本上没什么人提起《弟子规》，到 2004 年后它才兴起，并且关注度飞速上涨，2008 年后超越了《三字经》，以此说明它的被重视是近期特定观点的产物。但结果呢？许多对他的批评却用了类似挞伐异教徒的语气，好像这个人侵犯了神圣不可侵犯的领域似的,这对传统的认知就远了。回过头说,方文山自己是喜欢传统的,作《弟子规》,就因传统文化热,也知道这个会流行。当然,从客观角度讲,《弟子规》也并非一无是处,你如果只把它当作像《三字经》《千字文》这样的童蒙读本看,多少也是可以的。但现在明显地将它的位置抬得过高,神圣化之后,它本来在文化中所处的位置就模糊了,你从中了解的传统文化也就偏差了。

二、并不是儒家本位的经典,才叫国学经典

孙:经典从娃娃抓起,也许教育者是这么想的。再有,虽然《三字经》是童蒙读物,但是钱文忠教授在《百家讲坛》讲《三字经》后,很多成年人发觉,自己也能从这个童蒙读物中获益不少,或者发现,这个本来是作为人生基础的童蒙读物,小时候竟然没读过。出版人老六的《读库》做过一套民国课本,我们做专题时记者曾采访过他,他说,这套读物现在很可能是大人买来读,心理也跟补课一样。

林:补课是好事,但不能囫囵吞枣,尤其不能单取一味。大陆虽然出现国学热,但所诠释的国学,给人的感觉还是很儒家本位的。

你看大陆这些国学家,很少出现带道家生命情性的。他们所体现的国学,就是儒家的仁义礼智信,要么再加个琴棋书画,仍然是儒家概念中的国学。

孙：《百家讲坛》上有人也讲《庄子》，但听起来和讲《论语》一个调调。

林：这里面是有悖论的。你想啊，庄子连孔子都讥讽了，他怎么会让你这样孜孜矻矻地说他呢？老庄道法自然，你将他当民族文化来标榜时，已是"以有为谈无为"，多少已流失其原意。如果标榜的人生命又紧，又想由此得世间的名闻利养，那就更荒谬了。佛法也一样，大陆渐渐是有人在信了，但经由现在的一些国学家诠释，离超越反而愈远。

孙：谈中国文化，您一向主张儒、释、道并举。其实当今有意思的是，大家都在谈国学，心目中对国学的定义却不一样。当然，历史典籍里给出的概念也不一样。不过综合诸种看法，基本是这样，狭义的国学是指以儒学为主的中华传统思想文化与学术，包括古代诸子百家。广义的就如同胡适所说："中国一切过去的历史文化"。而传统国学以儒家为主，这似乎无可争议。

林：当然，儒家在这三家里最有"国"的意味。现代的国学原就是针对西学而存在的。而在历史的发展中，中国从汉代董仲舒"罢黜百家，独尊儒术"开始，官方就已经是以儒家为主了。儒家讲究经世致用，所以跟官方距离最近。官方给儒学之士提供仕途，儒家又给官方提供社会秩序性的哲理基础，两者自然联系紧密。

这种情形最严重的是宋之后。所以你能看出，民间及文人信仰佛、道的并不少，但是明清章回小说中，释道人物却率多反派。这说明什么呢？台面上你还是要以儒家为主要基点。而就我来看，中国社会要健康兴盛，儒家的社会性、道家的美学性、佛家的宗教性必须齐头并进。宋之后儒家独盛，并在一定程度上贬抑另两家，使得中国在宋之后气象日衰。有些人将这衰的原因归于前清，因为旗人之故，但其实他们对中国文化的影响远没有大家想象得那么深。别的不讲，明代是汉人自己统治的吧，明代文化固然有它的精致性，但气象已经是往内缩了。

在这里，宋是一个断代，一个转折时期。宋的转折，决定了中国八九百年来，就是这么一个局面。而我们后人也就以这局面来了解整个中国历史，这其实存在着相当程度的偏颇与误解。儒家在历史中并不是始终占有优势的。魏晋南北朝，道家的自然哲思就占了上风。隋唐，大乘佛学则是显学。即使是宋代，程朱理学其实也还是对佛家长期优势的一种反动。

当现在想要恢复国学或重振传统文化时，大陆给人的感觉是，很少能意识到所继承播扬的，都是宋以后的东西；台湾情形就不一样。在台湾，官方谈中华文化，一定是要回到儒家本位的立场，但整个社会，佛教还是有相当大的基础，道家的自然生活对大家也不陌生。在这种情形下，儒家除官方必要的标举外，平时反而是一种稳定而自然的存在，也就看不到有什么人在刻意强调所谓的仁义礼智信。看台湾的传统文化，这三家均衡其实是个很重要的基点。而大陆在此就明显失衡。

任何一种文化，都体现着一种生活，生活中看不到道家与佛家的痕迹，想要在谈国学时真正说出道家、佛家的精义，那肯定是不可能的，而现在的大陆国学家基本就是这样的局限。

三、片面的样貌不等于历史的全貌——以昆曲、古琴为例

孙：2014年春天您来北京，主持赵家珍老师的古琴音乐会。您在台上追溯古琴历史的时候，说到后世的琴家，为了强化古琴的某种特质，像《潇湘水云》这样比较跌宕激昂的琴曲就不收，慢慢的，大家对古琴的认知也就变成了一个样子。您特别想告诉大家，古琴原不止一味。这个对我是有启发的。

林：我这里说到的，也是传统文化神圣化带来的另一迷思。一种丰富的传统，在历史中历经了兴衰起落，但后人为了神圣化，为了某种文化、美学的需要，往往只取它片面的样貌，并把它扩充成历史的全景，诠释上当然就会出问题。

较之古琴的但取一味，昆曲原来基本上就是那个样子。但当代人说到昆曲，则俨然要将它作为中国文化之集大成者，这我是极不赞成的。因为别忘了，昆曲再怎么精致、唯美，它也是明代才产生的，而且有它产生的特殊时代背景，视它为中国文化全盘的美学或主流的美学，明显有失偏颇。多数时候，中国历史、中国生命并不像昆曲呈现的那么精致幽微又情性软暖。

古琴的情况，则是有一个宋之前与宋之后的分野，到明代才被定位为清微淡远，成为后世古琴依存的样貌。要真谈古琴，就不能忽略历史演变中的不同琴风，以及到底是什么因素让它变成今天这样子。

孙：只有对它的轨迹有所了解，才能窥到人在其中所做的取舍。其实我在这里之所以说到这两门艺术，并不是想探讨艺术本身，而是确实感到，很多人，包括年轻人，之所以醉心昆曲、古琴，都是想在里面寻求安顿、滋养心灵，并去除浮躁，但是古琴固然让人悠然沉潜，昆曲固然让人沉醉，若这样一路沉下去，生命看着又好像偏了……

林：的确会有这样的问题。古琴，尤其是后世的古琴，你学它，生命就很容易偏于一端。昆曲更是，因为它所产生的特殊年代，人只往内求，也就把中国文化的美感，向某一边推向极致。

孙：所以您闲谈时说，学昆曲的人，最好也听听京剧，不要看京剧不起。京剧的节奏接近于生活的常态，人容易从耽美中抽拔出来，生命就有一个相对的平衡。

林：再就是，你得有史的观照。我不是在《谛观有情》里讲了吗？中国文化是人间性的文化，谈生命情性，谈境界延伸，有它"史的观照、诗的感叹"的特质。历史的观照在这种文化里特别重要。

　　对于中国文化，为什么我特别强调宋之前和宋之后？因为这是中国文化气象不同的两个阶段。若直接谈传统文化品味——品味涉及生命情性，你觉得契合哪一面、投入哪里都无可厚非，但若涉及认知，想要看清它真实的地位，史的涉入就非常必要。这个史还不只是说我喜欢昆曲，就找来一本讲昆曲的历史书读一读，不是。是在整个中国大历史中，你要清楚它所处的位置、担当的角色。

有了史的涉入，你与传统的东西结缘，才能如实照见其中的短长。否则，你学传统文化，很可能变成，要么完全只因于自己特殊的生命情性，要么就像我在《禅：两刃相交》里所写"可叹师徒相瞒"般，其实就是陷在自我的想象中。眼前这场传统的回归运动，一下子就把一切神圣化了，好像它从来都无可置疑。但真这样，这些年它的处境怎么会如此之糟，只因为外力，只因为我们的认识不清吗？

四、与其谈"笔墨当随时代"，不如再去探究传统的精髓到底是什么

孙：传统神圣化，的确是当今国学热的一个现象。但另一方面，我们可以看到，很多人回归国学，是想在这里找资源，即所谓传统的可能性。所以在绘画界，你经常会听到另一句话：笔墨当随时代。他们可能会用一些传统元素，但一定要对接新的东西。这个您怎么看？

林：这就还是要回到我常说的拉车、刹车的角度来看。这个时代，无论是做跨界，还是个人风格的凸显，都是主流。所以，一个人还谈"笔墨当随时代"，坦白讲，不太用功，也不必要。

孙：怎么讲？

林：有些时代，你谈跨界，谈当代对应，是要有极大勇气的。比如说出"笔墨当随时代"的清末四僧中的石涛。他那个时代，上上下下都要求悉尊古法，讲这话就不容易。

　　但现在，基本上怎么做都可以，我们每天都在顺应时潮，你还没事讲这个，多偷懒。在台湾，前阵子我常讲，骂国民党骂马英九的十有八九都在偷懒，连十岁的小孩子都去静坐抗议，你一个知识分子还一迳来骂，读那么多书、经历那么多事，都白读、白经历了。

孙：（笑）是，有些旗帜总举总举，几乎就不用过脑子了。不过，艺术家在这里说"笔墨当随时代"，是想这么来一下，那儿取一下，给自己找出可能性嘛。

林：谈可能性，常常还不如说是在找自己的正当性。搞不好作品本身没有艺术能量，只好在这里多做些解释。许多当代艺术不就是这样吗？

孙：当代艺术，倒是不讲"笔墨当随时代"，他们喜欢讲"混搭"。

林：混搭，我以前不是跟你说过，当一个艺术家说混搭就是他的风格时，我就直接说他没风格。因为既然是混搭，自然会有千万种混搭，有千万种混搭自然就有千万种不一样。这怎么能叫风格呢？混搭本来就是我们把东西凑在一起的称呼，把混搭当风格，是美学用词上的错误。

孙：但是现在四处可见，用得多了，当代人已不觉得它多矛盾了。当然，放到艺术界，尤其是画传统水墨的那类，他们显然更喜欢"笔墨当随时代"这样的说法。

林：现在阿猫阿狗都在谈对应啊，你这当代对应还有多大意义？真要在传统里有作为，不如认真探究一下，这个文化在历史中沉淀下来的精髓到底是什么。

孙：这又回到了您过去常说的那个原点。

林：对，看清这个原点，再做各种呼应、探索，会知晓自己所作所为是不是反而在扭曲它，甚至加速它的流失。在这个前提下做某些位移，也还能讲出些令人信服的理由。要不然，你看戏曲界也在讲当代对应，结果出来的剧目，连舞美都是噼噼啪啪的，玩噱头，玩炫。

孙：这倒是，记得还有人在戏曲舞台上牵出匹名贵的马来，以表示我这戏的道具都是货真价实的。

林：为了当代对应而对应，这哪里是一种艺术的态度，或者一种对文化的态度！

孙：但是我也知道，您曾帮杭州做体验版的《牡丹亭》。所谓的体验版，听着也像一种当代对应的做法啊。

林：那里的情况是这样：演出放在一个小剧场，只有六十六个人的位置。这看来是个弱点，却因此很贴近演员。以前的戏曲演出，演员和观众很近，演员是不用麦克风的；现在剧场大了，演员已不贴近观众。从这个意义上讲，称之为体验版，就是让你回到过去看戏的感觉。你说它是一种当代对应也没错，但它是很自然地变成这个样子。

我觉得看一个传统的当代对应到底好不好，主要是看它有没有扭曲原意，加进新东西，是否有道理。不管怎样，你做这些东西时，有个反思观照还是不一样。

孙：但您还有一个观点，这次讲出来更令我触动，您觉得相对于现代人对传统做改编、位移以对应我们的审美需要，呈现它的原貌更重要，更有意义。

林：也同时是必需的。

孙：为什么这么说呢？

林：现在是一个可以随意解释的时代了。而随意来随意去，反而不容易看到过去时代的人和我们有什么不同。而艺术的存在，本来就有一个功能，让我们跳出自己的时代，了解到不同时代人的想法。看老戏《赵氏孤儿》，你尤其能感受到，过去的人确实跟我们不一样。而通过一个莎翁剧，也特别能知道他那个时代西方人的想法。感知到不同，一方面会补足我们的生命；在此基础上，当然我们也可以再看看说，他们那个时代有没有某些不自觉的局限,再反思我们是否也有同样的盲点;或者更深一步来看,一个艺术的形式跟内涵或者跟生命之间,可以有怎样一个交互的参照。总之,因不同时代的对应,才更可能超越时代,看到一个更深的真实。

举例来讲,一个蒙古人表达母爱,跟一个西方人表达母爱,以及汉族人表达母爱,一定是不一样的。因这母爱不同表达方式的参照,你对母爱就可以有更深的了解,而不是以为我们的文化、我们所处的当代一定比某种文化、某个时代强。

孙: 对,尤其是看《赵氏孤儿》的各种改编,看来看去还是觉得老戏最深刻。我们用自己认为的现代人的合理观去改编,往往漏洞百出。不记得哪位小说大师说过这样的话,大意是天下的故事类型早都被前人创造完了。这话听起来令人气馁,但是,不得不说,有些道理。在对人世的理解、对故事情节的构建上,前人早就显示出非凡的功力——我又想到您以前所说的那种断代的智慧了。

林: 的确,我们这个时代已很少兄弟义气这种事了,所以这种事要让当代人诠释,就直接会被定义成封建的、残酷的,但这就不能解释,为什么我们看过去这类故事还会热泪盈眶?这说明我们的观点也有我们这个时代的局限。

其实,创作同一主题的艺术作品,并不是为了和前人比高下,而是通过不同的作品,更深地去看人性的本质、生命的价值以及在这中间可能的局限。

所以，如果想要从相对的比较看到事物以及人性的实相，保留历史的原意是很有必要的。如果你自以为是站在历史的巅峰来看待过去，传统对你的意义其实也就不存在了。

而说原点重要，何止艺术，修行更是如此。虽说须应缘，但以当代对应为名，却导致流失乃至扭曲修行原点的例子，两岸可说比比皆是。这几年我为什么总常拈提《禅：两刃相交》中的那句话："禅者的存在是宗门对众生示现的最大慈悲"？正因为禅宗强调人人皆具本心，自性自悟，禅者如实的道人身影乃成为它一切的原点。没有如实参去、如实悟道的禅者，种种就都是戏论，也不可能让众生在此起真正的道心。

孙：就如同越来越多的人能从您身上看到一个清朗的禅者存在于当世的意义。别的不说，安顿于自己的生活本身，就是很多人羡慕您的地方。

林：这原是道人本分。但就应缘来说，大陆体量太大了，一样好东西出来，常就迅速变味。这时，一个能被大家清楚看到的原点就非常重要。

孙：唉，现在也是禅者的身份满处贴。似乎只要一个人身上有些佛教色彩，别人就定义他为禅者了。很多人佛禅不分，所以我才在《观照》的"问禅与问佛"篇中，开头就请您辨析什么是禅。

林：那里我说得应该很清楚，这里简要再提一下。过去单说"禅"这个字，它就是一个专有名词，指的是祖师禅。可现在说禅，它可能是大乘的禅修、南传的禅观，也可能是藏传佛教的禅观、印度教的禅观，最后也可能是新兴宗教的禅观，连江湖小道现在出来做什么也加上禅，说来离原点都远了。

孙：现在还有太极禅呢！

林：太极跟禅有什么关联？虽然它有一定的文化意涵与生命功能，但到底是很道家的东西，你想要做两者的连接，当然可以，每个人都有创发的自由，语言的应用也约定俗成，何况过去还有许多人谈三教一家呢。但真要在此有所作为，你总要先了解原来的禅指的是什么，它可以给众生的提醒与锻炼在哪儿，也才好连接嘛，否则就误导了。

孙：禅现在也处于被随意混搭、随意连接的阶段，到处都禅来禅去，其实各有所指。禅在当代更像个形容词。

林：但你即使要混搭，也该一定程度知道它的原意在哪儿吧？要知道，生命并不因我们运用大量的"禅"字而改观。禅的原点在哪儿？在当代，尤其是当代的大陆，这回归特别重要。不认清原点，以大陆之大，前期匮乏已久，如今变味又快，只会离题远矣，就像现在许多人口中的国学一般。

孙：季羡林先生活着的时候，不断说自己不是国学大师，请求去掉这个帽子。而现在有些人，一样都不精，还要给自己争戴这个帽子，搞得国学也开始变得廉价。

林：满街的国学大师，还兼修儒、释、道呢，这怎么可能！宋之后独尊儒术，佛道之能人为世所知者原已不多，况20世纪前半叶大陆有一个大的文化断层。在佛道上，怎么就突然出现这么多大师？还三家得兼！可以想见这里尽多是儒非儒、道非道、佛不佛之人。

谈国学、谈传统，都得回到这历史、生命清朗的原点才行，套句禅话，让"山是山，水是水，僧是僧，俗是俗"。就像如今的我，也就只是一个孤朗的禅家。

第六章

苍茫不见
—— 信息化时代的生命空间

信息时代虚拟与实在交错，其间的界限越来越模糊，甚至虚拟的也变得更似实在。而在虚拟世界的因果里，时空又是可以随意跳跃的，这就使得我们越来越缺乏真实生命时间轴的感受。以前，中国人的生命从汉唐到宋明一路下来，历史的秩序中有个非常清晰的因果，所以就积累了厚度。现在不是，一个游戏里岳飞与仓颉出现在同一时空，什么人物该出现，可以随意调取，你说混乱不混乱？

一、汉字由繁至简，但并不意味着可以一简再简

孙：上一章谈传统，其实也是谈传统文化在今天的处境。随着阅历增长，我越来越发现，一个人文化积累越丰厚，越能找到自己的安身立命之处，也越能远离外在的扰攘。但因为身处媒体，总不免还是能听到一些喧哗与争吵，有些还涉及文化最根本的一些构成。我也知道，这些东西辨不清，要让更年轻的人在文化中找到安顿之处，也是有难度。所以，这一章再谈谈当前一些看似和传统有关但又似是而非的文化现象。

第一个是汉字的繁简问题。这在《十年去来》中早已涉及，但现在，大陆社会又开始广泛争论。我们还是就汉字说汉字。您以前的观点当然原来的书上有，但我注意到，2010 年您以台湾中华文化总会副会长的身份率团参加两岸第一届汉字艺术节，和大陆文字学家许嘉璐、学者田青有过一次关于汉字的对话。那篇报道挂在网上，有一个标题：繁简字不应成为心结。而我从报道出来的文字能感到，您似乎没有以前那样对繁体字的坚持了，不知道是不是我的错觉。

林：应该说，即便是十年后再谈繁简之间，十年前的基本观点也还是在的。你有这样的感觉，可能是因为我后来的语气变得温和了。一方面，这毕竟是面对面的谈话，得给彼此留个空间，也不希望引起无谓之争，况且大家的共识其实还蛮多的。另一方面，它牵涉到要改变十几亿人的习惯。即便是电脑，你使惯了，换另一台，也还是要适应，何况写了多少年的文字。

其实，即便在以前谈的时候，我也建议有些字不一定非繁体，而可以用俗体字代替。就好像台北的"台"，台湾也很少用笔画多的那个"臺"，而直接写成"台"。这就是俗体字。当一个字被约定俗成为一种写法时，原本就可以通用的。

但我不同意的是，现在有些人，甚至包括学者，一谈到繁简之间，就以汉字从古到今就是越来越简为立论观点。的确，汉字从大篆小篆以来，有往简的方向走的轨迹。但事实上到楷书时，它就已经定型了。至于草书的简，实际上是因为书写的流畅度，其实并没有所谓的标准字形。

孙：这话怎么讲？

林：草书的存在，除方便之外，原就是为了美感，所以并没有所谓标准写法可言。这也就是为什么即便是书法家，看到某些草书，也还常会去猜那字写的是什么。书法大家于右任曾大力提倡过标准草书，最后也不了了之，就是这个原因。

楷书不一样。楷书是正经八百的，虽然汉字由繁至简，但楷书在唐代已臻成熟，而后稳定了一千多年，你要改变它，当然要有一些理由。

所以说，汉字由繁至简，但不代表可以一直简下去。楷书的稳定性极高，这也是有原因的，一是它符合古代六书的造字原则，二是它还代表汉字美感的定型。你可以看出，汉字除极少数部首形外，基本都是均衡的方块字。

也因此，我希望，汉字即使在做由繁至简的简化，也应该遵循这两条原则。

孙：我知道您是简体繁体都能看都能写的，那在您看来，大陆的简体字中，有哪些突出的字不符合这两条原则？

林：主要是些不均衡的字，比如"广""产""严""厂"之类，我每次看，都觉得它们要倒下来，没有东西做支撑，造型就显得倾斜。

孙：那会带来什么问题呢？

林：单个字且不说，把它嵌进整个文章里排出来就会很明显，只要这里面多写几个"广"、几个"严"，版面就会显出坑坑疤疤、到处有洞的感觉。

　　我最近有一个感触，是不是因为这个原因，大陆图书的美编排字都比较小，小了，坑疤的感觉就少一些。而港台版书，一般字都排得比较大，更利于阅读。

二、字体越简，就一定越利于写、便于认吗？

孙：我看网上有许多争论，坚持简体字没什么不好的人会有一个看法，字就是一个表达、交流思想的工具，利于写、便于认就可以了，不一定要回复传统。要真回复，那不得追到甲骨文才好？

林：说回到甲骨文，是意气之争。这里我只问：简体字就一定好学好辨吗？举个例子："言"，简体字做偏旁用时都写作"讠"，这个字写出来，一不小心就变成三点水是不是？反而更容易认错。

其实笔画少，字与字的分辨度往往变低。而且无论从美感，还是从字的稳定性来说，事实上它都失掉了汉字的魅力。

孙：您非常强调汉字的美感？

林：是，因为汉字不仅具有表征意义，是思想的载体，它还是一种文化，一种美感的存在。前者是它的实用功能，后者是它的美感功能。这两者必须兼具一体，中华文化的传承才不致割裂。

孙：嗯，这个在《十年去来》中也提到过——阅读古书、原典和阅读用简体字排的白话文版本，感觉会差很多。

林：当然。阅读原典、古书，最好能在整个氛围上回到过去。而读简体字，就很难回到古人的美感。文化传承为什么强调以经解经，也就是这个原因。

这里还包括字的排法，直排还是横排。大陆所见，字大多横排。在台湾，直排还是横排，两者并存。

孙：横排会出现什么问题？

林：方块字，不是横写的拼音文字，它每一个字是坐在地上的。当它直列时，字会定下来，有一种堆叠的量感。一横排，每个字会被割开，行气顺不来。不信你写书法试试，直写你就行云流水，横写你就得不断提笔再提笔。这也是为什么一般的书直排都比横排要好看。

孙：但您刚才也说了，台湾也是直排、横排并存的。

林：因为现在我们的语言中用到了一些外来语，这个还是横排更便利。但因它的便利就全然忽视美感，在我看来还是件奇怪的事。

孙：您的《谛观有情》当年在大陆出版，还好出版社做了直排。现在您的这套经典已由线装书局再版，之前您把在台湾排好的校样拿给我，让我做一次校订，我就发了一些篇章页图片在微博上，得到了一片称赞。确实以直排的方式来排这本论中国音乐的美学论著，是个经典的样子。甚至有些人还误认为是繁体字的呢。

林：对，那是我自己选的字型。但让你觉得有传统的美感有时还不仅是字型的原因，你虽然可以设法让横排的感觉尽量往直排靠，但直排与横排还是有一些根本差别。在台湾，直排体，有时连逗号都不占位置，只占半格，而大陆的电脑横排出来的文字，冒号占一格，引号再占一格，一下子就占去两格，这样读着句子，"你说"之后要停一阵才接下去，就感觉说的人像在喘大气似的。如果再把"广""严"什么的加进去，整个句子不是看起来更坑坑疤疤了吗？

三、历史进程中的汉字简化，有些结论也是想当然耳

孙：虽然是您说的那样，但我们还是要注意到，汉字在近代的演进过程中的一些历史原因。又说到民国，钱玄同先生有一段话："欲使中国不亡，欲使中国民族为二十世纪文明之民族，必以废孔学、灭道教为根本之解决；而废记载孔门学说及道教妖言之汉文，尤为根本解决之根本解决。"因此他和刘半农等做了大量的研究工作，认为俗字就是大众的字，就应当在新的时代成为"正字"，并着手进行整理。这件事民国政府也一度认可，1935年公布了第一批324个简体字，但时任考试院院长的戴季陶反对，认为这是在破坏中国传统文化，不到半年民国政府便通令收回了。

林：钱玄同属疑古学派，"五四"那批人要打倒孔家店，开启民智，又因为当时文盲太多，所以就想推广更简单易学的。但即使当时的理由存在，也有一个问题未经检验：学繁体字与学简体字，到底速度差多少？没谁实验过，所以说，结论也是想当然耳。

孙：现在的问题不是写繁还是写简，而是有了电脑之后，繁体字简体字都不会写了。提笔忘字，我也是这样。

林：是，都不会写了，所以这时更不存在谁写得快谁写得慢的问题了，

重要的是那个美感。

孙：但您最前面也提到俗体字的普遍运用。这在书写繁体字的台湾，也不是不被认可。所以接下来的问题，应该不是一味地坚持回繁吧。

林：基本的态度要清楚，但处理事情时也得就事论事。我并不像有些人那样，非此即彼，我觉得两边还是有一个中间的方法。前一阵子我来北京，中华文化促进会的王石主席请我吃饭，我向他提出，干脆我们联合提议一下，把那些明显看起来不均衡的字挑出来，让它们恢复到俗体字或繁体字，而且是很务实地一次性把它们改过，这样两边都能接受，也不会太差。他也表示赞同。

孙：那除了您刚才提到的那几个字，还包括哪些呢？

林：飞天的"飞"啊。以前的"飛"，下面为什么要有个"升"，是为了撑起那两个翅膀。而现在简体字里，作为支撑的东西没有了，"飞"来"飞"去，要写好看才奇怪。就是诸如此类看起来不均衡的字。

那个用作部首的"讠"字旁，如果可能，我也建议恢复成"言"字，因为前者看起来是行书、草书的写法，行书、草书原有浓厚日常手写的意味，如此写，就更增加了流动、韵律、行气的美感，但我们现在把它们的灵动凝固化，直接变成印刷体，就很奇怪。国家大典为什么要穿正式服装？因为正规嘛。你让我这样一个穿布衣有山林之气的人行外交官礼节，就不对劲。

此外，还有一些字，该不该那样简化，依然可以商榷。比如"仿佛"这两个字，过去偏旁写作"彳"。而以前只要是双人旁的字，都有徘徊之意。走来走去，表示一个人的状态并不是那么安定。现在简体字的"仿佛"都是单人旁，完全看不到形声字的形所表达的意思。尤其是第二个字还写成佛陀的"佛"，"仿佛"的本意是彷徨不定的，和佛陀有什么关系呢？你当年简化它时，就差那一撇啊？

本来简化是个中性词，并非是坏的。像我就不赞成马英九将繁体字叫"正体字"。你正人家就是歪吗？写楷书叫正，人家写行书就不正？这都是带有情绪的话，没必要。但是就简化的手段而言，我们得承认，如果离开了六书的原则，就偏了，因为会失掉文字的系统性。我们说，有系统才会有深浅。

再者，任何一个时代的字的简化，都可能有思虑未周之处。要改，并没有想象中那么难。首先，大陆若决心做件事，其剑及履及是有目共睹的。其次，现在电脑的程式转换较过去的铅字排版不知方便多少。所以说，关键只在：你对这问题的体认以及所下的决心如何。

四、生僻字？艰涩字？当整个社会用词都单一时，代表你这个民族，生命没有在某些点上有一种动人或极致的琢磨

孙：繁简字说完，再和您谈生僻字。这是现在大陆热议的问题，和汉

字书写有关。央视做过一个节目叫《中国汉字听写大会》，选手们都是中学生。观众普遍反映，有些选出来考的字太难。而现场发现，场边大人的书写成功率还不如孩子们呢。所以，争议就起来了。有的认为，生僻字大家已经不用了，考它干什么？主办方回应的是：把冰封的汉字焐热。对此说法，有人虽然也觉得愿望良好，但转而会认为，有了电脑之后，大家连提笔写字的机会都不多了，焐热生僻字，岂非难上加难。您怎么看？

林：就先从什么是生僻字说起吧。什么是生僻字？一种文化，对某一些东西特别重视时，它在上面的遣词用字就会比较细密，比较留意。像过去的庙堂建筑，每一点、每一细部都会有专有的名词来表述它。而你现在不重视它、不用它，自然就生僻了。

孙：嗯，我发现我去日本多了以后，开始对不同类建筑屋顶的专有名词感兴趣：庑殿顶、悬山顶、歇山顶。老实说，要弄懂它们的区别，我这个建筑外行还真得不断查书，最后感觉还是含含糊糊的。有一天在微博上发了一句求教方家的话。一位诗人回了一句：听起来很神秘，诗到语言为止，不予追究。后来又补一句：如果不是建筑，这几个字怎么会组合一起呢，组合到一起就是奇迹。当然，他是在领会语言之美，我是真正想搞明白它们的区别。

林：从寻常人认知的角度，这些专业词汇会让人觉得烦琐、艰深，但这里面所透出的信息是，它的每一寸每一分我都重视到了，也对我构成意义，所以我才用特定的词语来说它，而不是夯不隆咚一起包裹。也因此，我们看待一个语言系统，会发觉它遣词造句分化得很细的地方，就是这一个民族、这一种文化的心灵、美学所特别着墨之处。

正如我们今天看一篇书法论文，看它描述汉字笔触的用词，都已远远超越了写得好、写得坏，甚至雄阔、纤细之类的层次般。你如果脑子里只有简单几个词，不仅无法写出一篇书法论文，更直接就说明了你对它的外行。

孙：但很多人通常觉得，我不是这个专业，所以我不用懂这些。

林：但不能一概就认为它生僻、艰涩，可以直接被淘汰。人类的感觉是由粗陋变丰富的，而丰富细密的感觉就需要丰富的语汇对应。语言之所以细密，一是因为对文化、生命多了观照；二是，当一行变成专业时，相关的词汇就会细密化。

所以，讨论一个词语是不是生僻，是不是就此被淘汰不用，首先要回头观照，它对于我们到底重不重要。其次要看是不是因为我们不在那个专业，所以那些词就显得艰涩生僻。这个一定要分开。也就是说，即使不在一般用语中的词句，也并不代表专业上没有它的必要性。

而从更根柢来说，当整个民族、整个社会用语都显现单一性时，文化传承就会出问题。因为它意味着，这个民族、这种文化缺少细密观照或分流派生乃至多元竞秀的部分。大陆从领导到知识分子再到常民，从生活到美学的用语为什么那么好翻译，因为用词都差不多。好处当然是通俗易懂，但也还是说明，这个社会，大家对文化、对生命缺乏更细密、更深的观照，缺乏在某些点上那动人或极致的琢磨。

说翻译，如果你去翻译日本的东西，像茶道里的侘寂美学，其实是完全找不到中文同义词的。而何止是异文化之间找不到同义词，如果你对词语的领会一直是这么粗陋，即使在同一种文化里，你想描述一个时代、一种文化面相，也会找不到真正达意的词语。也就是说，那时代、那文化面相对你真构不成意义。而人是意义的动物，一个词语的产生，一定会有它特殊的指涉。一味地在语言上从俗从众，就很难产生丰富的文化。所以无论是文化传承，还是生命认知，语言的丰富性都非常重要。在此，可以这样总结：丰富的文化，要依赖丰富的语言表述；丰富的语言，更可以刺激丰富的文化。

孙：但是很有意思的是，看王鼎钧先生的《关山夺路》，他反省国民党当年的失败，说那时国民党的口号都写得很文雅，共产党的口号标语都很直接，但管用。因为那时扛枪打仗的都是底层人，看不懂高深的。所以我们社会需要上传下达时，基本上是一种语言方式。这个我们在《十年去来》中也谈到过。

林：一个良性的社会，要尊重工农兵的语言，也要尊重文人的语言，甚至，尊重贵族的语言，这样文化的丰富性才能体现。日本就是个例子，它的语言中有敬语，有些用词很典雅，由此你就能体会到这个民族的美感。

当年"五四"那批人，胡适提倡白话文，多少人觉得非白话文不用。可是你看胡适自己的文字，不也用成语？对一般人，成语也可能是艰僻的呀，因为背后有典故，但成语的意涵多丰富，你不用它，往往废话一大篇还讲不清楚。所以那个时代把文言文、白话文完全二分的想法，后来发现也是不可行的。同样，我们现在以为这个叫生僻字那个叫常用字，这种二分，其实也会衍生认知的盲点。

孙：但是，随着年龄增长，加上使用电脑，我越来越发现，对很多人来说，会的字就是会的字，不会的字，查了字典，这次会了，下次碰到还是不会，还要去查。提笔忘字，更是寻常之事。因为不写不用，当代人对汉字的记忆、书写能力普遍退化，更谈不上理解。另外，我听说，中学老师教孩子作文，也会引导说，高考答卷时不要剑走偏锋，拿那些艰僻字做作文，不仅拿不到高分，反而有一定程度的风险。

林：当然，高考是综合能力考试，无论是你故意找些晦涩、专业的考倒考生，还是考生自己专捡生僻字来造句作文，都没必要。因为这是对一般学生的测验。

但回过头来说，即使是一般人，我们也会讲到所谓的国民素养问题。大时代、小时代怎样分，其中重要的一点，就是看国民的素养。而涉及素养，就不能永远在有限的几个字上转。就跟做食物一样，你只有两样配料，能做出什么菜？只有配料多、香料也多，一顿丰盛的宴席才容易出来。记得《谛观有情》出版时，我跟你说，大陆朋友怎么老爱把"积极"这个词挂在嘴边？这个要积极地来办，那个要积极地怎样怎样。你积极我也积极，全民都积极时，这代表什么呢？代表你们乏善可陈嘛。

孙：哈，那时我还告诉您一个词语：秘密武器。李东恒在录音乐方面有擅长，您发现了他，让他帮您录《谛观有情》，他就是您的"秘密武器"。这个说法也是当时大陆的语言特色。

林：两岸的词语有彼此的偏重，但大体来说，前期的台湾用语要较大陆丰富活泼许多，这主要跟它文人、儒释道的传统，以及不须那么政治教条有关。但大陆某些工农兵特色的用语，初接触也让我们觉得新鲜，只是对生命、对文化的描述的确太单一了。

说到词语的丰富性，还要注意到，中文是单字构成词语，本来是可以由人创生很多词语的，但现在，大陆这种创发性真是不够。你还记得我曾提过的一个作家梁寒衣吗？

孙：记得啊，是写宗教文学的。

林：她笔下常常出现一些字眼，是我们字典里查不到的，但意象鲜明，而且你也都可以理解它的意思。这是真正的创作能力。

孙：嗯，听您说过后朋友就送了我一本她的《优昙之花：生命中不可错失的经典》。虽然是当代人在解佛经，但那神韵，直追古人，只比得我们这边写同样题材的人的文字如白开水一般。很奇怪她的书没有被引进过来。倒是写得不如她的台湾作者，在这边有些流行度。这也说明，对一种文化，大家还是从浅从轻进入。也就同样能解释，人们为什么会本能地抗拒艰涩字、生僻字。

林：所谓的艰涩字，只是代表我们少用。但少用不代表不会用，我们要返观的反而是什么时候会用它。它可能是在术语中用，可能是在文学中用。现在不用，并不代表将来不用。即便现在不用，也仅说明我们对事物观照的重点不在那里，并不表示你现在的观照就是对的。有时，你必须得说，有些字一用，我们民族美感的、观照的细致才能出来。

孙：是，微博、微信圈一度在转一个有关色彩的东西，大家都在感叹古人对色彩的命名那么美那么丰富：花青、钛白、藤黄、曙红……而这些，都不再是我们的通常语汇了。

林：有一种说法是，英语比汉语多了几万个词语，所以英语是种能让人做比较充分表达的语言。坦白讲，这样的说法不只很多人会不服气，事实上也太粗率，因为各个民族的语言都是描述它的文化的，不同的生命经验间不好直接量化比较。何况就如刚才所讲，中文是有大量自我创造的空间的。而这词汇量到底是直接由辞典统计而来，还是怎样统计出的，也都有可供质疑的空间。不过话虽如此，这种说法毕竟提供了一种切入点，就是词汇量与文化的丰富度高度相关。而我们现在为什么不能用方言写作？因为有些方言虽然说起来精彩，有其特色，但就是落实不到具体的字。你懂我的意思？

孙：我太懂了。我有篇文章就叫《方言的纠结》，是说当我写文章的时候，我的思维其实是普通话思维。家乡话虽然会说，但用它写文章，有些词就找不到对应的字。而且很多公共的词汇用自己的方言来讲，也说不出口。我知道很多少数民族没有自己的书面语言，当他们借助于汉语表达时，我相信一定也会有意犹未尽之处。这有些像翻译。

林：是，许多方言的味道不好表达，但方言缺乏文字或现代的、公共的词汇也是事实，所以用它做完全的写作就较困难。

而说到语言的独特味道与内涵，现在整个国际翻译界的主流是，大家渐渐学会必须尊重原文。豆腐就是豆腐，不会翻成中国布丁。豆腐为什么不能叫中国布丁？因为你只要说中国布丁，你就永远不晓得它的制作过程，它的口感味觉，何况中国人对它还有引申的含义。

孙：是。当我在饭桌上说喜欢吃豆腐时，朋友总是莫测地笑。一般外国人不明白这里面的意思。

林：说喜欢吃中国布丁，某些意思就全不在了。

孙：甚至对应不出它独特的味道。

林：是的。虽然我们说文字是一种表达工具，但它必须是一个有效的工具，能够使你的生活经验在里面完全被描述，甚至反过来，文字用得细密，使得你的观照更为细密，文化感觉也更为丰富。茶道为什么会有一些专有词语？也是在描述茶之间那些细微的感觉。有些词语的确是生命深刻到一定程度才会用，有些是到内行层次才会用，这都代

表一种深化。而当你越来越了解这些词，越来越懂得它们的含义时，你的生命体验自然越丰富。个人如此，整个民族文化也会因此越来越有厚度。

这样认识，你才不会遇到不懂的就说它是艰涩字，以为可以随意将它删减掉。

对生僻字，我们要知道当时它用在什么地方，为什么用。能解释透，让大家了解这些字，也是好事。即使你认为平常时候用不到，但至少可以由此知道，过去人是这样观照的，你因此对文化、对生命的感觉会多一条线索。

举个例子，"观照"这个词，现在渐渐被大陆许多人接受了，当你理解它并开始用它时，你其实对一件事情的态度就转变了，许多事就不再只在逻辑辩证法上纠结了，就直接观照嘛。

前面说到繁简字，在语言的丰富性层面我还可以再说一下。我们看到，简化了的汉字，"头髮"的"髮"和"出发"的"发"是同一个字，"麵条"的"麵"和"面子"的"面"是同一个字，"鬍子"的"鬍"和"胡人"的"胡"是同一个字。可是，中国人用胡人的"胡"时它代表什么，代表不同于汉族的许多北方民族，代表一种文化，更多的是一种草原文化，比较粗犷。历史中胡汉是对称的，怎么会用到胡子上来呢？过去把"鬍子"的"鬍"写成"鬍"，其实是有道理的，因为是形声字，就和"头髮"的"髮"一样，既是形声字，又很形象，不是吗？现在很多形声字的形所体现的意义给取消掉了，就只留个音。

坦白讲，在这里，你写汉字和写拼音字又有多大差别呢？

而这样借用的结果，还须一提的是：它也常会带来一些文意的混淆。例如我的《六十自述》诗最后一句："馀生如有愿，春深子规啼"，原意是：禅者原该无愿，何况已历尽江湖的自己，而若往后的生涯还会有愿，就是深感于自己在禅门的夙世因缘，所以愿在有生之年，以一禅门清影之身为众生发出不如归去的啼声。但这"有生之年"的"馀生"，与"我的生命"的"余生"，在简体字中却都成为"余生"，于是这句话的意思容易被解读为，"我的生命若有愿望"，文意就走偏了，不仅时间点不对，也与禅家根柢的生命观照有违。

这类的混淆在古文、古诗词的简体字版上并不乏见，在两岸的文字转换上也常有误解。

跟所谓的艰涩字一样，谈简体字，这可能的意义失落或混淆，也须观照到，如此，简，就真能理直气顺。

五、世界是平的，厚度在哪里——全球化信息时代的苍茫不见

孙：说来我们谈繁简文化的失落，还是在讲一种历史感的消失。其实另一种消失，就是厚度的消失。尽管我们几乎每人都有微信、微博，好像各种信息、各种解析文章都在里面呈现，但它们不仅没有给我们认知世界一种立体的认识，反而碎片式地分散了我们思考的注意力。没有形成合力，或者说，它天生就是合力的对抗体，让人的注意力无尽地耗散。

林：的确，首先，信息发达的时代，信息量越大就越代表无信息。因为它太多太零碎，无法积累厚度。而更甚的还在于，信息时代虚拟与实在交错，其间的界限越来越模糊，甚至虚拟的也变得更似实在。而在虚拟世界的因果里，时空又是可以随意跳跃的，这就使得我们越来越缺乏真实生命时间轴的感受。以前，中国人的生命从汉唐到宋明一路下来，历史的秩序中有个非常清晰的因果，所以就积累了厚度。现在不是，一个游戏里岳飞与仓颉出现在同一时空，什么人物该出现，可以随意调取，你说混乱不混乱？

孙：现在还流行穿越剧。看着皇阿哥和格格们走路，你会觉得他们像走在时代广场上。以前演员要演历史剧，还谦虚地说要做历史功课，要使自己像个古代人。现在，他就是他，换个服装而已。编剧也是一样，历史人物、朝代事件，在他们只是个名词，想穿越到哪一朝就是哪一朝，事实上，这个朝代和当代没什么两样。

林：以前大家讲"世界是平的"，我非常不喜欢。世界是平的，厚度在哪里？当你讲世界是平的，就代表任何文化的厚度你都没有注意到或者不关心，所以世界对你才是平的。

孙：《世界是平的》是美国记者弗里德曼的一本书，代表他对全球化进程的一种观察。从某种意义上讲，他确实说出了一个悲哀的事实，也就是，一种无形的经济力正在铲平世界。我自己亲眼看到，我的家乡，一些重要的文化财产，正在被一种事实上很失败的旅游理念包装打造着，它真正的文化价值越来越被削弱。但是当地人并不觉知，他们觉得它更洋气了，或者更能带来经济利益。这都是广告宣传的效力。

很有意思的一点是，关于弗里德曼的《世界是平的》，大陆读者首先读到的是另一本《世界是平的——"凌志汽车"和"橄榄树"的视角》。虽然它冒了《世界是平的》之名先入，但我在当年的年度图书点评里，对它仍表示了特别的敬意，甚至更欣赏它原来的书名：*The Lexus and the Olive Tree: Understanding Globalization*（《凌志车与橄榄树：理解全球化》）。我当时的年度图书总结是："在'世界是平的'被喊得山响的时候，应该返身读读这本书，然后想想凌志车与橄榄树所代表的东西。再进一步追问：如果我们面对的是一个要被规则铲平的世界，我们的橄榄树在哪里？我们又该怎么守护我们的橄榄树？"

林：对，每一种文明都是一座高山一个大洋，或至少是一座必须探索的花园。用"世界是平的"这样的观点来对待它，那种文明的探索意义就会不见。所以，苍茫不见，也是科技、信息给人类带来的颠覆。

孙：在这里，所谓的苍茫不见，基本上已经是全球都有的现象了。

林：是的。当人类不再为族群奋斗，不再需要为个人的安危去争取与奋斗，苍茫感的确会少上许多。所以，整个现代社会都是一派现实的享乐主义味道。人在信息里满足一切，转而就变成对信息的无限挖掘。而信息，又可以如此随意地排列组合，历史的纵深感真就不见了。现代的生命更多是唯物的生命，就像我常讲，现代的人活得就像佛法里四圣六凡中的天界与阿修罗界：一切都有，就是不知因果。不知自己的这一切都建基于历史之上。

孙：而且我发现，现代人即使出于某种原因想对一种文明做探求时，他们也会首先从谷歌、百度开始，而不是从一本讲述这种文明来龙去脉的厚重的书看起。书对他们的速食性需求来说太慢了，或者说他们希望的是，网络迅速告诉他们令他们不解的某一点是怎么回事。这也就是当我想在人文版上放一个有深度且容量较大的文章之时，总觉得外界有个声音在说"短些，再短些"，读者不可能接受这么长的文章的原因。纸媒的没落，被看成是因为信息比起微博、微信相对滞后。但我反而觉得，纸媒要想对抗，应该呈现一种非信息化的东西才成。

林：当整个社会把所有的经验都化归成信息时，自然就视纸媒的存在为一种浪费。但从一个生活的角度看，我们在编辑一本书时，为什么连选纸都很重要，因为纸从视觉、触觉上都会影响我们对内容的判断。

　　这里我们仍然需要时时反思整个科技对我们的影响，尤其是作为个体的生命，到底是否就总是跟着它变——跟它一起醉生梦死？

孙：醉生梦死？这个提法是不是有些重？

林：我所谓的醉生梦死，就是不自觉。你看我们有多少时间是在发微信、转微信，还有微博！人生因此变得如此不能空白，但另一面我们却对自己当下的处境没有感受。

孙：是。曾经看到一则微博说，巴黎一个咖啡馆门口挂着一个牌子："没有，我们没有无线网络；和你身边的人说说话！"许多人在转，因此我看到了。吊诡的是，这里面的生命提醒，我也是通过上微博看到的。

林：我们不排除微博、微信上会有一些有益的信息，但它并不带来反刍，因为它就是那样快速地滚动，这一秒你还在为它击节赞叹，下一秒看到的就是另一件事了，缓不下来。而任何反刍、反馈都是需要时间的，苍茫本身，讲的就是生命的厚度与时间的积累。在这一点上，大陆尤其让人看不到那个"缓"字。

因为都不沉淀，都不积累，所以一切可以让人缓下来的事情都变成反潮流的了。我们今天谈苍茫不见——"苍茫"这个讲法也许对今天的人来说都太厚重了，换个说法，就说时间的厚度吧！这时间的厚度也不须讲大，就从个人讲，如果我们的生活就像刚才所讲的醉生梦死，时间没有形成生命的积累，那五六十岁的人就活得像一二十岁，谈同样的话题，做同样的事，追寻同样的东西。现代人老是在说，没有大师了。没有厚度怎么会有大师呢？大师不是天才，大师是一种积累，他也许不老，但积累的是过去历史文化的厚度。现代人、现代文明缺的就是这种厚度。

六、缓，才有自己的生命空间

孙：说文明，很多人觉得大，不如谈个人生命。刚看到您的一篇文章，提到缓，是从大陆整个社会经济趋缓谈起，您说并非坏事，因为它的确让人有停下步来想想的时间。后面说的缓，就是对个体生命的一个提醒："缓，就有生活，有生活就有生命的空间，这空间一旦出现，你就发觉一味的追逐多么无谓。"

这么多年我和一些朋友渐行渐远，也因为他们中很多人在大理或者中小城市买了房，过起了远离大都市的生活：品茶、写作、种花。空间距离加大了，但每次和他们接触，还多少能治愈我的那些缘于工作的焦虑。是啊，生活有各种各样的选择，何必在乎一个点上的得失呢？我还记得某一次我的小宇宙爆发，向您发过一个短信，说纸媒做不下去了。您回复短信并没有多说，只问了一句：不做这个，你想要做什么呢？这的确是个好的提醒。我们碰到什么不顺，对抗的想法是不做，但是没有真正问自己：不做这个，做什么？思考后一个问题，的确能让人脚步缓下来。

林：一个社会，如果每个人都急着往上爬，那就只能一个比一个急。我不是常讲，社会不能只像竞技场。一个竞技场，无论是跑百米还是马拉松，胜利者就只有一个，其他都是充满焦虑的失败者，而这胜利者为领先，还必须在这竞技场上无休止地跑。而我所说的缓下来的意思，就是提醒你，只有停下来，才能看到自家的立脚处，才有返观生命的可能。

孙：形势比人强，这也就是普通人觉得自己定力不足的原因。尤其我们还看到，那些能使我们产生静观内省的东西在不断恶俗化。寺庙不清静，历史古迹不纯粹，你想缓，好像连个让你静思而缓的空间都没了。

林：但话又说回来，若从修行的角度，我们在《观照》中不是谈到"魔焰炽盛，亦可全真"吗？即便是整个社会都处于浊世滔滔时，你想要全真也还是可以的，因为你比过去有本钱。过去的人，不随着社会走，会有性命之虞，就像当年的游牧部落，很可能一掉队就置身荒野。但现在，我们之所以跟着社会步伐在走，在追逐，某种意义上讲，就只是一种惯性。

我为什么要在杭州做一个"忘禅小筑"的禅空间，除安居外，也在告诉大家，社会再怎么变，你都可以有自己的生活。在台湾，这些年我何尝随过时潮，不也活得好好的？有时还被大家羡慕。而只要你愿意，一样也可能找到属于自己的生活。过去不从众会饿死，现在不从众也就是过自己的生活。至于以为住多大的房、开什么样的车叫幸福，那就只是各人的认知、个人的无明。

孙：可叹的是过去所沉淀出的有品质的生活方式，追逐的人多了以后，就又变成另一种方式的从众。比如我们前面谈过的：听昆曲、弹古琴、信密宗、喝普洱。

林：其实这几样对中国人来说，原都是关联于文化情性、生活品味乃至生命安顿的，也都是生命必须返观停歇才能契入之事，但因急，因夸富骄人，因想速食成功，四件情性之事竟都沾满了铜臭气。

孙：普洱有一阵子炒到一斤多少万，而即使你有钱买到这样的茶，也不知道它到底算不算好茶。所以电影里富人的著名台词就是"只买贵的，不买对的"，倒也形象无比。其实就是没有在本该的生命落脚处，找到自己的生命空间。

林：是啊，你喜欢茶，也喜欢茶器，过程本该是这样的：因为喝茶，喝出品味，所以想喝好茶，好茶就要有好的茶器搭配，就如此，你越来越深入，越买越内行，慢慢深入茶的文化中。但现在不是。

这个时代看起来一切都有了，其实每个人却都被裹挟着，不自觉地在追逐中度过。过去我们透过历史，扩充我们的生命，所以一个人的生命可以"上下五千年，纵横十万里"。现在有了虚拟空间，物质丰富，看似带来了更多的东西、更多的领域，却反而找不到生命真实的落脚点。

所以看大陆，会发现一个非常吊诡的现象：在大的国族论述里，大家非常强调中华民族的荣光，甚至以为个人为此做牺牲都是应该的，但另一面，却又是每个人在完全、快速的社会变动里面丧失历史感，只追逐所谓现实的成功。

孙：现在看，越是被信息裹挟的时代，人才应该更深入历史，培养自己的历史感。像您以前所说，一个人有历史感，才能有自己在时间轴中的坐标，也才不会只计较现前的得失，成为一种纯物化的生命。

林：人，不能不谈历史。历史是生命的一种扩充、一种认同，中国文化因具浓厚的人间性，较少彼岸世界的参照，历史的契入乃更为重要。而即便是禅，尽管超越时空的起落，历史中的禅门巨匠也仍是我这禅家生命的最好参照。

第七章

乡村的逝去与重构

所谓理想的社会，是有着可以被想象的乡村，既让人可以寄托生命情性，对都市又能产生一定的互补性。都市人有此精神舒缓的空间，乡村才不致彻底消逝。

一、乡村变还是不变，人类学观点也在做调整

孙：讲到人心安顿，我前一章也说过，很多身边的朋友现在都爱往小城市跑，或已经在某个乡村觅屋小居。都市嘈杂扰攘，乡村确实是一个让都市人舒缓节奏、放松身心的所在。但是现实中的乡村困境，又让人无法将它想象成一个诗意的存在。这已经成为一个全球性的大问题。记得英国2012年奥运会开幕式，导演令人惊讶地确定了一个乡村主题。旅英作家书云为我写奥运文章，她指出，这是英国人对自己工业化后已然消逝的乡村的缅怀与痛悼。而说到乡村的消逝，国人之痛还不仅仅是自然的凋零。

首先，一触及中国的乡村问题，我自己都觉得头绪多，东部沿海的乡村与西北贫穷的乡村完全是两个世界。还有那种城中村。各有各的问题。谈乡村，真不知该从哪儿谈起。

林：那就从我们都能感知到的城市边上的乡村开始谈吧。谈谈那些因为"发展"而消逝的乡村。过去我们有一个思维，先让一部分人富起来，或者先让城市富起来，比如让东南沿海富起来，富了之后就会带动乡村、边远地区富起来。这个说法，在一定时间内成为大家的共识，也形成政策。

当时百废待举，中国又如此幅员辽阔，这种说法会被大家接受，且产生一定的政策效益，并不令人意外。但问题是，这些年世界的改变太大，我们已经进入一个信息社会。而即便不是现在这种信息社会，在电视机进入乡村的阶段，就已然要面临这样的问题：当电视播放、

传递的都是物质、精神上最尖端的事物时，你怎么能要求乡村、边远地区的人守住他们原来的样貌？

孙：变与不变的争议，已经成为老话题，得不出结论是因为所有人其实都已经意识到，变是大势所趋。

林：是。不变的期待，在以前还有一定的空间，或者说大致可以被理解。但到了电视这种媒介出来后，情形就不一样了。若站在城市这一边，当然希望保有乡村的原貌以供他们吞吐，人类学者更希望保持文化的多样性、文化的主体性，不要让强势文化吞噬了弱势文化。但在这里，却又必然要面对一个反诘，当地人有改变他们生活现状的愿望，他们会问，难道我们的存在，为的就是满足你们的想象？边远地区的人们也有发展的权利，也有选择自己生活的权利啊。

面对此，后来的人类学家变谦虚了，只做提醒者，也就是提醒弱势文化或小文化在这个过程中可能面临的处境与得不偿失，然后说：发不发展、如何发展的选择权还在你们身上。

二、要发展还是要环保，当事人的感受与利益，首先要被拈提出来

孙：说来还真是纠结得紧。有一年我到贵州一个美丽的村寨，它被称

为"最后的猎人部落",也就是说,那里的男人至今还保留着扛枪打猎的习俗。村寨的自然景致真是很美,但人却在发生着变化。比如很平常的问路一事,碰到的村民已经在暗示你:最好先给十块钱。他们的部落舞蹈还在上演,但看起来已经像为观光客所准备的应景表演了。人在其中心情很复杂,你已经预感到这个村庄未来的演化趋势,但你又无法去说:不要变吧,你原来的生活更好。因为如您所说,选择权还在人家手里。

林:是啦,这基本上是无法避免的,只能看轻重。

孙:轻重?

林:当我们想象全世界都在变动时,还有一个鸡犬相闻的原始部落为我们保留,这是不可能的。因为事实上你看到他们时,已经侵入他们的生活了。更何况,侵入,在一个资讯社会其实是无时不在的。保留,只是我们素朴的愿望而已。

　　首先我们得问,这些人是为谁而存在的?当然,所有人首先是为自我而存在的,但这些人的存在既然已进入我们的眼帘,我们也认为他们这样的存在有必要时,相对的,我们就要问:自己的角色在什么地方?今天我们谈他们要以什么样的方式存在,其实不是在谈他们想以什么方式存在。这个问题之所以成为一个社会问题,也是因为这个落差,也就是我们已经涉入了。要不然,如果只是他们村寨的问题,他们怎么变化,以至于后来会不会后悔,都是他们自家的事。

而当我们把他们纳入我们的一环，希望他们成为我们的一部分时，要维持他们，我们的付出就是必要的。这方面，不能单纯靠乡民的自觉。整个社会都躁动时，你不能要求他们为你而淡定，必须有都市或社会整体的回馈。

孙：所以我现在基本上觉得，挽救乡村，其实是乡村外人群的责任。偏远的乡村自己已经没有这个能力了。

林：现实上他们是没能力，权利上他们可自主选择，所以这里的尊重与对话，尤其是将他们的立场放在前头就很重要。说到这里，我们就能体会为什么雨林国家对节能减排嗤之以鼻，因为雨林国家根本没浪费，他们使用的氧气量不知是他们生产的氧气量的多少分之一。而美国，以两亿多的人口就用掉世界四分之一的能源，却告诉雨林国家要为此保护森林资源，这不是很荒诞吗？

你要把它放入生态整体来看，就必须对它的付出做相应的回报，这才是世界的公平，而不是一些先进国家高举环保、生态、正义之大旗，却只是索取。

孙：看每次世界环保大会，发达国家与发展中国家意见谈不拢，就觉得这真是一笔世界的烂账。

林：《京都议定书》又要延一些年，不能进一步签约，原因就在此。发达国家指责发展中国家造成生态破坏，却从不追问那些破坏的根本原因。说白了，他们是把雨林国家当成银行提款机，随时提取。而从雨林国家角度讲，要烂，大家一起烂，为什么你在浪费资源，却让我们为你保住资源？没道理的。

孙：我们不自觉地就谈到发展与环保的矛盾，这也是谈乡村无须回避的问题。有时我们能在报纸上看到当地人与环保人士的冲突。表面上我们甚至觉得，环保人士阻止发展，是出于对当地生态的保护，某种程度上还是在维护一种既有的乡村美学。但是当地人并不买账，觉得这些环保人士多事。这个又该怎么平衡？

林：我们最开始时就谈到人类学者面临的难处：外人是否真有权力决定当事人生活的选择？台湾东部的一些开发案的抗争，也是有这个矛盾。因为东部是台湾岛上最后一片乐土，环保人士不希望它变模样。但东部人则说：难道我们这里就只是你们城里人赚了钱来消费享受的地方吗？以前苏花高速公路常常崩塌，要修路，又被环保人士挡，认为是破坏了环境。花莲人后来说：我们只是要一条安全回家的路。

要回家的路，还是要一片乐土？我还是认为，人的基本生活设施需要得到保障。台湾很多环保人士的做法我并不赞成，因为他们并不生活在乡村里。他们其实是主流社会的人群。一个不住在乡村的主流群体告诉乡村人一定要保持原样的乡村时，乡村人当然会觉得他们有"何不食肉糜"的轻率。

任何事情，当事人的感受，都应该是文明社会考虑的首要基点。否则就会以强凌弱，以抽象正义代替实际生活的感受。

孙：但环保人士也会说：我们只是在做善意提醒啊。

林：台湾的环保人士有时不是这样，他们很强势。我不是给你讲过台湾环保人士的一个"鸟重要还是人重要"的故事吗？新竹的香山，我的家乡，靠海边有一片沙洲，县府求经济发展，想在上面盖居民住宅，环保人士反对。我一个朋友是搞社运的，也去声援。开会时新竹鸟会的代表首先起来发言，就只一句，我那刚进会场的朋友转头就走了。为什么？原来这鸟会人士义正词严地问大家：是鸟重要还是人重要？他的意思当然是鸟重要。环保搞到这样，你还有什么可说的！

孙：后来事态怎么发展？

林：最后居民住宅也没建成。但有一点是肯定的，这不是那鸟会思维的结果。鸟会人士当然可以宣传自己的主张，但把观念弄到极致，忘了其他，尤其是人的存在，其实就截断了对话的可能。

孙：每次您在饭桌上讲这个例子时，在场人都大笑。可以想象说出这句话时那个鸟会人士气愤的样子。不过，一个居民住宅计划被阻止，肯定是各方力量综合在一起的结果，不单是鸟会人士的抗议所致。这件事结果应该这样看。

回到乡村问题上，发展还是保持原貌，永远是个动态平衡。而且现在所做的选择，未来才能看出得失。比如退耕还林，短期看似乎损害了农民利益，但从长远看，对整个生态走向却可能是正确的决策。

林：当然，任何矛盾冲突起来时，也不是说当事人的想法都是对的，他们也会有自己的错误想象。外面的人、学界、政府也应当告诉他们，若做一种选择，可能性在哪里，危险性又在哪里。理想的状态，是当事人和外界达成共识，共同抉择。

当然，有些事务牵涉到的公共利益大一些，当事人的看法因此无法排在第一位，但政府即使要有怎样的作为，也该给当事人一定比例的赔偿。当事人的利益并不只是指金钱等可以量化的部分，还包括设身处地为他们的生活、心理考虑。举个例子，台湾前一阵子农业不景气，又怕"谷贱伤农"，所以提倡休耕，休耕的农民可以拿到政府补贴，收入也不比继续耕种的人差到哪里去。但问题是许多老农不耕作，他们的生活就失了重心。

当我们为乡村考虑，希望影响乃至决定他们的去向时，这些心理的体贴与相应的政策回馈就是必要的，不能只停留在整天追着议题跑，谈一些抽象正义的层次。

三、留住乡村，需要有超越农村现状的思维

孙：不管从乡村人安身立命的角度，还是从城市人安顿心灵的角度，我想大家共同的愿望都是留住美丽的乡村，留住我们曾经的文化记忆。但是正像城市在被诸多无形的东西裹挟得身不由己一样，乡村也难以幸免地被很多东西裹挟。要不然，它不会变成世界性的问题。

林：确实是一个世界性的问题，但在中国更要警觉，这些年大陆变化太快，且是翻天覆地的变化，它涉及社会结构、政治制度，而能量却集中在少数地区、少数人身上。人类历史上几乎没经历过这样的改变。它很像一场革命，但革命一般都先以破坏的姿态出现。可大陆今天的变化，乍观之下却是建设，这常让我们忽略了它革命的本质。这时，稍一不慎，就可能遗患无穷。而在这么大的变化下，要求边远地区的人守住自己，更是难上加难。

孙：其实发展到今天，面对现实的大陆知识分子，已经不会再一厢情愿地幻想保有沈从文式的边城那种美丽的存在，但大家无疑希望中国的农村人口活得不那么悲催，不那么身不由己。因为大多数人如果上数三代，都还和乡村有千丝万缕的联系。许多人身在城里工作，但还有亲人在故乡。每年返乡，满目疮痍，看着乡村都没有壮劳力，只有老人和孩子空守，那种凋敝——真是生命不可承受之痛。

林：凋敝，其实不仅在中国大陆，连乡村建设比较好的日本，也同样存在。我去过被我们当成社区总体营造范本的日本三岛町，一进去会觉得，哇，这里的老人满足于自己的生活，小手工艺做得不错，人人生活都很自足。但我私下问他们，他们也会说，人口继续外流。你看，让年轻人守住这块地方，守住原来的生活，连日本这种公认的能守住文化精髓的地方，也如此之难。而年轻人的选择其实又不难理解，因为年轻生命的特质就是想象。他会觉得未来自己还有驰骋空间，想找到可供自己发挥的地方。

所以重要的还是，全社会能否创造出一个乡村的想象，并且有相应的作为去构建它。如果没有超越现状的乡村建设思维，而只是把乡村当成城市的供应链，这个问题只会永远恶性循环下去。

孙：说到乡村想象，很多人可能又会说，得，又回到田园生活那种老说法了。他们肯定会断然地告诉你，现实如此，我们已经回不去了。像贾平凹的《秦腔》，还有很多类似的当代农村题材小说，都在悲叹：我们回不去了。

林：不是田园生活，不是陶渊明那种桃花源。我说的乡村想象，指的不是这个，而是相对于城市，乡村能够提供给我们的更符合人类自然生活的那部分。这是有指标的，比如乡村的"建蔽率"（台湾用词，指建筑所涵盖的面积——采访者注），比如绿地、空气指数、便利店的设置。它使你虽然身处乡村的小社区，但基本生活需求在方圆几里都可以得到解决。有这样一种典范乡村在，相对于城市，就可以呈现出现代人行有余力之后必然追求的生活。你想啊，空气又好，视野又好，有劳动的机会，各种生活设施方便，和都市的连接还不像以前那样旷日费时，人干吗还要挤在一个拥挤的城市里过活？

所谓理想的社会，是有着可以被想象的乡村，既让人可以寄托生命情性，对都市又能产生一定的互补性。都市人有此精神舒缓的空间，乡村才不致彻底消逝。

孙：这句话实际上是说，大家一起构建一种理想乡村的存在，才可以真正留住乡村。

林：对。在台湾，近些年当局一直在倡导观光农业、精致农业，还包括文化农业。由于这些的吸引，一些厌倦城市生活的人开始返乡，兴起一种回归泥土的热潮。

孙：这种生活方式在北京、上海等大城市周边是可以看到的，有些郊区还开辟租种业务，让城市人自己种菜。但在大家看来，这些都属于休闲农业，是城市人假日转换生活方式的一种选择。

林：但在台湾，这已不是城市人行有余力、在城市待得烦闷的暂时躲避，而真正是基于价值观的改变，有些人直接就从市民转为农民。

孙：但在大陆，我还是觉得，绝大多数城市人不会做这样的选择。他们会觉得风险太大，没有保障。

林：台湾人这么做，的确也有它经济、贷款各方面的诱因在，但你也不能不看到，这么多人价值观的改变，更是催生这些诱因出台的原因。

另外，乡村生活机能的完善，也是留住乡村的保证。设想一下，如果乡村各方面都开始恶化，即使风光再美，也只能成为城市人度假的地方，匆匆而来又匆匆离去。乡村机能完备，想要居住的人便会居住下来，然后一起参与乡村的合理构建。说到底，一个地方究竟适不适合居住，根本的考虑还是人：人活着要干吗？人有哪些根本需要？

而城市发展如果说会遇到一些瓶颈，也就是因为种种作为并没有站在人的基点上去考虑。乡村也一样，如果要什么没什么，你想留住乡村人口就不可能，更不要说让城市人到此安住。

四、城市的观念改变，开发的观念才会变，乡村的发展观才会变

孙：对城市与乡村问题，不能割裂地来解决。很多人现在认识到这一点。对当下的乡村，房地产商开发没商量，引出过很多纠纷。写在纸面上的发展规划一般都前景灿烂，但留给现实的则是隐痛，因为从某种角度看，它是牺牲了最底层人的利益的。所以现在再谈乡村的逝去，真的已经不是在谈乡村人守不守得住的问题，而是整个的社会、整个的……说发展链也好，利益链也好，让不让他们留住乡村的问题。

林：的确，现在不能只是谈乡村是否守得住，整个社会其实更要调整思维，不是城市带动乡村发展，而是我们要有真正前瞻性的乡村思维，反过来解决城市的问题，而不是只把它当成城市的延展。

所以说，即使要做一个城市乡村的发展链，也要想想当一个城市的发展模式遇到瓶颈后，乡村将在这里扮演什么角色，把更多精力放到乡村或边区的愿景与想象中。总之，这需要根本性地转换思维。如果基本的发展观念不改变，一些人还会觉得房地产商的思维并没什么

错，顶多是操作过火了，那问题只会越来越大。而就此，坦白说，城市人不要说不了解乡村，对城市的了解其实也不够。

孙：这个怎么讲？

林：未来的城市，其实不需要那么集中化。举个例子，过去你办个身份证、买个火车票，一定要到哪个地方去，现在上网就解决了。不集中化就会出现许多适合人居的小城市。像台北这样的城市，方圆五百米内，民生的问题基本都可以解决。城市不断向外扩充这个观念，本来就需要调整。

城市的观念改变了，开发的观念就会改变，法律也会依着它改变。举个例子，台湾多山，有一阵子山坡地建商滥垦，二三十年间发生了几次大灾，台北郊区汐止山上林肯大郡整片房子倒下来，1988年水灾之时整个村庄"走山"了。十五六年以来，台湾山坡地愈管愈严，告诉你，这种地方不能做房地产开发。但不做房地产开发并不意味着不能开发，你可能回到生态保护、森林养护等作为上。总之，一定要有相应的措施制约或平衡房地产开发，不能只有资本主义的生产思维，以为房地产是火车头产业，打压房地产就是打压一切……

孙：有部当代小说讲房地产商的，用了一个很有象征意味的书名:《福布斯咒语》。小说写了中国房地产发展进程中形形色色的商人，可以说他们的作为左右了当代社会的进程，也把连他们自己在内的国人搅进了一个说不清的财富梦、成功梦中，但没有谁在其中深感幸福。

林：这里有个人的迷思，也有整个社会的迷思。房地产业固然是一个整体，牵涉到土地建材等各方面，但如果我们不自限于资本主义的思维，总会有另外的东西来制约平衡它。我们不能只这样想，以为房地产低迷，经济就会崩解。永远这样想，就永远在开发的梦中。

孙：不仅是梦，而且是噩梦。房地产的思维实际上反映出我们对城市的理解，房地产开发之所以总是长驱直入、理直气壮，也是因为有些人觉得，它的开发关系到整个经济格局。

林：城市问题其实取决于对开发的理解。一个城市要成为可居的城市，它的功能一定程度上要能被分解。这也就是在这么多城市中，北京最无药可救的原因，因为它没有分区的观念。分区思维在一定程度上是和它原来政治中枢的思维相抵触的。

孙：是啊。（笑）

林：但是也可以这么考虑，即使你要维持一个中枢的思维，在一个信息时代，也并非靠办什么证都往你那儿挤，像边区对城市朝贡那样去体现。你可以有一个法令的依据，信息在这个轨道上走，同样可以维持一种中枢作用。

孙：是啊，这几年北京也在此有所动作，说明是想到这个了的。所以谈乡村，最后还是落到了城市问题。

林：是如何城市化的问题。很多地方现在已经开始不讲大城市了。因为大家发觉，大城市很多问题基本上是没法解决的，比如犯罪、交通、污染，更不要说抽象的生活品质。

孙：那台湾这么多年有没有走大陆这些弯路？

林：弯路是有的，但没有那么大。我刚才也说，山坡地的开垦、乡村的凋敝原就在。因为即便信息化还没有广泛时，乡村人口就已大量涌入城市。台湾本身是个人口自由流动的社会，地方小，流动更容易。六七十年代经济起飞时，乡村人口就开始往城市移动，当时的流行歌曲、小说里说得最多的就是南部人到台北找工作，像林强有首闽南语的摇滚，歌词就是这样："向前走，什么都不惊。"意思是：到台北什么都不怕，只要你敢于向前闯。

　　台湾当然走过这样的弯路，只是大陆的转变还不一样，前面说了，它是革命性的。此外，大陆根本上还有一种典型的大国思维，看大而不看小。政治方面如此，城市建设方面也崇尚大。你看北京，这么多环，一环一环往外扩，看起来是大了，但问题解决了吗？住在里面反而更难受。

孙：是啊，有一首搞笑的歌就是这样唱的：啊～啊～啊～四环，你比三环多一环；啊～啊～啊～五环，你比四环多一环。

　　说了那么多，我还是想知道，台湾经过了凋敝，经过了不断地修复，观光农业或者别的什么，现在的情况是，原来流向城市的人在往回返，还是乡村的人真正在乡村留住了？

林：乡村人真正在乡村留住的比例并不大，因为年轻人都有对未来的憧憬、对发展的想象。但新的生活观念的确让这些年回流增多，甚至是城市人直接转为乡村人。这几年台北市人口不增反减，许多人到台北的卫星城市买房，然后搭公交来台北上班。当城市出现饱和时，大家也就比较容易看到乡村的优点。

当然，除这些观念的改变以外，一些实际的做法也起了关键作用。例如：日本原来以精耕农业出名，日本米特别好吃，而台湾地区的农业改良自来也成绩斐然，这几年台湾米也做得非常好，流行小包装，品牌还很多，连日本人都来买。类似的作为都增加了乡村的吸引力。

孙：日本米成为品牌我是知道的，有一年去日本，那里的中国留学生还建议我，到超市买一小袋米回去当礼物吧。她们说，日本米就是好吃。

林：台湾现在也有了许多不同的米品牌，有的强调有机，有的强调栽培方式。它让你有心想好好种米，甚至以之为一种生活价值。也正是出现这样一些相应的东西，乡村人口才会出现回流。

此外，还有一些措施也起了作用。台湾有台风，农业收入一般也较低，农民不想种田，想将地卖给营建商。可是后来对于农地使用有了新政策。比如在农地建农舍，农舍所占面积只能占到农地的十分之一，而且只能盖两层。而农业休耕，会有休耕的补助，又有老农津贴。如此先将一些东西守住，另外一些措施再跟上来。比如最近"农业部"

通过一个政策，休耕时可以有人代耕，这就使得休耕的地活了起来。

既然是商业社会，多多少少还需要一些诱因。这些诱因除观念的引导外，还需积极的政策与健全的法律。如果真想挽回乡村，这些配合都不可少。

五、贫困山区问题，更多需要政府来做，就看做不做，做得早不早

孙：前面谈到的，还都是相对无衣食之忧的城市边上的乡村。大陆的乡村，另一部分其实不在这个讨论之列，就是边远地区的乡村。当今学者就"三农"问题所做的思考，最忧虑的也是这一部分。

每次回老家，遇到乡下的亲戚，他们都会感叹说，城里人有退休金，而他们却不敢从土地上退休，因为没有耕种，就没有基本生活保障。民工潮也带给乡村很多问题，包括留守儿童问题、老无所依问题，再有就是医疗保障问题。所以有位经济学家说过一句很痛的话："三农"问题，本质上是一个道德问题。

林：这些地方面临的，根柢是平等权的问题，是生命尊严的问题，这个必须政府来做，因为它牵涉到政府存在的正当性。坦白说，大陆这种权力集中的体制，真想解决这些问题，反而是更好做的，因为它可以调动整体的资源。

孙：为什么会这样说？台湾这方面做得不好吗？

林：这方面吊诡的是，台湾社会看来是更直接诉诸民意，但首先，偏远地区在票数上就是少数，而民意很大的信息通道又是媒体，媒体很大程度上有先天的主流性。所以，要通过民意来对偏远地区产生一种结构性的影响与观照，反而是困难的。何况，诉诸选举的"政府"是小"政府"，台湾又有两党的恶斗，在这里的力量就更加不足。

即使在台湾这么小的地方，城乡的不平衡、山区离岛与本岛之间的差距也还是存在的。尽管在此有趋向公义平等的呼吁，但放诸整个社会，还是容易被社会的复杂运作给稀释掉。反而是大陆，这方面的介入会单纯些。而意识到问题就要早早做，如果不做，待商业利益链侵入，想再解决，就会像城市周边的乡村那样，尽在难以厘清的利益中转。

孙：做当然是在做。我们同时也看到，一些类似城市的医疗保障体系也开始深入下去。但农村人的抱怨其实是，上面规定要到指定的大医院看病，才可以报销其中的一部分，对他们来说，又有哪个能到或者敢到大医院看病？仅该他们自己支付的那部分，就已经超出了他们的承受度。

林：要想把这部分做好，政府就不能用成本论来看它合不合理。说到底，就是亏本也要投入，因为它关乎人的基本生存尊严。

台湾的乡村政策，对乡民最根本的保障是有老年年金。某种程度很像社会主义式的全民保险观念。如果属于弱势，预缴年金也都可以不必缴。它使得每个人老了都还有一份基本保障。

如果缺了这种制度性保障，强者愈强，弱者愈弱，社会问题就不可避免。

六、乡村美学：新农村，即使是好房子，也不该千篇一律

孙：当然，说到农村现状，各级政府也并非不作为。"建设社会主义新农村"的说法已经提了好多年，还有一些农村被树立为典范，引得很多人参观。但我视野有限，这些年出差，有时也到农村，看那种被塑造出来的新农村气象，真觉得让人向往的不多。房子新崭崭的，也整整齐齐的，但看起来就是呆板。

林：韩国农村改造只允许四种形式，但它真正呈现的，就非整齐划一。它像我们传统的四合院，有一个基本的样式，你不能不照这个建，但又可以有一进、二进、三进、四进院，乃至其他布局的不同，所以出来的面貌既统一又富于变化。农村的景观是依于农村的思维。在农村，就要能接地气。

孙：韩国我去过，可惜没进过乡村，但我见过日本的乡村。2012年去高野山，归来时沿途经过九度山町，也算是日本山中乡村一隅了。在那

里，有小小的寺庙，有清洁的街道，每家每户院墙都很别致，连路上的电线杆，都画着再现历史遗迹的宣传画。我们在其中漫步，就像在画中行，安谧而宁静。当时就想，中国的乡村个个要像这样，也可以就此安住了。

林：日本乡村是我见过的最美的乡村，它的房子一定是日本那种瓦，建筑也一定是日本式的那种格局，但每栋建筑又不一样。同样的屋顶，同样的瓦，至于你要怎样的外形，要转几折，完全可以自主选择。一下子就回到了过去乡村生活的样貌。

日本的乡村会让人觉得亲切，是因为那基底的文化在。我认为谈到乡村的改善，中国真应该向日本学习。甚至谈文化重建，也要能看到日本文化的优点。如果一直纠结在抗日的情绪里，不能以邻为师，那所谓的中国文化重建，反而会拖沓下去。

孙："知日"这个话题，我们设专门一章来谈。因为这是个值得一谈再谈的话题。现在回到乡村话题。如果我们把乡村的面貌看成一种乡村美学的投射，不得不说，那些富裕起来的大陆乡村，看起来可选的建筑样式、材质增加了，但房子越盖越难看。不知您近十年在大陆行走，是否也有这样的感觉？

林：是如此！近些年我带学生移地教学，苏杭一带走得多些，但看到的好房子的确不多，想来蛮可悲的。过去江南粉墙黛瓦的民居，多好看！因为它盖出了合于它的生活机能与美感且对应于自然的建筑。现在真不是。有几次从上海坐车到杭州,看到的房子每个都尖尖高高的,上面还顶着一根大的钢柱,更上面又嵌着几个铁球,也不是天线,搞得像要跟外星人联络似的。听说还是台湾人来盖的,说是有什么风水讲究,可以接天之类的。盖房子,本来学西方就学得不够好,现在再来这个东西,完全跟乡村的自然不搭。

孙:还有我们在"缘起"部分谈到的那个不合比例的马头墙。

林:马头墙与二层楼高的房子配搭,比例是对的。可是我们现在盖的房是三四层楼高,再配马头墙,你非要说它维持了徽派建筑的传统,我只能说,大家在此都没用心。一种没用心是随它去,爱建成怎样就建成怎样。另一种则是,在需要强调地方特色的时候,只把它符号化,认为它就像个屋盖子,加在房子上就行了,没有用心去想它何以有美感。

孙:乡村的美学,是千百年来生活经验积淀下来的美学认知,其中可琢磨的地方很多。有一年我去老腔的发源地采访,看到了当地人的房子,真像"陕西八大怪"中提到的:房子一边盖。当地人则解释:这是土地逼仄所致——一种生活的环境逼得人建出合于他们生态与自然条件的房子格局。但即便如此,当我拍下那些老腔艺人在狭长的院落枣树下为我整理要带走的皮影时,我依旧觉得这个场景很美,很生活。而且,我在走访一家一家艺人时,发现虽然房子都属于一边盖,但每个人家还是有它特殊的布局与生活气息的,并不会走错了也不知道。

林：韩国的乡村做法其实是限制了某种商业的思维，它不是用商品房概念，让每个盖起来一模一样。一个地方要面貌丰富，必得在一些美学细节上多下功夫。

举个例子，大陆商店的广告招牌是为开车人设计的，也就是你从正面才能看到它，且要在一定距离才能看得到它，行人要看就不方便，从广告来讲其实没什么效果。而为什么有这种思维？主要还因欧美城市一向如此。当然，这样平贴于墙面的招牌比较不破坏视觉景观。但你到香港就不一样，招牌是突出于建筑物之外的，有时还横跨马路，简直是个奇观，它的确有广告效果，但视觉上就杂沓纷乱。台湾没香港那么夸张，但也是立出来的，走路就可以看得到。最初也有人觉得招牌乱来，视觉不良，于是要求形式统一，但形式统一后却更难看。后来就规定，每个招牌不能超过马路多少，不能超出建筑物多少，其他就随你。于是城市的多彩多姿就出现了。关于乡村面貌，同样也不能一个规定把人限死，它必须有整体的形式，但又不能千人一面。

孙：在我看来，不仅是那种能映现乡村美学的房子要保留，那些有乡村历史印记的传统建筑也应该保留，比如乡村祠堂之类。甚至我们在《十年去来》里谈到的乡绅，还能在乡村隐然存在。因为在法制的保障之外，某种道德、人情意义上的平衡，还得靠他们。

林：这个就很难讲了。但如果它是稳定的，中间就容易出现乡绅这样的意见领袖。

第八章

文化产业与创意的迷思

　　文化是谈价值，是关联质性的，产业却追求量化。现在我们把文化与产业就这么迳直连接，在概念上其实有它的矛盾性。当然，我们也可以从正面来看这个矛盾。说不定我们认定的矛盾，是各执一端的结果，彼此也并非绝然相互抵触。但现在的问题是，我们已经把它变成一个顺口的时兴名词，好像国家的兴衰也都寄托在它之上，这就让我们轻忽了这个矛盾，或认为它很容易就能得到解决。

一、文化产业，需要一个限缩性解释

孙：谈到发展这个词，现在很多人都意识到它是双刃剑。但发展用到文化产业，有些人还是寄予希望，因为文化最是能让人心灵安顿的。然而，尽管国家的文化政策已将文化产业列为国民经济支柱性产业，但实际情况也不是没有问题。提到文化产业，我记得您在不同场合表示过不同看法，在此不妨集中一谈。

林：文化产业到底有多大能量，牵涉到我们对文化的定义。各国估计会相差很多。譬如说，有些国家只把影视、设计、工艺、表演当成文化产业，有些则把所有牵涉到人类精神活动的——只要跟文化有关的——都当成文化产业。所以，美国动不动就有它的文化产业总值只排在国防工业之后或者已超越国防工业之类的说法。

用这样的说法谈文化的重要性，固无可厚非，但一个概念的无限延伸，也容易产生思维的盲点。盲点之一就是，会无端扩大文化在各领域的核心地位，而忘记有时它只是陪衬角色。

孙：这个怎么说？

林：举例来讲，谈文化产业，很容易想到观光。观光当然也包括去领略一地之人文，但也别忘了，观光有一大块来自自然资产。譬如说，到瑞士，很少人会想到那里的人文，多数人首先想到的还是阿尔卑斯山；再比如京都，京都固然是人文胜地，但它的人文美景，一定程度也还有枫红、春花、夏鸟等自然变化在做支撑。

孙：京都的确美，我很多朋友去日本，大家问去做什么，回答是：看枫红。理由就这一个。我也知道很多日本人，在春天看樱花，是可以一路从南向北追着去看的。有人说，看懂樱花，也就看懂了日本文化。而我对日本的好感是，它无处不风景，也无处不人文。但没有谁会硬生生地向你显示，这个点是他们着意要做的，什么是他们的旅游观光增长点。而大陆有些旅游点无处不在的文化标签，总让人深感生硬、做作。

林：正是如此。过去在人文不受重视的时候，我们要补足文化这一块。但当文化产业已被无端延伸时，我们则要提醒，光说文化也有其局限。

谈文化产业，我比较赞成对它有个限缩性的解释，这才能显示文化在某些事物中的核心角色，并彰显文化人在里面的能量。举例来讲，影视其实是个工业链。太强调工业链，当然容易忽略文化，事实上它涉及心灵、人文、精神层面的种种价值。但如果你过度强调文化、艺术与个体创作的价值，也容易导致当年台湾新浪潮电影运动以后的局面——将近二十年，台湾电影尽管在世界上屡得大奖，但观众却不埋单，整个生态反成死寂。就因为创作者过于藐视电影工业与市场这一面，所以付出了代价。

孙：不过悖论又是，现在回头看台湾新浪潮，反而更像电影史上一批杰出电影人的能量释放，他们所拍的电影现在已成经典，可以反复地看。而在一个处处讲文化产业面的今天，人们有理由怀疑，电影界已难有这样的佳作产生。因为即使创作者愿意，投资者也不愿冒这个风险。于是就转型，都追求大制作、大投入，出来的也大都是同质化电影。票房是起来了，风险也减少了，但浅薄平庸之作也因此多了。

林：80年代新浪潮刚起时，其实是叫好又叫座的；到了90年代，越来越个人，越来越实验，最后就成为少数人自我耽溺的东西。

你提到的这个矛盾，其实是谈文化产业必会触及的。文化是谈价值，是关联质性的，产业却追求量化。现在我们把文化与产业就这么迳直连接，在概念上其实有它的矛盾性。当然，我们也可以从正面来看这个矛盾。说不定我们认定的矛盾，是各执一端的结果，彼此也并非绝然相互抵触。但现在的问题是，我们已经把它变成一个顺口的时兴名词，好像国家的兴衰也都寄托在它之上，这就让我们轻忽了这个矛盾，或认为它很容易就能得到解决。

我们给文化产业较限缩性的解释，一方面是让文化界不致在此过度膨胀自己，另一方面其间的文化原点也就容易凸显，如此才不会一味追求产业效益，反过来扭曲了文化价值。

二、品牌的确立，除了资本，还有一些隐性因素

孙：我也注意到，有些文章在阐释文化产业时说到一个观点，并非所有的文化都能产业化。一定有一些文化的类型，是要国家来养的。但现实的情况不容乐观，是因为文化产业一旦方兴未艾，任何文化形态都会心思飘摇。甚至包括出版社，还有以前靠国家来养的艺术院团、机构，也都在做转型。这时最大的矛盾是，到底是慢下来出精品，还是尽快赶制新内容以应付市场矛盾？

林：这矛盾其实来自观念的迷思。谈产业容易直接把它想象成完全资本主义的东西，需要量化指标，而量化就导致量产，所以文化产业就轻易地被限说成可以极速累积、大量回收的，或无限复制生产、一本万利的东西。电影当然最好是好莱坞模式，音乐剧就是百老汇模式。都想有一个东西，造出来就大赚特赚，但同时却又全然不管它们成功背后的一些条件。在台湾，文化产业这几年也如火如荼，也强调品牌战略，大家认为只要能创立品牌，就天下无敌了。

孙：这大概是共识吧。现在谁都不敢说自己酒香不怕巷子深了。

林：但是品牌的确立，人为的努力是一方面，还有一些隐而不见的因素。日本的化妆品资生堂算名牌吧？但比起巴黎那些化妆品牌子，却算不上顶尖的世界名牌。在20世纪80年代，日本经济排名已经很靠

前了，日本人做事的精神甚至让美国知名学者都写出了《日本第一》这样一本书，可依然不能把这效应直接影响到化妆品品牌上。为什么？因为你尽管有一百多年的历史，但巴黎的那些品牌却有两百年历史。而更重要的是，它同时还承袭着西方五百年来的殖民优势。谈品牌，其实还得看到这样的强势文化背景，要冲破这一层，要时间，要品质，还得有战略。而不是以为，法国能，我们为什么不能？

孙：国人都有自己的强国梦，潜意识里都希望自己的民族品牌打到国际上去。

林：品牌的背后其实是一种心理认同。很多世界品牌的心理认同靠什么完成？西方五百年的殖民历史是很重要的因素。

今天我们谈世界这两个字，坦白说，都已经是西方观点下的世界了。我们在《观照》一书中谈到废除死刑，有人赞成废死就是说要与国际潮流接轨。而这个国际潮流，实际上也就是欧美潮流。很多人以为管弦乐是普世音乐——这也是西方观点，所以我们就看到在许多非西方国家，常常不管音乐教育如何，先成立一个交响乐团再说。

这都说明，我们在谈"普世"这个词时，并不像人类学般，指的是建立在研究诸多文化形态之后归纳而得的一些普遍样态，而只是依附于欧洲人对世界的诠释与给定的价值。

孙：不过，如果我们读一些品牌故事，包括香奈尔这些品牌创立者的传记，细节凸显的反而是创立者的个性与机遇、复杂的时代背景、资本链的运用，一些和品牌经营的智慧有关的内容。或许西方五百年的殖民优势的确存在，但它既是一个已成事实，做品牌的人就觉得，不应在此过多着眼——这容易灭自己的志气哈。另外他们还会说：现在时空改变，我们所处的已经是一个全球化时代了。

林：当然不能否认，现在市场近乎全面开放，资本主义的热钱在全球流动。但正是你提到的这些原因，我才要提醒大家，看清这里面的虚实，然后想想，你要在中间做怎样的品牌。

我常说，在两岸与日韩等地都卖座的电影，往往是最没特色的，因为你想创造一个世界品牌，各地通吃，还要它有很大的文化价值或深刻内涵，这多数时候只是想象。当然也有例外，就像西方，背后有历史厚度与历史记忆支撑，同时加上五百年来的以强凌弱，它就具有逼你认同的高度。同样有特质，还可以有世界性。这个前提你没有，做品牌，就只能携着庞大资金，靠良好的制作能力，先站好一个制高点，生产出来一些没什么文化障碍的产品。

再拿吃为例。吃看来是可以超越一些文化障碍的吧！但你要让西方人吃方便面，大概还没顺利到无国界无障碍的程度。反观可口可乐，80年代到大陆，那时大家都还很穷，就已经争着喝可口可乐了。喝一瓶可以花掉你几天薪水，还是要喝。为什么？就是一种认同。

孙：是，认同这点有时是不觉察就流露出来了。我买衣服其实也没什么品牌，但总会选一些有特色的。每每回老家，总是受老妈嘲笑，她说，你怎么穿得还没我们这里的人好呢？而我不受打击，是因为她的头脑中的好，在我看来反而是很古板的。而我的这些认知从哪里来？大概也是因为身处大都市，有当下审美时潮的影响。

林：的确，尽管爱美是女人的天性，但什么叫美，也还不是随便哪个地方说了算的。巴黎的时装业、香水业发达，就因为它后面有历史的厚度在那儿摆着，别的地方要和它一拼高下，总能感到来自它的那种重压。

孙：是啊，看布拉德·皮特做的香水广告，简直可以没剧情，就只站那儿念几句台词，但你就是记住了，他代言的是香奈儿5号。这就叫强势品牌。

林：能成为强势品牌，原因总是多重的。台湾有人希望台湾也有个太阳剧团，我提醒他们说，太阳剧团全世界只有一个。如果太阳剧团那么好做，别的地方为什么没想到，而只轮到台湾在想？

孙：敢想，说不定就能找出些突破点呢？

林：当然，不是不能想，但要想得有层次。还是那句话，你有没有想到这个剧团存在的条件？

孙：这正是我好奇的。为什么全世界独此一家？

林：这个原因至少在台湾我没见人做过研究。仅这一点就很有问题。大家只知道它是品牌，很赢利。资本主义社会，能获利的事情肯定会有人追逐、竞相效仿，但即使这样也别无他店，就连东欧国家那样特技训练好的也没能复制。这种情况下，自己就率尔认为可以照这个模式运作一个类似剧团，这里面何止是大意，根本就是不知自己的立脚之处。

孙：也就是天下的便宜不可能让你轻易占尽？

林：对，法国没复制，日本没复制，各国各地区都没有，仅这一点就够你想一想了。没有观照得比别人更多，就拿来学，到头来肯定是橘生南生北的反差。

不说太阳剧团，就说定目剧（台湾用语，指艺术团体、剧院能不断演出的剧目——采访者注）。外国的研究是，一个定目剧能在一个地方长久生存，需要6000万人口支撑。大陆定目剧现在很多，《印象·西湖》《印象·刘三姐》等等，台湾人看《印象·西湖》，说好的极少，但为什么它还能支撑下去？就因为杭州每年的观光人口超过6000万。没这基础，你做不成定目剧。当然其他条件的配合也很重要，比如为吸引人口来，得有更好的签证，更好的设备环境……

孙：其实，按我的理解，杭州是因为自然风光好，西湖不能不看，既然已到了西湖，《印象·西湖》也就不妨一看。但说老实话，我一直没能提起兴趣去看那个《印象·西湖》。

林：你的感受正好提示了我们在谈文化产业时的又一个逻辑性迷思：

许多人认为，西班牙毕尔巴鄂市的古根海姆博物馆，就是个成功范例，很多游客正是冲着它来毕尔巴鄂的。其实正好相反，游客原本就是到西班牙来玩，因为古根海姆正好在毕尔巴鄂，所以多留一晚。

孙：这实际上也像说大阪一样，有人是去看樱花，恰好川端康成的纪念馆在那里，所以也到那里参观。但我们不能说，是川端康成的纪念馆吸引了游客。

林：文化的联结很复杂，很多的因果是多重的，没看到这一点，就对一个成功模式总结"规律"，往往满盘皆错。

孙：因为张艺谋有个《印象·西湖》，不少地方也恨不得打造一个类似的，甚至觉得，如果是张大导演来排就更好了。以为有张大导这个名头，就会吸引游客。有一次在川藏线某个小城，我就遇到了这样的现象。

林：这样的复制，其实没有办法看到文化的那个质。这个质地就像我们从品牌看京都会无效一样。京都是没有品牌的，它不讲量化，京都只有氛围。这氛围又是由一个个不能被复制的个体共同构成的。所以，全世界只有一个京都，京都也不谈复制，但不能被复制的京都的好处就是它不能被消费，不能被取代。

孙：只可惜，在大陆做旅游的人，很少想到这一层。

林：所以，京都的经验应该被特别拈提出来，不是每一个地方的文化观光都要陷在资本主义模式里。有些东西不一定要做大，但一定要辨识度高，质地深，就像京都。如果不是带着孩子去玩，很少有人会专程去一趟迪士尼，但像你所说的，就有不少人几乎每年一次专程去京都看枫红。

三、"藩篱"这两个字，用到文化上，不是坏事

孙：如您所说，从量上看文化，不容易看到文化那个质。但就我所熟悉的出版界来说，我发现它越来越陷在一个以量保质的恶性循环中。每年出大量的书，出版者也都心知肚明它们并非都是精品，但就是必须出，以此填充供应链。量不够时链就会断。所以，每次接触出版界的人，都觉得他们要被做书这件事压得喘不过气来。

电视界呢，一部精心打磨的电视剧若火了，后面的跟风剧，一定会让大家看到恶心才算。而电影中所谓的历史题材，那种粗陋与大而无当，有时不像在做文化产品，而像在为黑社会洗钱……

林：这就不是在谈文化产业，而是在追逐利润。最后的结果是，文化本来应该带来生命的厚度乃至安定，结果被消耗殆尽，让那些本来有心追求文化产业质地的产业人，也整天栖栖惶惶，心不得安。

这种文化产业我们要它干吗？

孙：但有些人会说，要啊。有票房有收视率，就追就做。

林：这就是我们前面所说的，要将文化产业限缩的原因。产业追逐利润天经地义，但你若只追逐利润，就直接做产业吧，不要挂上文化的招牌。而为什么要强调不能以紫夺朱呢？就因为国家的资源在这里大量投入，这投入又显然不只为经济效益，更有着文化目的。朱紫厘清了，真正有内容又可能具产值的部分才会得到真正的挹注。否则，这样逐利下去，心灵深刻的那一面就再也没人理了。谈文化产业，结果是文化反因此被加速摧折了。

孙：现在就是这样啊。我所认识的出版界的朋友，有的离开出版界，也是因为这些。当文化变成产业，有些标准就移位了。

林：台湾也一样。在台湾，能够对文化产业像我这样提出警告的，坦白说，还真屈指可数。

孙：怎么会？我想清醒的人文学者、艺术家都不会很满意这种发展趋势的。

林：他们不是警告，一般是站在纯艺术角度表示愤怒与仇视。你知道，我不是会把艺术锁在象牙塔里的人，即使提到电影，我也非常能看到它工业链的那一面，也非常尊重这里面有实务经验及求利的人。他们站在第一线，承担成败，自负盈亏，不像许多文化人、艺术团体，总希望人家补助支持什么的。从禅者的角度来看，他们是在战场上生杀同时，活得实实在在的一群人。

我不轻蔑他们，只是提醒大家，把文化产业想得太天真，尽想它的好处，最后的结果很可能是吞下的负作用要比正作用大得多。

孙：冯小刚以前拍贺岁片，每次都挣得盆盈钵满，但拍《1942》，却没有预想得那么成功，他声称这次不卖笑了，却遭遇了票房滑铁卢。有人因此分析说，他还没有学会从外国人角度讲故事。将电影当产业来看的人，恨不能把一种文化所带来的障碍都弥平了，以为这样就可以通吃。

林：文化障碍，或者说文化藩篱，似乎是个负面词语。但用到文化上，并不是坏事。文化的藩篱是由文化特质带来的，也就是你要进入这种文化，必须经过学习；你要把别人带到一门艺术里，必须有一套方法把人家引入。

不经过这些，就想达到彼此的理解，就像我们过去要创造一个世界语一样，其结果是：什么叫世界语，就是不能表达深刻情感与思想的语言。

孙：呵呵，这个在《观照》中提到过。包括普世性与普适性之别。很多的问题，就是因为错把普适性当成了普世性。

林：其实，文化产业复制一些成功模式没错，但后面一定要有一个文化位阶立在那里。也就是我常说的，合理的社会，文化一定是金字塔结构的。最好的东西一定是在塔顶上，而且经得起时间淘洗。文化产业不因它沾上产业，就在此有本质的不同。只是我们现在总现前逐利，很少讲到这些。

四、有没有人因为《功夫熊猫》，对中国人、中国文化更尊敬呢？

孙：虽然不喜欢国产电影唯好莱坞是瞻，但作为爱看电影的人，还是要承认，好莱坞影史上经典多多，有些技巧千锤百炼，的确值得电影从业人员借鉴。而且好莱坞在其电影中所深植的美国梦、美国精神，还是很深入人心的。

现在，国家把文化产业提升到经济支柱性产业的位置，除了经济方面的希望之外，大概还有一个重点是，要输出中华文化的核心价值观。但恰好在这点上，我们那些厚重的文化、厚重的历史故事，都在产业化道路上用滥了题材。

记得我很早的时候就向您感叹：楚汉传奇、荆轲刺秦、赵氏孤儿、鸿门宴，多么好的历史题材，怎么现在一被改编，里面的人就全都串了味般的小肚鸡肠起来？

林：我们看韩国人，也许会笑说他们太敝帚自珍，但这个自珍，就有出好作品的可能。而你连自己的文化都不了解不珍惜，还谈产业，最终只能把你原来的东西很廉价地颠覆掉。所谓"人必自重而后人重之",这里面有尊敬或没有尊敬,还是能感受得到。

孙:"一切历史都是当代史",这些人拿着这句话当挡箭牌,于是,一路就由着自己的想象编下去。一个汉代皇帝取天下,放在银幕上,一切就都是偶然。一路"噩梦"过来的。真不能想象,有这样的大汉天子与这么一群猥琐的臣子,怎么还有汉代那么丰厚的文化?

林:如果谈文化价值,广义地说,虚无都可以是一种价值,但这毕竟是生命的一种偏斜。价值一词原代表我们对生命的肯定,对文化的肯定。如果你的作品中没有肯定的东西,就很难有文化动人的能量。日本人为什么要拍大河剧,就是如此。它先肯定自己,肯定某些价值,才能影响别人。

而当你只用嘲弄、颠覆的方式来呈现历史时,你的文化价值就不可能出现。

孙:当下有些主创们总是觉得,如果我拍的东西忠实于史书,就体现不出个人价值。

林:有个人价值,未必有文化价值。文化是一种历史传承,里面一定要有敬意在。这敬意代表你体会到事物都是历史积累的结果,而你自己只是其中小小的一环,因此要在文化里显现一种谦卑。文化同时还是群体的记忆,有着群体的价值。如果把一切历史都率意地称为"个人所说史",那就不是文化了。

孙：我想这里的谦卑之意还包括，我们没有在当时的情境中，就不知这中间还有什么隐曲。而不是把自己作为历史的裁判者，觉得鸿门宴就是那样，荆轲刺秦就是想要个名气。

林：是啦，当你只有个人时，你的作品就不会有真正动人的文化能量。

孙：我们自己的题材处理不好，但又眼见得好莱坞把功夫与熊猫都拿过去做电影，还把花木兰拍成了动画，于是便有了双重的纠结。怕拍不好不去碰，但自己不做时，好东西就被别人抢走了。

林：如果从经济战场考虑，我们的东西为什么会被别人拿走？这种考虑是对的。但是也要反问，有没有人因为《功夫熊猫》，对中国功夫更尊敬一点？或者更甚的，看了这片子，对中国人更尊敬一点？同样，《花木兰》一出，有没有人对中国文化更尊敬一些？

　　如果没有，说明它还是肤浅一用，并没有显示出中国文化的能量及该有的尊严。

孙：这个说不好，据说中国功夫确实因为这部片子被宣传了出去。尽管国人中也有不同意见，但普通中国观众已经觉得美国人把中国元素做得很用心了，很好了。以至于不少文章还是在问：我们为什么拍不出这样的《功夫熊猫》，甚至，连把熊猫和功夫放在一起可能都没人去想过。

回过头来说，还是李安当年的《卧虎藏龙》起到了正面的中国文化效应。记得我们在《十年去来》中探讨过，我对您当时的说法印象很深："以前，李小龙的电影告诉西方人我们有神奇的武术，不是东亚病夫；而成龙的电影则是逗趣、杂耍化。李安不同，他带给你一个神奇的东方世界，你接受了它的虚幻，就能接受它的实在；接受了它的美感，有一天就会承认水墨和油画一样了不起。"李安在西方世界打拼，走出了自己的独特之路，这一点很让人感佩。

林：的确，文化产业若做得好，是可以带出价值层面的东西的。就这一点，我们得佩服一下韩国的文化产业。至少它达到了一个目的，就是世界以前只知道中日文化，哪知有韩，现在，则有了韩国文化的位置。

孙：《来自星星的你》哈。2014年，这是最火爆的韩剧了。许多人觉得，韩国的偶像剧真是做得好，它的偶像工业，真叫登峰造极。

林：其实偶像剧与偶像工业，你真要学，也还是学得来的。真正难得的是《大长今》这样的电视剧。大长今在韩国史书上的记载就只短短三行字，但制作团队不只编出了不俗的励志剧情，还将韩国宫廷及民间乃至自然景物的种种有机地嵌入其中。而就由于这部电视剧，韩国美食也成为许多人尝鲜的首选，带动的观光效益固不用说，更重要的还在于，大家对韩国文化的印象改观了：从陌生到感兴趣，从以它为边陲小国到认为它是具有特色而值得尊敬的国家。

偶像剧虽然好看、养眼，但看完之后常就只在流行层次转，生命也还是没有丰厚起来的可能。因为浅的东西影响人容易，在心里扎根却不容易。举个例子说，你今天看了《功夫熊猫》，想对中国武术了解一下，明天可能就想学《江南STYLE》。

所有瞬间的流行其实都带有这个特质。但深刻的东西不一样，它可能彻底改变你对某些事物的印象，比如看日本大河剧，你可能就直接进入了日本历史、日本心灵。我就知道许多朋友是因此跳出惯性的历史纠结，想好好了解日本文化的。

五、最"冷"的"非遗"，最"热"的用，难免冷热失调

孙：说到文化产业，我特别想说一说非物质文化遗产。虽然说它并非严格意义上的文化产业，但是这几年因为工作关系，我接触并采访过一些非物质文化遗产的地方现状，感觉它也被置于文化产业的尴尬中。一个现实矛盾摆在"非遗"界：你若只把它当博物馆文物一样守护，它会后继乏力，但你要使它被开发被利用，是能吸引很多人参与，但又难免变味儿。我们看似一个"非遗"资源大国，不断有项目入选世界文化遗产，但我们还没学好怎么对待它。

林：我们前面说过：联合国在选定非物质文化遗产时，有一个前提，

就是它濒临消失。昆曲与京剧之间，京剧为什么迟迟进不去，正因为它暂时还没有失传之忧。

最开始，遗产的观念指的还是物质，也就是提醒众人，如果不注意保护，一个物质实体可能就从世界上消失了。后来才渐渐扩充到非物质文化的观念。所以，提到非物质文化遗产，这个濒临消失的前提首先须得到观照。

文化当然可以发展，但因为一种文化往往是在特殊时空中才出现，也投射出相应于该时空之下的生命特质与观照，所以它其实可以提供一个人类穿越时空与不同生命做参照的机会。而也只有面对众多世界文化遗产，我们才晓得人类行为竟可以如此多样化，且都有它出现的道理。以彼观此、以此观彼，我们在对待文明的态度上就会更谦卑，更容易受益。

看到这些前提，我们再来谈"非遗"的保护与发展，才会不失根本。

孙：也就是说，首先要看到它最根柢的价值、样态有没有原汁原味地被保存住？

林：是。如果有，其他的运用就还有它的自由度、可行性。如果没有，所有的运用就只会加剧它的消失。

孙：但"非遗"的传承，又有人的因素。年老而有数的传承人在渐渐逝去，即使还在世，往往又会被各种人的想法所左右，加上他自己同时要靠这个在现实中求生，难免妥协摇摆。所以经常能看到，那种精到的

"非遗"技艺或表演，魅力首先是从传承人身上消逝。这里面因素真是太复杂了。

林：一个原来在历史上最冷门的东西忽然变得最热门，冷热交加，难免就失调。

而更重要的是，大家都以为这里面有许多商机，从尊荣转商机，从商机转尊荣，这种代换在大陆社会已成了一种现时通行的思维，所以"非遗"承受的压力就多。好处当然是有些文化会被发掘保护，坏处是它又急速面临被过度消费的危险。

孙：消费多了难免变味儿，文化学者倒是一直在做提醒。"非遗"传承人只是诸多问题之一，还有一些空间该怎样保护，学者们仍然存在分歧。有一种说法认为，"非遗"要在用中保护。就像老房子，你不住，没人气，想要保住它，难上加难。

林：不是不能用，关键还是要看怎样保护对象、怎样用。过于现实的用，流弊就多。举例来讲，台湾有很深的妈祖信仰，每年最大的宗教活动就是"妈祖绕境"，八天七夜上百万人。有人就觉得这里面有商机，创意了一个妈祖公仔，一个卖250台币。你想有谁会买？买的人会崇敬妈祖？妈祖是让你信仰的，你真买妈祖公仔，绑到手腕上玩，你对妈祖会有信心？

我们很多的"用"，都把文化该有的神圣性给破坏了。

围绕着妈祖，还有另一件事，和这个不一样，在前面谈宗教那章也提到过。泉州有个妈祖庙，那里有一尊元代妈祖像，堪称完整保存的最早的妈祖木雕。过到台湾时，在信众里面很轰动。许多学者却批判这个妈祖像修葺一新，说这是国宝、古物，怎么能这样呢？而我的意思是，修葺一新，表示信众多，信仰广泛，宗教作用还在。

所以，也并不是所有东西都要进博物馆，有些还有它当下的意义。当大陆把所有寺庙都当博物馆看待时，宗教活动就完了。所以谈"非遗"，也一定要看它的原意是什么。妈祖神像原来就是让你拜的，你就不能只把它当纯文物看待。即使你要保护它，也至少要在此间求得平衡。

孙：现在，我常常觉得大陆某些地方机构在申请"非遗"时可谓上下齐心，但申请下来之后的作为，就各怀各的心思，各唱各的调了。

林：说来还是你们在这方面太用力了，非常想以自己的"非遗"数量多于他国而自傲。其实这也没什么可自傲的，因为你本来就幅员辽阔，资源广大；第二，你是倾尽国力在推，别的国家并不这样。

孙：而"非遗"艺人因此就被裹挟其间。做《汉声》的黄永松，也是您的朋友，有一次和写《留住手艺》的日本作家盐野米松在这边对话。盐野米松说，日本有些艺人，国家要给他"人间国宝"待遇，他都不要，因为这会打扰他的生活。这个说法当时留给我的印象很深。

林：这点很像我们前面提到边远地区或乡村是否要发展所面对的问题，当你以为它将来会怎样关联社会时，你仍得首先尊重当事人的选择，之后才能在他的选择与外界的希望之间做平衡。你干扰了艺人的生活，就不容易要他传承出精神来，而在手艺民族的日本，这点精神却才是"艺臻于道"的关键。

六、以为只有创意才有商机，这只是资本主义的逻辑

孙：对妈祖公仔，您是这样的看法，但很多人会觉得，这只是个创意。创意有这样那样的问题，只能看这个创意好不好。很多电影都会有自己的衍生产品，玩具、游戏，而且要做到全面开发。现在是产业时代，同时也可以说是一个创意时代。要不怎么各大城市到处可见创意园呢？

但我每每看到这些创意园又心生疑问，做个创意园，人才都集合到这里，就一定会有创意能量的爆发、文化的大发展吗？

林：首先我要说，以为只有创意才能有商机，这也是一个资本主义的逻辑。就是说，大家都必然会以旧换新，所以手机型号会不断升级。

创意发明，早期在西方，背后其实带有一种宗教价值，其意义是我们用此来彰显上帝这造物主的存在。后来到产业革命时代，创造则带有进化论思维，意思是相信人类会因创造而越来越好。

现在我们谈原创、创意，基本上已完全是经济思维，说它可以引来商机。这不是不可以，我只是提醒，作为一个人，谈创意，必须注意到几点：我们晓得文化学的一些概念来自生物学，生物学谈基因

突变，创意其实就如同文化基因的变异。生物学的基因突变，百分之九十九是对生命不利的，只有百分之一或者比例更少才是无害的。基因一直在突变，物种就可能面临灭种的危机，但若基因不变，物种也就不丰富。

文化也如此。在一个过度保守的时代，你也许要让它有些变。但变已让人无所适从时，又必须回头观照那稳定性。

文化，就是群体的行为模式，模式指的是一种重复的行为。人基本不是活在创意里的，你吃饭今天用筷子，明天用刀叉，后天用手，最后还能搞出什么花样来？就算搞出来，饭也吃不好。重复，使行为有效精准，筷子拿久了，你用它吃饭就得心应手。人是文化的动物，是这些模式行为，使我们有效地适应环境。只不过因时空变迁，模式有时而穷，才需要创意。

但今天谈创意并不是这样。资本主义需要商机，它要创造需要，所以创意就带着大家一起走。本来不是必需的，它非要变成你的必需。这个追逐，与禅宗的生命观照恰恰相悖。禅一直在提醒你，许多你以为必需的，都来自于你自己的臆造，你却因此受困，作茧自缚。

当你知道当今的创意和资本主义是如此的连接之后，就不致把创意在生命中的角色看得如此之重，以为没有它就活不了。

一味追求创意，这创意就难有深度。谈创意，我们还须谈它内在的完整与自圆。

孙：可是现在很多人哪管什么完整与自圆。搞怪有时就是一种创意。网络上搞怪的东西真是多，离开一段时间就听不懂网上流行语了。

林：这个时代的生命已经活在屏幕包裹里。人不必像农耕时代，面对山川大地、四时气候之变。现在的世界也像佛教的天的世界一样，是个生活诸物具足但却无聊的世界。回到古希腊神话，诸神也是生活在天的世界，所以才有那么多奇奇怪怪的事情发生，斗狠啊，乱伦啊，太无聊嘛。

搞怪而能够成功，建基于大家这样的无聊心理上。彼此之间有点像蛋生鸡鸡生蛋一样，某些东西快速流行、快速消费，但它没深度，你也很快又无聊，于是就再来一个新的排遣这无聊，如此周而复始。

孙：以一个无聊替代另一个无聊？

林：对啊。只谈创意，就有这样的生命陷阱。其实人活得好不好，与创意哪有多少关联，重要的是活得深刻不深刻。正如你在我身上能看到多少新鲜事吗？也没有。如果我身上还有大家艳羡的地方，多数都得力于长久浸淫，日久功深。

七、历史遗产，如何转变成旅游资产

孙：2013年在滇西走了一通，算是恶补了远征军抗战这门历史课。滇西正致力于这段历史的整理与搜集，许多工作做得认真而扎实。能感到他们很是以这段历史为自豪。但是也碰到另一种情况：当你正沉浸于战争的遗迹而心生悲情之时，会有人递过来一份企划书，是关于如何开发这儿的旅游资源的。一些有识之士提醒，不该用旅游的心态去面对这些历史遗产。但是，也有人说，日本的广岛纪念馆也是外来游客到日本最受欢迎的旅游点啊。

林：广岛你当然可以以旅游的心情去玩，但真到原爆纪念馆，你就会收拾起这心情。因为原爆遗址保存得太完整了，你一定会被眼前的一切震撼——啊！战争、核弹原来是如此的可怕……

说来这些历史遗产，原就该给予游客触动。关键只在，你能给它些什么。如果只在"创意"上琢磨，异化的可能性就大。

文化是谈意义的，产业是谈产值的，文化产业应该是谈从意义之上出现产值，而创意是为此服务的，你不能因追求产值、创意而扭曲它的意义。

孙：但现在，很多地方的旅游部门，挖空心思要把文化转化成产值。而对那些有历史意味的遗址来说，这就像一场劫难。

林：台湾也是。台北的故宫博物院现在不也跟菜市场一样？以前蒋介石把故宫文物迁到台北，不是他多么爱宝物，而是他觉得，只有这个才能代表他的文化正统。在20世纪90年代，大陆朋友来台北故宫博物院，常觉得很震撼，但现在……我就碰到北京爱乐的指挥，他最近来台，带着女儿一大早去了那里，结果让他大失所望。因为与90年代他第一次来相比，变得庸俗、小家子气太多了。

孙：不过您说变成菜市场了？是不是有些言重？

林：以前，大家去是去看中华文化瑰宝。尽管有争议，但那三宝——《溪山行旅图》《早春图》《万壑松风图》，还是大家必看的宝物。但现在看什么？看翡翠白菜，看肉形石，前者还被沾沾自喜地做成钥匙链。谁能因此尊敬你？以前故宫文创产品是不做小饰品的，它尽可能原件复真，虽然你带不走文物，但至少可以有几近于真的纪念品带回。你带回个钥匙链，这就只能是随手可丢的商品。当然，游客水准不一，有人想看这些。但你自己作为文化单位的主体性何在？不能五千年文明史就尽在帝王把品上转，那真是黄钟毁弃、瓦釜雷鸣了。最近我因此写了《台北故宫的角色异化》一文，批评了这件事。

孙：我倒觉得大陆的故宫这几年出了很多好东西。我做人文专题，好几年都在做《故宫日历》。那个小日历是民国时期做起来的，现在恢复了这个传统，里面有许多故宫藏品的复制图，也让人管中窥豹，睹其精华。

林：我也拿到了那日历，是好！在文化了解上，我常讲尊敬先于了解。你要让人家在那个地方了解你，无论你的说法还是环境氛围，都首先要让人产生敬意，觉得你不可小觑。这些年，我们面对西方，希望自己能被接受，常因此屈从对方的了解，但对方既用自己的逻辑看你，你就只能被看成二流、三流。结果不要说尊敬，连接受也没能达成。

孙：所以，我总是希望那些有历史遗产意味的场所能够做得很认真，又很大气，让那些心里一张白纸的游客，能进入你想要给他们的历史氛围，而不是被简单粗暴地强加一些东西。人都有一颗易于感知的心，一旦被调动起来，人们都会用自身的生命经验去感知历史。如果在这里有一点点让他们觉得你是拿这个赚他们腰包里的钱，他们对这个地方的兴趣与敬意就会少很多。说来也是得不偿失。

林：产业当然要谈产值，但不能为了增加产值而将文化意义牺牲掉。而在此也必须注意到，有些意义甚至因其严肃性、神圣性，是不能被消费的。

还是再说回广岛，这么一个原爆遗址，它要是为了产值的话，可以把那个展馆做得很大，放很多照片，但它没有。它只是把原址保留下来，还做了口和平钟。所有的布局都是在告诉你，一枚原子弹投下来有多可怕。即便你认为日本人都该死，到了那里也会觉得：人，无论如何必须避开战争，避开核冲突。

这就达到了文化应有的庄严意义。但现在我们许多时候不是，我们常就用戏说的态度在做文化，文化自然就贬值了。

第九章

当人类的行为被资讯革命改变
——纸媒消失与自媒体

　　人人都是自媒体的时代，反而需要我们思考：记者存在的意义是什么？什么叫作认同，什么叫作专业，什么叫作伦理？这样的平台该怎样呈现？如果没有这些，网络就容易造成祸害。

一、纸媒边缘化，网络兴起，人类的新处境出现了

孙：读书看报，很多人一生的日常生活内容，如今好像也被看手机刷屏所替代了。这让我们这些做传统纸媒的人好不惶然。世事是如此变动不居，十年前我们谈媒体怎样，还主要落在纸媒。现在纸媒人调侃自己，都会说自己是末代编辑记者。虽然纸媒个个都在想自己面对新媒体的应对之策，但其实还是不知道该如何解套。您怎么看这个问题？

林：其实也无所谓解套。解套是从自身的立场来看，但就像佛法讲的，因缘、因果常常并不随人的主观转。谈世间法，中国人总说"气象"，它是指大势所趋。我常提醒我们做人文、艺术的朋友，不要轻视一种物质文化的转变，尽管我们可能自诩活在所谓更高意义的精神层次，但其实，人毕竟还不能脱离这有限的器世间。一个基底的科学发明，带来的就是人类行为的改变，这也是我们已知的事实。比如，当年产业革命到来，机器代替了人手，人的空闲随之增加，那些曾经被贵族阶层所独享的艺术文化与知识，就不再那么为特定阶层专属。

电脑的普遍使用带来的行为改变，之前已被人们警觉，所以在我们讨论媒体议题的2000年前后，才会谈到网络带来的商机。只是当时环境还不够成熟，谈的时候又恰好处在网络泡沫阶段，不知道它重整要到什么时候。

现在十多年下来，科技的发达已经使网络成为一种强势的新媒体，人类不仅要面对资讯革命带来的海量信息，而且还意识到，获得它们，已经不需要面对一台电脑，有一部手机就够了。过去你接触虚拟空间，还需要面对电脑，所以网吧兴盛。现在有手机就行，信息就跟着人走，

网络、虚拟空间可以直接进入你生活的每一细节，这是以前没有料到的。

这的确是一个革命，而且不只是我们以前所认为的信息革命、资讯革命，还是一个行为革命。

对于媒体，尤其是这样。信息本来就是媒体的主要内容，它在这方面自然首当其冲。正如你们身在其中的人所体会的，纸媒确实在被边缘化。作为个人，我们当然可以选择过没有电子的生活，也能蛮自足的，但就整个社会而言，这是大势所趋。

孙：是啊，以前非常享受纸媒的节奏，不像网络媒体从业人员，需要全天24小时去更新。现在觉得，后者的辛劳，满足的是很多人不间断的信息饥渴，而这恰好是纸媒的短板。不过虽然如此，我个人仍然对这种不管真真假假先往上拽的信息处理法存有疑虑。因为眼见得有了网络之后，人心是越来越浮躁了，信息太多太杂，反而让人减弱对真相的判准能力。

林：是面临这样的问题！我们以前在《归零》中也谈到，当资讯或者说文献可以无限累积时，对它的判读反而变得非常重要，否则资讯的无限扩充就等于零资讯。现在我们进入虚拟时空可以无限驰骋，看似拥有了所有空间，其实从另一角度看，我们也失去了所有空间。

放到具体的新闻媒体资讯上，我们好像各种通道都有了，但这里面就真真假假。当每个人都变成信息源、创作者，信息反而是最不可信的。

我个人虽然不玩微博，但为联络方便，别人还是帮我建了微信。微信中的文章是大家转来转去的，我发现涉及我的部分，许多地方都是错的。有一次还看到一篇文章，讲 20 世纪 90 年代的印度尼西亚排华，不知杀了多少人，李登辉还派战舰过去，在那里广播要大家离开，不要再做中国人之类。我看了就好笑。台湾怎么会做这种事？以台湾 90 年代前后的处境，根本没能力干涉外界事务，而这即使在交战者之间都属幼稚、贻笑大方的行为，怎可能如此赤裸裸地出现？可这篇文章写出来还就像模像样。网络上这样的鬼扯太多了，当茶余饭后的谈资都太过，但问题是，这样的文章在目前却也可能集结成一股力量。

孙："真相的后面还有真相。"大家潜意识觉得，那个最特别的说法才是真相。

林：人类的新处境已出现。这里有一个大的盲动是前所未有的，的确缺乏可控性，所以就有我们担忧的地方。比如某些看来是因网络资讯而产生的革命，就因所有的东西都被放大，所以连不该革命的也革命了。

革命是一种完全的破坏，一种通过破坏建立秩序的方式。我最近写了一篇文章，提到台湾的社会运动越来越没有比例原则。例如，当地政府为建大埔开发区，要拆那地方的几家钉子户，反对派为扩大诉求效应就表示：你若拆大埔，我就拆政府。这就不符合比例原则。

孙：您非常强调比例原则。

林：是。一个社会能存在，就因为我们有共同的比例原则，即便在以前的威权社会，君王所拥有的权威也有社会认可的比例性，否则那个君王就会被指为"独夫"，像商纣那样。而现代社会越来越多元，这共同认可的比例原则更成为一个社会存在的基石。但在网络虚拟空间无限扩大后，这种比例就常失衡。

孙：因为不耸动不激烈就不引人注目啊。以前我们还讨论纸媒的眼球效应，实际上纸媒当年所用的那些手段，面对新媒体，真是小巫见大巫。

林：要说过去媒体都是揭示真相，其实也不是这样。所谓狗咬人不是新闻，人咬狗才是新闻，就在说明，媒体往往不在报道真相，而在突出事物。然而，过去之所以不像现在这样难辨真假，是因为大家对记者这一行业的存在有一个普遍认知，也就是我们相信记者有他的专业与伦理，所以过去尽管也是人咬狗才是新闻，对真实性有一定程度的放大、选择，但至少不会离谱。换句话说，即使是一件新闻事件被凸显报道出来，我们相信它还是依循着某种新闻伦理、新闻专业的要求，并且能够看到报道背后的社会价值。也就是说，那个比例原则还是存在的。但网络媒体起来后，这些都失序了。

二、自媒体时代，可靠的信息该怎样呈现，这才是对媒体的挑战

孙：传统媒体空间有限，也因此有它的垄断性，所以当网络兴起时，更多人看到的是表达的自由，为网络出现兴奋的也包括一些知识分子。他

们觉得，自媒体的时代可算来了，自己的表达也终于可以直接影响到人。所以，他们并不关心纸媒的生死，而是努力于自媒体的营建。他们甚至把自己的努力看成新秩序的前奏，和您所说的网络造成比例失序的基调还不一样。

林：转型变革中的社会，当然就有这样不同基调的存在。对过去秩序不满的，认为要打破旧有主流垄断的，这正是个机会。但问题是，当现在网络变成"人人一把号，各吹各的调"时，你怎样让人在乱象里感受到你和那些不深思熟虑就发言的人有区别。你当然可以觉得，你的文章、观点放在哪一种媒介形态里都可以，但是，你这种深刻、严谨的态度与行文，这种更具专业性和伦理价值的观点与思想，如何能被大家搜寻或阅读，尤其区别，仍然是个考验。

因为这个时代本来就是个大师与小丑同步的时代，网络不是一个实体的存在，它的开关完全就在使用者个人。就像你有次说的，做版面有时要上网搜寻名人照片来配，可能旁边同时就有黄色照片。在网络上要做一个明显的区隔是困难的，何况到处又都存在着商业的操作。也就是说，人人都是自媒体的时代，反而需要我们思考：记者存在的意义是什么？什么叫作认同，什么叫作专业，什么叫作伦理？这样的平台该怎样呈现？如果没有这些，网络就容易造成祸害。

这和我们浏览报纸不同。一份报纸拿起来，哪一栏醒目，自己是有感觉的。因为编辑在这里就有清晰的界定，并且一览无余。电子媒体更像资讯的集合，你虽然可以更主观地挑选着看，但正因如此，你就更可能陷在自己的惯性，陷在同质性的信息里。尽管它也许为突出哪一条而搞个总编辑建议，但这建议往往与商机相连，不像传统媒体般新闻与广告区分较明显，里面陷阱依然很多。

孙：看报纸的确不容易乱，因为它一页一页呈现，你即使跳着看，也是从这个版跳到那个版。但我们在网络上打开一个页面，会发现跳出无数新闻，你得时时注意关闭窗口，但又难免被突发的新闻吸引，于是乎，越点越偏离轨道，最后竟至忘了自己上网最初的目的和诉求。而就网络上随处漫溢的观点而言，我还是觉得，一天里读几页书，或是看看某媒体记者就某个事件所做的扎扎实实的采访，收获更大。

林：所以说，在这个时代，我们还是要注意到手工艺存在的价值。当大量复制的东西充斥我们的生活时，手工艺更可以带给我们真实性，触动我们的生命情怀。从这个角度去思索纸媒，它就再也不是以往因为没别的东西，早上就着烧饼油条浏览一下的那种存在了。

其实在报纸的危机出现之前，杂志的危机已经出现。十几年前不就有人认为杂志要死了吗？可现在不也还维持着。为什么如此？因为现在读者更加分众化，一本定位准确的杂志，更是一种质感的代表、一种身份的象征——一个人选择它，其实是在显示他的认同。

如果说以前的纸媒，是和大众连在一起，现在，大众的那部分要被电子媒体拿去了，那纸媒不妨思考一下，像某些杂志的存在那样，纸媒有没有办法把自己变成一种认同，一种分众人群的读物。

因为分众就意味着不从众，你只有自从众中抽离，才能显出你的独特性。这时候你的利益可能不那么最大化，但却因此可以巍然存在。

台湾很多文化人，因为从众，把歌手如五月天等讲得像台湾不可替代的宝一样，这里首先不说别的，你自己的立脚处就不见了。你知道，在台湾，大部分人其实也不认识我。但在一些地方，你就不得不在乎我的存在，不得不在乎我的意见，而这些年的确也有不少人因我而改变生命。所以说，从众固然有从众的媒体，不从众应该也可以发展自己分众的存在，都能找到属于自己的受众领域。

孙：您的观点我个人非常同意，可是并非所有的纸媒面临危机时都会如此沉得住气。很多纸媒采取的方式恰好相反，是更向大众靠拢，抢热点、追八卦，简直要让记者跑死马。而相对沉寂的人文副刊，在报纸就不得不边缘化。当然也有一种观点认为，随着大家猎取信息方式的转变，纸媒将来也可能只做电子版，印不印出来要看有没有需求。出版界有人已在提定制印刷，纸媒不知会不会也这样。

林：将媒体做纯粹的新闻性理解，有可能出现这个现象。但传媒从来不止于纯粹的新闻性，它还有评论、知识性和其他类型的东西。坦白说，因为传媒经营牵涉更多的人力资金，它会如何调整，就牵涉更多的现实考量，以后如何较难预见。但若从书本来讲，纸书怎么会消亡？很简单嘛，就先只一样：你会相信居家的空间布置没有书房，而只有一架电脑吗？多无聊！

人类的感官从来都不是那么单一的。我们有时把信息单一化，以为信息无非就是了解个消息，但事实不是。我们得知信息的方法或感受，其实不是来自一个纯粹的抽象内容。这也就是为什么一本书要设计，因为设计之后我们读它的感觉就不同。

信息是有它的质感的，它不只是科学的 1+1=2，不只靠它的对错影响人。它是要靠各种形态影响你，不同载体在此就有不同的说服力。我到底是给你一套纸本的《林谷芳全集》，还是我拷一片 CD、弄个 U 盘给你，你会觉得慎重、有分量、有感觉？这样想想就好了。

所以，关于报纸，虽然这的确不是一个喝豆浆吃油条看报纸的时代，但把人类的行为简化成一种纯粹的便利性需要，也是一种偏颇。坦白讲，一条消息，你在一个愉悦的环境和一个不愉悦的环境看它，感觉就会差很多。未来的纸媒关键在怎么调整。我个人倒不认为一定会消失。

总之，人的认知其实是一种氛围的认知。除了刚才说的认同、专业与伦理之外，在这点上，纸媒更有一种氛围感，就像纸本书一样。所谓氛围，就代表它可以从这里连接出许多生命性的东西——就好像茶席不只是喝茶，单独的喝茶只是在喝饮料，但当你把茶席铺上，茶具摆开，喝茶的感觉就不一样了。它会进一步带来美感的认知、生命的切入……

三、当名人需要付出代价，大V当然要接受检验

孙：再回到自媒体这个话题。网络兴起之后，我们的确也发现，以前爱在报纸上、电视上发言的人，现在更愿意通过自媒体表达。因为更自由，更能畅所欲言。这些人的确也在自媒体平台获得了公众影响力。所以我

们这边，除明星以外，许多公知的粉丝量也都很多，网上习惯以"大V"称呼他们。

　　只是，当大V习惯对社会现象做点评时，有时又难免自己惹火上身。这时候网上会有不同的声音出来。有人会觉得，大V遭遇麻烦，很可能是官方在以他们的私生活问题"修理"他们。公领域与私领域必须分开来看。在台湾，如果一个公知被爆出私生活的问题，台湾人会怎么看？

林：台湾人没那么复杂的反应，就三个字：好爽啊。因为在当今时代，没有人能享受权利而不接受检验，就是这个道理。说到底这也是比例原则，你拥有多少权利多少影响，就要接受多少监督。

孙：那您觉得，一个名人的私生活，如此曝光于大家眼皮子底下，是不是也涉及一个隐私被侵犯的问题呢——这当然是有新闻存在以来就有的老问题了，只是，自媒体时代，它显得更严重，更人人自危。

林：在台湾，《壹周刊》这种杂志进入，对我们以前所认同的一些价值确实是起着一定颠覆作用的，但在诸多负面影响下，有一点倒是正面的，那就是如果你是名人，你的种种就要被放大镜检验。也就是说，当今社会，出名是不能没有代价的。

　　过去的时代，出名固然代表就会有一定的权力跟利益，但还没有哪个时代传媒如此发达，以至于出名就变成一切。只要出名，什么都来了，甚至不管你是用什么方式出名，因此，我们就看到各种各样奇奇怪怪的出名方式。

也就是如此,《壹周刊》尽管常踩在法律边界上扒粪,甚至赤裸裸地牺牲人性,但大家还没有用非常严厉的态度去谴责它——当然这里还牵涉到一般人喜欢窥人隐私、喜欢八卦的心理。原因就是,当这个时代因信息把成名变成一切、要风得风要雨得雨时,就已经不符合比例原则了。一个社会是共同的组合,你用这样那样的方式成名,但也有人比你多付出了百倍的汗水,或实际成就大得多,却没能成名,于是《壹周刊》这种制衡就来了。

孙:不过每到这时,大家就会举历史中的某个名人也嫖妓之类的例子,证明没有谁因他嫖妓就看轻了他在历史中所起的作用。这个又该怎么看呢?

林:牟宗三写他的新儒家大作时,遇到瓶颈也曾经去风月场所,以获得放松。狎妓当然不好,但我们也不会因这件事就把这大儒打扁。毕竟要写出这种东西——不管你喜不喜欢,还真要皓首穷经。他可不是爆得大名之辈。况且人性中原也有它幽暗脆弱的一面。但现在情形并非这样,你可以看到很多人,并没付出什么代价,就爆得个大名来。后来被这点事拉了下来,也是正常的。一般人看着还蛮平衡的。

孙:后来看一篇微信文章,谈到某些明星偶像的自媒体,成为他的粉丝要缴会费,也就是有一个准入证。如果这样的粉丝上千万,这会费加起来,他就可以坐收渔利了,而他回报给粉丝的,无非是一本书的共享、一些微信的互动，总归是举手之劳。这又让人对自媒体后面的利益链条有进一步的警醒。

所以，大V这种糗事曝光，也有一些朋友并不站在大V这边，因为觉得这后面也可能有利益链条。但矛盾的又是，如果跟着主流媒体批大V，也觉得不对。最后就只有不吱声。

林：大陆以前的比例全是由一方制定的，现在社会多元开放，有些比例也由于大众力量的参与而不得不被采纳或做调整。目前就是原来制定比例的人在跟想突破原有比例的人拔河，所以许多事物大家的意见更不一，你这深处其中的内行人合该有此两难。但一个大V被如此曝光，在我们这边，就不会有那么多纠结，就是个新闻——啊，这个名人嫖妓被逮，一般的反应就还是我说的那三个字：好爽啊。谁叫你那么出名嘛。你不出名，干什么都没人理。你既然可以在自媒体评点别人，那人家这时就写你嘛。

应该说，在当今的世界"成名就是一切"，但对成名的制衡，也逐渐成为大家的共识，不管你是歌星、影星，还是什么政治家、艺术家。

孙：不过想到这个，我倒想起美国的一个例子。前一段看一部老早的纪录片，《砸烂他的照相机》。封套上是肯尼迪之妻杰奎琳·肯尼迪一张头发飞扬的照片。拍这张照片的摄影师，和她真是欢喜冤家，她不让拍，而那个人就是要拍，所以杰奎琳就对身边的保卫说：砸烂他的照相机。当然没有真砸，而是选择法庭相对，法庭最后给的判决也很有意思，就是判这个摄影师不得近她50米还是20米之类。其他摄影师同行见到他总会半开玩笑地问，你带了皮尺没有？相反，从纪录片也可以看到，并非所有明星或者名流都如杰奎琳那样厌恶被他拍，有些彼此间还相处甚欢。而他自己的辩护词是，摄影是我维持生活的手段。那时候拍名人，说白了还只有照相机。现在，DV、监控录像、手机都能拍，当个名人也真是防不胜防。网络时代的隐私权与伦理界限，应该说更难以厘清。

林：确实，新事物太多，有些比例还没形成。大家必须随着这变化慢慢形成共识，制定新规则。尽管许多时候变化比共识快，社会显得纷杂，但前提是，比例还是要存在。因为所谓的社会秩序性，就是一种比例原则的存在，这方面乱了，社会也就乱了。

四、电视，理想性的空间，机会有多大？

孙：以前我们还讨论过电视的生存。记得您还举出一个《料理东西军》的日本节目，说只要用心，电视也可以做优质的长线节目。但现在，和纸媒一样，电视相对网络也变得边缘。和年轻孩子提到哪个电视节目，他便说那我上电脑点视频看看。我甚至觉得，相对纸质的媒介，电视的生存更显得尴尬。它一方面不像网络那样随机，做个节目还要审查通过；另外，好的节目如果没有好收视率，也会面临停播。所以，现在一打开电视，常在眼前晃的就只有《非诚勿扰》式的相亲节目了。当然，

《非诚勿扰》应该说办得还不错。是不是电视媒体,更难出现我们所期许的那种理想性空间?

林:电视的经营的确有它更严峻的一面,毕竟这里的商业牵扯更深。为什么日本会出现NHK这种公共电视的存在?就因为一般的电视媒体承载不了商业利益的冲击。

在大陆,过去所有媒体都是官方主导的,所以你可能很讨厌它的这种色彩,但当所有的电视都随商业利益而转,或者说没有商业利益捆绑就无法存活时,公共媒体的重要性反而就凸显出来。

孙:NHK的文化节目做得相当好。这个我有感受,微博网友有时也会上传他们做的《丝绸之路》之类的纪录片,那真是水滴石穿的功夫。我的一位朋友在日本,NHK的人跟着他到中国拍莫言,那真是一分一秒都不放过。最后很多的素材,剪辑在镜头中也就几秒。

林:是啊,商业电视怎么可能这样拍法,成本都付不起。还有他们拍的那些大河剧,那种精耕细作,耗时耗力,也非一般电视剧所能承受,但他们就是这样来再现他们的历史。

孙:这么看下来,承担重要的人文意涵的东西,还是要靠纸媒,是这样吗?不知台湾现在情形怎样,是像我们这样慌还是很沉得住气?

林:也动荡啊。以前在《联合报》二十年就可退休的,现在延长到二十五年。因为利润没那么高了。

但总体来说，台湾社会还比较多元，比较有生活性，很多东西不像大陆那样一来就铺天盖地，喜新厌旧，迅速汰换。所以尽管有危机，表面上看来还较沉得住气。但要让我看，大陆也有大陆的优势，因为它体量很大。以前这样的媒体市场占到30%，现在占3%，也还可以活。大陆比起台湾更有分众条件。

举个例子，日本三十年前有个漫画系列叫《天才小钓手》，主人公小朋友到哪儿钓鱼，漫画家就把那里的地形绘得栩栩如生。鱼更是画得活灵活现，就是活生生的写真图。有时候画一条鱼的功夫，就够画几页漫画了。你可能觉得不合成本，但日本的钓鱼爱好者有一千多万，这些人都喜欢这个漫画系列，都想收藏，因为可以获得很多深刻而有趣的钓鱼知识。即便分众化，但销量仍大，就可以做出这样叫好又叫座的作品。

大陆也一样，举个例子，台湾的一些学者、作家到大陆出书，就容易有错觉，以为自己还蛮受欢迎的。别的不说，一个省二十个粉丝，凑一起也都五百多个了。而在台湾你做一个新书发布会，会有五百个粉丝就算你了不起，现场五百个粉丝，那你就九把刀了嘛。但在大陆，这数只能算少量。

孙：是啊，比起郭敬明的粉丝，那真是小巫见大巫。郭敬明的粉丝，基本上可以撑起一个电影的几亿票房。很多人总结他的成功，就是分众分得挺好。他自己说了，粉丝读者就是在二三线城市。

但我个人不太能接受这种说法：这个东西内容确实不咋样，但传播很成功，所以值得借鉴。我个人喜欢那种确实有品质有独特趣味的杂志。我对台湾的《印刻》杂志印象很深，没想到纯文学杂志在当今也可以生存得那么像模像样。

林：台湾分众杂志做得成功的还有《天下》，但它的受众基本上是社会主流，财经人士。而做文化能有大量受众，《印刻》绝对是近几年台湾文化的奇迹。

孙：我之所以有这样的感觉，是因为有天在百老汇影院看电影，恰好售票处就放了这本杂志。随意翻阅，竟然发现有我一位朋友的文章。说文章也不是文章，就是他在微博上发表的文学见解，只言片语，我在微博上看虽觉得好，但也没想到可以在哪个地方刊发。但是《印刻》把它们都登出来了，集中一起，还挺有能量，处处是闪光点。这让我觉得，也许我们误以为读者不需要的东西，未必人家就不需要。另外，这样的文字出现在这样的杂志上，也可能无形间就有了能量场。像您前面所说，文字出现的氛围很重要。散在微博上，它的气是发散的，而在这个杂志上，就是凝聚的。

林：社会重新调整中，难免有种种的识别误差。我最后要说，谈文化，谈生命，时间还是最好的判准。文化比气长，也就是我们《观照》中谈到的，到最后生命才能以虚作实地发挥效应。我这些年其实很隐，但对文化、生命所能起的效应似乎反比当年举笔议论时还大上许多，这都因为时间的积累，你慢慢就变成一个别人心中典型的身影……

第十章

文化主权
——当大国崛起之后

根是什么？根是深入土壤，是定位自己。要避免无根，只能深化。在宇宙观、生命观上深化，就不会无根。即便时潮压顶，你仍能朗然自若，因为你接续的是深刻的历史与生命。当代许多主流文化人所慨叹的无根，其实更多是来自他们生命自身的飘浮。而也就因为深入才有根，谈文化特质、文化主权才如此重要。

一、资本跨国时代，还有没有所谓的文化主权？

孙：《十年去来》中我们谈到过文化主权，当然我能理解，一个在自己的文化里安顿的人，肯定是以自己的文化为傲的，而且希望别人对它在理解、阐释乃至借用上没有太大的扭曲。但十年后我们看到的情形已经是这样：资本、人才跨国组合，很多作品属于联合出品，这里，文化主权在哪里呢？在这样的时代，还有没有必要再谈文化主权？

林：主权表示的是自我肯定、自我认同。任何一个民族、一种文化系统，都有这个要求，就此可以说，文化主权永远存在。尊重别人与自我肯定原本可以并存，跨界融合，你要被肯定，也得自己先有个自我认知。当然，诚如你所言，有些东西其实是跨国的。青少年文化尤其如此。但这只是个阶段，人不会只停留在青少年。而即便是青少年，单单语言不同，处在一起，我群他群的分别也会自然出现。

　　文化主权存在，但对它的强调会因时空处境而不同。比如美国是个强国，它就从来不直接谈这个，但到哪里都能看到它的存在。坦白说，强调文化主权，对于美国文化的通行无碍反而不利。相对的，弱国则更须主张强调，因为它意味着文化的自我保护。

　　中国当今崛起了，好像也不需要太主张自己的文化主权了。但一方面面对西方、面对当代，我们的主体还很薄弱；另一方面，尽管已是大国，却又有着大国的另一些盲点。我接触的一些中国大陆人，不经意间就瞧不起日本文化，好像一句话就能把对方否定。目前，面对西方的弱势以及面对其他的傲慢这两种情绪并存于这个社会，因此厘清自己的文化主体何在，文化主权的界线何在，还是有其必要。

孙：国人对日本，心态比较复杂。这个我们肯定要在"知日"这一章专门来谈。回到我刚才的疑问，那种跨国合作的作品，它的文化主权该属于谁呢？就拿李安来说，他是华人，又拍了《少年派》，这是个印度题材，而原著作者是加拿大人。这个该怎么论？

林：只能说《少年派》是李安个人风格的作品，这种个人风格，在他成名之后，越来越带有时代的主流特征。你可以看出，这是位根在台湾，又在纽约生活，在国际影坛打拼多年，和国际资本合作的导演。李安成名后的作品，多数都带有这样的痕迹。这种痕迹就好像我们今天说，希望有一个在中、日、韩都流行的音乐，各样元素都有一点，但又都不那么浓厚，最后出来一种跨国音乐，诸如此类。

孙：但我觉得这样说，会把李安的《少年派》看低了。《少年派》比您说的那种跨国音乐更独特一些，或者说更有个人独创性。

林：我并没有否定它的艺术性，也没有否定他这样的艺术家的存在。在跨界中，只能就作品论作品。跨界是种现象，不能直指为艺术的一种特质。真谈特质，在此就是个人的。我刚才那样说，只是想强调，你是不是因此而更了解印度，或者印度人会不会觉得你准确地传达了他们的文化。就这一点，坦白说，李安的这部电影并没有很深地触动我。或许看一部印度人拍自己国家的作品，我会是另一番感受。在这里，我们对另一种文化领会得深刻不深刻是一方面，此外还要看你转换得到不到位。

总之，只要有认同这件事，就有文化主权这个议题。

孙：但我觉得李安这部电影主观上并不想呈现印度文化，大家也没往这方面较劲，或者去想印度人会怎么想这件事情。人们首先会认为，这是一部有想象力的电影，然后去分析它融合了多少元素，是不是电影今后的方向。

林：的确，这部作品会大卖，也不是因为原有的印度背景、印度的核心文化。但既牵涉印度，印度人就有权来讲讲话。可话说回头，谁又会去注意印度人对这部电影的看法？所以说，这里面还是有个主流文化的垄断性。当然，这部电影卖点的本身是李安，所以当你问李安作品的文化主权归属问题时，有一点也要观照到：当有些人变得比较所谓的世界性或更主流时，我们其实是因他这个人的名气、他的主流、他自身的内涵而认同他，并没有涉及背后更深更广的群体文化背景或者其他。

二、文化主权，从大的方面看，是一个国家的文化体；从小处看，作为个体，你自己到底是谁

孙：那么，当世界更关注李安的《少年派》的成功而不去追问"谁的印度"的时候，是不是可以这样说，现在已经是一个以创作者为主体的时代了。文化主权，相对已退到后面。当个人作为符号被放大时，他做什么题材都不重要，重要的是他在做，就有人关注，有人买账，资本也会跟着他走。电影如此，音乐亦如此。

林：的确连音乐也如此。这个时代，大家已经不听带子了，都去下载歌曲，要么听演唱会。演唱会，其实跟音乐的本质不太有关联。

孙：这个结论在做音乐的人听来有些狠啊。

林：演唱会是人的效应在发酵。声光电都是为那个人而存在。他即使哪儿唱错了，粉丝也依旧会在那里尖叫，歌迷享受的是现场的气氛。而当你直接通过一张CD听音乐时，音乐就是种较纯然的存在。

孙：可我听跑流行音乐口的小同事说，现在的演艺经纪公司，更愿意把歌手放在演唱会上，做的CD简直就像是送的，因为根本没有效益。

林：当每个人都可以下载音乐来听时，CD生产就没效应了，科技发

展的确彻底改变了人的欣赏方式。"从众"成为这个时代人的基本行为模式。

但即使这样，我认为台湾比大陆做得还是好一点。即便是我们谈到，世界趋势已经使得台湾连"废死"的理由都振振有词说是迎合世界潮流，但在个人生活上，台湾还是显出比较多的自我观照。大陆这些年动得太快，动能太大，人在其中，返观自觉就不容易存在。

孙：是啊，听同事那么说，我也深感当今歌手的难处。只要有音乐理想，谁不愿意好好做个CD，让大家好好领会他的风格乃至不同时期的风格变化呢？现在多数人听音乐，都是东一榔头西一棒槌，心散神也散。

林：是。过去即便是演唱会，也会沉淀出一些深刻的作品。因为有些歌一传再传，多少会听出些门道。而现在……节奏太快了，已经没有老歌了。再说，一首歌好不好听、耐不耐听已不重要，重要的是哪个人在唱。歌星的红，有很多因素。有人因歌而红，有人因人而红，有人因事件而红，红起来就造成一群徒众。大家靠这个过活，产业也靠这个过活。

孙：所以做这一行你不得不红，不仅要红，还要持续地红，想办法上头条，就像现在网友起哄说的：大家帮着××上头条。

林：对于从事科技的人，我并不像一般艺术家那样提起他们就鄙视，就像我们《观照》里讲的，一个 iPhone 出现，全世界就变成低头族了。科技改变人的行为，而一个音乐下载技术的发明，也已彻底改变了许多人与音乐的连接。

孙：那我更想说，科技的改变，乃至跨国资本与人才的合作，更让大家把文化主权这个词推得远远的。

林：但恰好在科技、资讯使得所谓主流取得最大面积覆盖的时候，恰好在这历史上最最从众的当代，主权的观念才更应该被认真对待，因为它涉及你存在的价值与特质。

　　文化主权，从大的方面看，是一个国家的文化体；在小处看，其实是回到作为个体你自己到底是谁的一个反思。在被压制的时代，我们提倡自由。但在一个开放的时代，我们反而要省察，自由是否已变成一种麻醉。

　　一种文化，谁更有诠释权，牵涉到你对它的认知，还有诠释它的能力。而如果文化的传承者连主体的丧失都不在乎了，谁又在乎你呢？！

　　媒体现在通常以话语权代替文化主权，这话语权许多时候还在别人手里，所以就常出现我们前十年谈话中提到的：我们的水墨到西方展出，为其做阐释的是那些西方的汉学家；闵惠芬拉的《江河水》好不好，要看小泽征尔是否感动流泪。

孙：现在更是这样啊。看《归来》，斯皮尔伯格流泪一小时。我看完没掉眼泪，还在问自己，是否现在太冷血。我注意到，在您的谈话里，出现了三个词：文化主权、阐释权、话语权，这里还是需要将这些词再明晰一下。

林：文化主权其实也就是文化阐释权，只不过在十年前谈话时，因应的是一种具体情势：一个急剧变化的社会，大家都在往外看，所以把它强化成一种主权观念，就是有些东西你不能侵犯我，有些是我们自己的，不能轻言放弃。也提示大家往内看，看自己的文化家底与文化特质。现在再说，就说文化阐释权好啦，阐释的意思是，这里面有一套说法，一套诠释系统。话语权更多带有媒体的观念。这个你在媒体更能明白，谁更拥有话语权，意味着他讲话更能被大家听到，这里不涉及诠释的内涵有多少。拿中国画、中国的水墨做个例子，中国人应该拥有基底的诠释权，中国人更有权利讲它，也应该会讲得更到位。但就话语权来说，基于当前的这种形势，许多地方可能还是西方人讲了算。

三、异质会带来创新，磨合也会带来死亡——以民乐为例

孙：因为是资本与人才的跨国合作，我们经常能看到，一种文化的题材或样式，被不同文化背景的人表现了再表现。很多人认为，异质的元素会带来创新的可能。我2013年随上海芭蕾舞团去做美国巡演报

道，看他们用芭蕾演绎《梁祝》，倒是很受美国人欢迎。而回国后看他们在北京演的《简·爱》，我个人更为喜欢。这说来也是很吊诡的事啊。《梁祝》是中国故事，《简·爱》是英国题材，而且他们请的编导是德国人。

林：这也不奇怪。芭蕾本身就是西方艺术形式，形式会确定内容，艺术更因形式而存在，真正的美学就是研究形式和内容怎么完整打成一块。用如此伸展的肢体来表现中国人的情感，在我，坦白说，到目前还真很难看得进去，因为这确实不是中国人的表达方式。

孙：虽然不是，但你还是可以看出，他们努力在西方这种艺术样式下寻求一种中国式的表达。比如编舞最后在做祝英台"哭坟"这出戏时，特意强调中国人的悲痛是洇在心里的，所以舞段的设计相对含蓄、内敛和节制。他们还设计了几只小蝴蝶代英台哭坟的舞段，因为编舞者发现，在江南的习俗中，大户人家都是请人代哭坟的。我个人觉得，艺术家选择了芭蕾这一行，想在这里寻找结合点，应该值得肯定。

林：引进新的形式其实也是文化的一种常态，但形式与内容如何完整地结合在一起，则需要一定的过程，而且也不保证会成功。尝试，尤其是有反思自觉的尝试，都应该得到鼓励。但先验地以为必然可"以新代旧"，则大可不必。尤其在以新形式演绎旧经典时，面临的尴尬与困难也必然较多、较不易克服。

正因为经典就是形式与内容打成一片的作品，所以《梁祝》用中国戏曲的方式表达，你看着就对味。而芭蕾演《梁祝》最关键的一点是，形式本身也还不是自己文化里的。当然，中国的芭蕾朝着这方面努力，可能会磨合出另一种样式，这是另一个议题。而就原有文化本身来说，有些东西会因这种种磨合而不见，我倒是要做这个提醒。

孙：这个怎么讲？

林：为什么这些年我们大陆的几个民乐团都不见了？看来大陆富有了，民乐演奏家个人也比以前有钱太多了，可是，所有有关民乐的议题也都不见了。

一个本来基于文化主体该有的议题不见，就代表着一种文化的死亡。

孙：但您不是说演奏家还在吗？而且因为演出多，还更有钱。他们演奏的不还是二胡曲、琵琶曲，怎么能说民乐已死了呢？

林：演奏家还在演，但演出商邀请他们，已经不一定是看重他们的文化特质，他们已经成了明星的存在。整个民乐，当然你也可以说它存在，但主要靠什么过活呢？考级与升学。所以其实是靠一套教育与考试制度在支撑，而不是原点的文化艺术呈现。

我最近策划了几位杰出中生代演奏家的音乐会，章红艳的"四弦千峰上"琵琶独奏会、杜如松"吹绿一江烟"笛子独奏会、宋飞"倚剑听弦鸣"胡琴独奏会、赵家珍"余响入双钟"古琴独奏会。音乐会一开始我都是这样讲的：大陆民乐这十几年的变化，就是塑造了几个明星，可这文化基本上已快不存在了。

孙：那您这么说，他们会高兴吗？

林：在第三场宋飞的"倚剑听弦鸣"，我对她是这样说的，我说你们可以早上跟我讲昨晚在武汉演出，今晚就到西安上台，第二天再回北京演奏，个个马不停蹄，个个被称"皇后"，但你们不能只做明星，只享受那个光环。若民乐所体现的精神内涵，以及它和生命、生活的连接没有了，民乐也就不存在了。

孙：天天这么忙地演出，却又没有体现出您说的这些，听着怎么像是把他们也给否定了。

林：也没有，否则我为什么还制作、主持他们的音乐会呢？这样讲，是从整体文化来看，他们的明星光环虽使许多人意识到有这乐器的存在，但这存在，也就是个名相。现在的演出商请他们，更看重的是他们的明星效应，而不是音乐所体现的文化风格或内在精神。

　　他们其实也同意我的说法，觉得这样下去不行。我之所以愿意为他们制作、主持，也是觉得他们的音乐原来就有一定的高度，虽是明星，却又能有这个自觉意识，希望他们能发挥灯塔效应。

孙：您刚才说民乐精神的稀薄，谈到了外人的眼光，但我想知道，在您看来，这几位知名的演奏家，他们内在是不是因此变得稀薄了呢？

林：受影响是难免的，因为形式改变了。这形式包含外在的演出场域、方式，也包含内在的艺术形式。这改变使得他们选曲及演奏时会不自觉地依附别人要的东西，长期下来，自然会有变化。但可贵的是他们还能自觉观照，有时我们也能看到他们在这里的反向作为，这是特别能让人肯定的地方。

四、兴盛或安帖，是种选择，但无论如何，离开主体而去追逐，就永远是两头皆空的事

孙：中国人常讲，势不可当。许多时候，我们看到问题，只有感叹而无力挽回。就文化的特质保存方面，或者说我们所谈的文化主权，我都觉得正遭受不可逆的冲击。因为当资本合作无远弗届时，大家俨然已形成合力，跨越某种界限，来求得一种共赢。而这种共赢，像您所说，因为想让更多人看见和接受，就得磨平一些深刻的内涵。

林：大家都想进入主流嘛，或者说是西方的主流，这可能是中国人的优势，但也同时是悲哀。

孙：怎么讲？

林：优势是你有这个条件。如果你是一个小国，你有没有想过要跻身主流呢？不可能嘛。这个议题就不存在。但不存在，也许反过来更有机会关注自己是谁、关注自我生命的特质、自我的安顿，乃至于文化主权的保护。

孙：但是一个弱小的国家真能保护自己的文化主权吗？我有些怀疑。这个世界，弱小的国家如果文化还有特色，就常只是别人完成自我表达的一种点缀或者背景元素。慢慢的，也许连它们的年轻人也开始认同外界的看法了。经常是这样啊。

林：的确如此。小国要能抵御时潮，是有它的困难，尤其资本主义的渗透又是如此无所不在。但大国自认为可以是时潮，更有一头栽下去的危险。这里各有利弊长短，套句禅家话："若立一尘，家国兴盛，野老颦蹙；不立一尘，家国丧亡，野老安帖。"兴盛或安帖，是种选择，但无论如何，离开主体而去追逐，就永远是两头皆空的事。

　　所以在今天，我们有了做大国的条件的时候，再谈文化主权，除了提醒我们仍处在不自觉或自甘被侵蚀的处境中之外，还包含一层意思就是，我们怎么看待别人的文化主权，怎么去尊重那些现在比我们弱的国家。我们现在骂美国哪哪儿都有他们的影子，当年的传教士到异国殖民，也是这样。有时候所谓的世界责任，在别人眼中很可能就是文化侵略。

孙：文化侵略，中国人总觉得自己离"侵略"这个词远了去了，不会担心这个。倒是现在什么观念都往里拿，都放在自己的城市乡村消化，让人有些消受不了。北京的城市建筑，很多是请国外设计师设计，以至于有人说，中国现在已经成了国外设计师实验的现场。

林：很难想象，这些建筑在西方出现，不被市民骂死。

孙：也被批评调侃啊，但还是建成并投入使用了。某一天还会传来消息说，某某建筑获得了世界建筑设计大奖，让人更是没脾气。

林：设计是什么？当代的许多设计都在极力凸显自我，越奇怪的也越受评审欢迎，因为不这样，就显不出自己的专业与品味。但问题是，建筑从来不只是纯艺术、纯个人的，尤其公共空间，它是大家共同使用的。坦白说，这里有太多国王的新衣在。

我们太想世界化了，所以什么都以这个为前提。只是当我们讲世界化时，有没有注意到，西方是以它的传统成为世界强势的，你想成为强势，你的传统又在哪里？当你用别人的强势成就了你的强势时，你已经西方化了，或者说无根化了。所以，跨国资本给你又怎样？出来的故事、理念是别人的，到头来，还是为西方服务嘛！

有些东西不是资本能完全解决的。最后我还是要再提醒一次：世界是诸方共构的，做好自己就是根本，想使自己强势，也就陷入了西方当前的角色窠臼。

五、无根，有时是享有最大利益所付的代价

孙：您提到了无根化，有人指出，这是全球化的现象，并非只有中国是这样。而且所谓的无根的现代人，也是西方人先提出来的。这牵涉到当代世界更复杂的原因：国与国的纷争、种族的迁徙、科技的发达与个人的选择，还有一些因政见不同的流亡者。汉娜·阿伦特曾经形容一些因政见不同而流亡的知识分子，是"大洪水的偶然幸存者"。不得不流亡，因此也变成无根化的一群。

林：抛开那些复杂的国家、种族因素，现代人的无根在我有两个观察点：一种是某种台面上的主流所感到的无根性。比如说你是在中国长大，进入美国留学，然后在跨国公司工作，这会产生一种无根性。另一种是太早的电脑化、游戏化，使得在此环境下成长起来的儿童、青少年在文化涵泳上看不到该有的一些东西，一提三国就是游戏，说到宫本武藏，脑子里也还是游戏人物。对历史陌生，对环境陌生，你自然无根。

孙：这不正验证了无根化是一种全球性的存在吗？

林：这里我想先谈前一种无根性，因为这恰好是一个资本、资讯大移动时代的产物。他们在其中享风气之先，也得到最大利益，可是他们同时又深感无根。所以，无根会成为这一群知识分子或社会精英的一

个主题。对因为这个而深感无根的人，我经常会开玩笑地说：这是你们的选择。因为你们拥有的世界优势，是以无根为代价的。

孙：能够早上在曼哈顿喝咖啡、下午又在香港品下午茶的职场精英，他们四处游走的确眼界开阔。但在不同文化间转换，就容易失根，甚至对以前自以为是根的东西持否定态度。

林：我最近有个在香港的学生请我去那边，他自己做资产，所以带我见了那里的上流阶层。我发现他们共同的困惑是退休后不晓得去哪里。香港本来是很国际化的地方，但这些年大陆客涌入，有些香港人觉得他们把原有的香港氛围给破坏了，就很不喜欢。他们当然也可以留英、去加拿大，但就是觉得无根。而到大陆来，他们更觉得格格不入。

坦白讲，他们的困惑我也能理解。但对我来说，我一生的非主流，就是因了这个根。不然我也可以拿世界公民自居，在台湾台面上呼风唤雨。可也就因为守住了这个根，所以老年了还可以在自己的文化里安顿。而他们，愈老愈感无根。这都是相对平衡的，有得有失嘛。我反倒觉得，孩子身上所体现的无根性，是个隐忧。因为他很可能一直在迷茫，自己到底是谁？

孙：看起来科技一体、资讯共享，但在他们身上，产生认同更难了，因为世界提供给他们的说法太多了。

林：讲世界性，几百年来，资本、科技包括资讯的发达，会让我们轻易相信世界已经一体化了，事实上我们所认为的世界化，更多是西方意义上的。但是别忘了，即使是西方强国的美国，也还有亚裔、西班牙裔，他们过着和一般美国人不同的生活。认识不到这一点，世界就是扁平的。

孙：而认识到这一点，就更加深了大家的无根化的感受。不同的种族，通过一二百年的迁徙，被置放在同一个国界。"耶路撒冷的异乡人"，这个说法简直可以击中全世界很多人。因为很多人活在当今，都觉得自己在此地，又不在此地。所以，会有那么多文学家书写这种异乡人身处多元文化碰撞中的焦虑与怀乡。

我同时能感到，这个时代，重温泰戈尔的印度，会觉得是重温一个古文明；而读奈保尔的印度，会觉得这就是我们身处的世界。说到印度，不能不提它的音乐，我知道您讲艺术课会特别以印度西塔琴为范例。对它的具体情形我不太了解，但我知道，世界上很多人了解西塔琴，是因为著名的披头士在自己的音乐里用到了它。这种音乐目前还没像中国的民乐一样消失，而且看来还保有它的根。

林：根是什么？根是深入土壤，是定位自己。要避免无根，只能深化。在宇宙观、生命观上深化，就不会无根。即便时潮压顶，你仍能朗然自若，因为你接续的是深刻的历史与生命。当代许多主流文化人所慨叹的无根，其实更多是来自他们生命自身的飘浮。而也就因为深入才有根，谈文化特质、文化主权才如此重要。

六、文化的自然，代表的是一种生命的从容，有从容才能守住特质，做好自己

孙：我知道，很多朋友这几年都移民了。他们在国外居住，也有自己的想法，就是让孩子在外面接触西方文化，在家里感受东方文化，写毛笔字，讲中国话，这不就可以两者得兼吗？您前面谈文化主权，讲水墨到国外，是西方汉学家在阐释。这当然会有问题。但是，也有些画展，是请漂洋过海到那边的老一辈学者大家来阐释，我个人觉得这没什么呀。没准儿他们在国外眼界、视野宽阔，更能阐释中国文化的精妙呢。

林：海外华人，我也是见过一些的。我只能说，有些只是我们的想象。事实上，离开一种文化氛围，他们对这种文化的看法要如实很难。

孙：这个怎么讲？

林：因为周围的大环境变了，他要保持，一定会刻意强调某些想要的，结果就不自然。这就像我们谈原生态一样，你离开了原生态，要自然就难。

　　要成为文化大家，必须在里面浸淫，又要能从其中抽离。族内观族外观讲的不就是这个吗？但无论是前者还是后者，那个文化氛围终究还是基底啊。

孙：但是看那些人被记录下的影像，感觉他们在那边依然很传统啊，天天写毛笔字、弹古琴什么的。再说他们前半生是在中国度过的，文化底子也厚，只要衣食足，过一种很中国的生活还是不难的吧。

林：也不尽然。文化这东西是习焉而不察的，一天改变一点，人不会自知。海外华人当然可以天天不离毛笔字，但肯定过的不是过去那种文人生活。书画家尽管竟日浸淫书画，完全不像在海外，但问题是，你还要有其他的生活啊！这生活哪能像在大陆、台湾般，中国的东西顺手拈来？许多事物因此就很难自然。不自然，又勉力而为，当然也会彰显出某些我们平时注意不到的部分，但在这样的环境要能出现全面的文化大家就难。

孙：您非常看重文化的自然，回到文化主权这个议题，这里面有什么深的用意？

林：文化的自然，代表的是一种生命的从容。有从容才能守住自己的特质，做好自己。中国现在太急于向外输出自己的文化价值观，就显得不够从容。说到底，我们很可能连自己到底是谁、我们有什么，都没厘得太清。

第十一章

多元认同与去魅
——民族融合的再认知

接纳别人的认同,我们需要更丰富的立场,更体贴的态度。这在民族间很重要,在两岸之间也很重要。

总的来说,谈五十六个民族的融合,修史还是关键。而修史,关键又在史观。史观虽然是以史料为基础,但史料其实永远有局限,所以,史观也永远在所谓的史实之前。你须在此体现、包容不同民族的历史观、生命观与宇宙观。

又·十年去来

一、要使各个民族都有骄傲存在，历史必须是另一种写法

孙：说到民族问题，我现在越来越发现，我们通常认为的一些民族问题已经不再只是某个民族自己的问题，而变得与每个人息息相关。我们更需要懂得多民族的相处之道，这个社会才能长治久安，我们自己也才能心安。您在《十年去来》中提的是尊重先于融合，要对少数民族文化习俗等做正确理解，也提到了一种族内观与族外观。十年后，我注意到，各个民族都有一些知识分子开始成为他们民族的代言人，也因此出现了另一种反思。即，我们以为是他们民族特质的东西，他们反而不愿意刻意凸显。就拿穿民族服装这件事来说，我认识的一位少数民族作家到京开会，就从不穿本民族服装，还对大家说：你们汉族也没要求都穿汉服啊。这里，我们希望他们呈现的样貌，和他们的自我期许，又一次错位。

林：我们前面不是谈过所谓的汉服问题吗？中国因朝代更迭，其实没有通于诸朝的统一服装，所以很难说哪种服饰叫汉服。虽然这里面可以归纳出一些共同的基本特质，如宽袖、大袍、半剪裁等，但确实没有单一的服装叫汉服。少数民族则不同，他们的服装较统一。这反映的问题，一是历史，另一则是族群的特质。

汉族在历史上一直与其他民族互通往来，它的文化基因较为多元与复杂，服装也就呈现出这样的特色。

民族融合这个话题，你从服装来切入，确是一个特别的角度。因为基本上汉族人是没有公认的自己的代表性服饰的。过去，能够在公众场合代表中国的，民国时期的礼服是长袍马褂，但那基本上是清代的旗人服饰。然而，汉族人不穿自己的服饰这一点固有它特殊的历史原因，但这中间，也还有扬弃传统以认同西方的文化心理。在这样的情况下，你单要少数民族穿他们的服装，他们当然会有心情上的落差或疑虑。

但其实，没有自己民族的服装是一种大的遗憾，多少人羡慕日本有标志鲜明的和服，能有自己的民族服装才是幸运的事。你看孔子如何肯定管仲，他说："微管仲，吾其被发左衽矣！"可见服装在民族认同上有多重要。也因此，这几年国学热，许多人竞相穿出了自以为是的汉服。

少数民族的民族服装该不该穿，这里面的关键是，一个民族的文化骄傲是否还存在。如果骄傲在，即使不直接穿传统的民族服装，也会从其中寻找一种灵感或精神，体现在自己当前的衣饰里。骄傲不在时，你要他穿自己的服装，他总觉得你是要他呈现自己的特殊与落后。

孙：重要的还是内在的骄傲，中国境内有这么多的少数民族，您觉得从外人来讲，能做的是什么？

林：首先就是尊重他们文化特质的存在，另外，也得更让他们感觉到自己在中国文化中就是历史的参与者。

孙：能否更明确地来说？

林：我们不是一直在强调，历史就是一种认同吗？比如，在写历史时，你能否把其他民族的成就也写成让你骄傲的成就，其他民族的英雄也写成让你骄傲的英雄，这一点很重要。而民族之间的互动史、交流史，更必须是另外角度的写法。你不能整天骂胡人南下牧马，而必须认识到，胡人要没有南下牧马，就可能不会给中国文化带来那么多新的生命力。用这样的史观去肯定它，民族之间才会有更多共同的认同。

到这时，你对他说，你要保存好自己原有的东西，他才会服气。也许不用你说，他都会穿上自己的民族服装，因为这里面有他的骄傲在。

要不然，就成了我这个特殊是被你观赏的。谁又愿意被观赏？这里面主客之间不是一清二楚吗？

二、去魅：来自少数民族知识分子内部的声音

孙：即使如您所建议，在历史书写中肯定一个民族历史中的骄傲，我仍然认为，这还不是我所理解的那些族群内知识分子现在所能满足的。一些已经从自己家乡走出、具有双重视野的少数民族作家，或者说具有现代知识分子眼光的作家，当他回头梳理自己民族的某段历史时，言外的感慨常常带出：当外面的世界在变时，自己的民族怎么还在沿用旧有的思维在运转。来自族内的学者常就认为，自己民族当前的危机不是失去

传统，而是错过现代化。

林：前面谈宗教时，我们也论及类似议题。这里面其实很复杂。复杂的一层意思是：有些人本来就想走出来，尤其当他开启了视野之后。希望自己的民族和外面的世界接轨，就怕错失发展的机会，这种心情，"五四"时代的知识分子也有啊。当时有多少秀异人士就希望传统不要阻碍了社会前进的脚步，但后来呢？坦白说，离开传统、离开特质谈发展、谈认同，有时真是件危险的事。第二层意思是说，一个人要用发展的观念来看问题。但这又牵涉到你对发展有怎样的理解。这也还是必须要考虑的。

孙：如何成为一个现代国家，英国人类学家麦克法兰写过一本《日本镜中行》，有一些观点给了我一些启发。他说，像他那样的西方人曾经认为，成为世界强国必得具备现代西方的那些中心特点，即灵肉之分、自然与超自然之分，以及经济、政治、社会、信仰等制度化的分立空间。而通过对日本的探求，他开始认识到，即使没有这些区分，一个现代社会也能成立。我想很多外界的知识分子也有麦克法兰以前的那些看法，所以觉得不照那样走，就走不到现代文明的路上。

不过，以我对一些少数民族学者、作家作品与人的了解，我倒觉得他们也不是一厢情愿认为外面的世界就精彩的人，他们对全球化的发展进程也有反思。但是，明显能看出，他们和外人看待自己民族的看法不尽一致。一位藏族作家就一直强调：他的写作属于"去魅的写作"。这些年他虽然住在都市，但经常驱车在川藏线上做田野调查。我能感到，他是出于对自己民族的责任而去开掘这片土地的历史。接受媒体采访时他也流露，这些年他的内心很挣扎：一方面，看到藏族在千年的进程中发展迟滞；另一方面，他想要做的反思，还要考虑族内人的承受力。

林：处在文化冲突之间，我能理解这个。我要提的是，这里面依然存在着一种角度、一种观点。一种文化能存那么久，当然会有它的理由，有它的长有它的短。一个人到底从长的角度看，还是从短的角度看，其实都有自己的基点。我只能说，即便是藏族人，也不会都是同一种观点吧，也许很多人还是认为自己的文化与信仰挺好的。

这里不是在评判谁对，而是我们每个人都有自己的局限。所以，更丰富、更多元的视角要被允许，在这里最怕一棒子就将不同面打死。

当然，尊重一个民族自身主体发展的权利，永远是个前提。在这个前提下谈少数民族的融合，更宽广的历史诠释、更宽广的史观就很关键。在这里要观照到，每个民族都有他们的民族史，在面对外界时，他们也需要有一种对自己民族史的诠释，而不仅是民族文化的诠释。

孙：民族文化？民族史？所诠释的重点有何不同？

林：民族文化的诠释相对简单些，就是你认为它好或者不好，你对它做个系统的说明或情性的对应。但民族史的诠释则要对其时空发展能有更清晰的观照，你要晓得它的来龙去脉，还得处理民族间不同立场的冲突。

孙：这些年就我所读的西藏题材作品，印象最深的是马丽华的历史人文随笔《风化成典：西藏文史故事十五讲》，另一个是宁肯的小说《天·藏》。但他们都是汉族作家，和一些藏族作家笔下的西藏做对比的话，反而后者比他们多一些怀疑与否定。这也是个有意味的反差。

林：族外观与族内观常常出现如此对比的角度。一般来说，处境弱势、亟欲脱困的民族，来自族内的批判会较多，而外界来接触这弱势族群时，反而会较具同理心地来肯定或发掘这文化。族内观与族外观的交参观照，在弱势文化的了解上尤其重要。

国史上写少数民族的基本都是汉族人，用的也大都是儒家角度的族外观。而这族外观却又是以我族为中心的书写，要被书写的对象接受就有难度。而当你把他们的英雄也当英雄来写时，民族的情绪就会不一样。比如松赞干布，可能大部分汉族人知道他，就因为文成公主入藏，可这样的写法，你还是上国衣冠嘛。你有没有想到，当我们觉得历史上的封疆大吏在边疆屯军垦荒如何改变了当地如何了不起时，松赞干布可比他们高多了，他基本主宰一个"独立王国"，对一个地方的稳定发展，功绩可大着呢。

孙：是啊。在我们的历史中，文成公主是主角，还包括蔡文姬。"文姬归汉""昭君出塞"，基本主角是汉族这两位女子，匈奴那边的人一律是配角，是她们不得不和亲的对象。

林：尤其是昭君，生活蛮好，地位蛮高，你当然可以想象她有思乡的寂寞，但目前种种版本的昭君故事基本却都是违逆史实的。

三、族群的认同，是诸多认同的一个

孙：谈民族的融合，中国有五十六个民族，真正熟悉的其实也就那么几个，甚至说熟悉都不尽然。我的一位朋友是回族，我们只知道他们饮食上有禁忌，其他简直说出来就是错。有人还觉得回族人一定就是伊斯兰信仰，他就一遍遍和人解释。

林：是。即便在伊斯兰教里面，也有比较一元性与比较多元性的不同。整个中东就比较一元性，马来西亚那边的伊斯兰教则相对宽松。一元性的不允许改信仰，甚至改了还会招来祸事。多元性的，尽管可能比别的宗教约束严些，但并不会太极端。

孙：看来我们要从根本上尊重其他少数民族，还需对这些多了解。

林：要了解，同时也要知道，族群认同尽管重要，也还是诸多认同中的一个，你不能把它唯一化。举个例子，我是中国人，我对自己民族的东西很认同，但我也欣赏日本文化，要容许这样的情形。但我们往往是，你一说自己喜爱日本文化，就好像变得不爱国了。当认同的选项变成唯一时，不同态度的人就面临严峻的冲突。

还有，席慕蓉的事和你提过吗？有关身份认同的。

孙：没有啊。

林：二十几年前，1991年、1992年的样子，有一次她跟我恰好在一个广播节目里见面。她讲到一件事，掉泪了。诗人嘛，比较感性。因为她曾有一篇文章叫作《两个故乡》，说她只要到内蒙古，就跟人谈台湾；回台湾，就跟人家谈内蒙古。她说何其有幸，别人只有一个故乡，她有两个。结果当时的《时报周刊》登它，将它放在"名人爱说笑"这一栏里。这么严肃的族群认同问题，这么感性的文学陈述，结果你以"爱说笑"登它，难怪她受不了。后来她说她找了许多人类学的书，来解答她的族群认同，但并没有得到满意的答案。那一天她也问了我，我说每个人其实都有两个故乡，一个故乡，是"己身所从出"的故乡，谈历史的，叫"原乡"；另一个是"从己身而出"的故乡，从"我"开始算起的，叫"本土"。两个故乡，一个原乡，一个本土。幸运的人是原乡与本土合一，他不必迁徙；不幸的人，则原乡与本土被迫分离。幸的人，怎么可以嘲笑不幸的人呢？

她现场就掉泪了。她说，为这个问题她读了那么多人类学的书，还不如现在听到的这一席话。

孙：席慕蓉2009年来大陆，作家出版社那时出版了她的《蒙文课》与《追寻梦土》。她确实谈起故土就动情，我也很喜欢她在这里面对自己民族所做的历史与心灵的双重梳理。

其实说来，现代人迁徙那么大，谁又没有一个原乡、一个本土呢？另一些事情更复杂。2013年我随上海芭蕾舞团到美国剧院做演出报道，中间休息时，我到观众里面搜集反映。因为英语不太好，就优先选择华人面孔。结果有一次问话就碰了钉子。我问对方，您是中国人吗？他不假思索地回：不是。

我慢慢才反应过来，在美国，有许多华裔，来自不同地方，不是长着一张华人面孔就自认是中国人的。也许我该问的是，您会说中文吗？这之后再采访，我就变得很谨慎。

林：是，中国人一语在那里会有歧义。他可能情感上是中国的，但国籍上是美国的。在家里，中华民族的伦理都在；在社群里，又遵从美国社群的准则。总之，各种可能性都有。

所以在这时，多元的认同要允许存在，要同样被尊重。而你要谈民族认同，首先就要能拈提出民族的核心价值观。因为它牵涉到对历史、对生命、对宇宙这些生命基底的诠释。有这个核心价值，一个民族的凝聚力就强。对单一民族，这种标举不难，就像日本，他们不会有什么国族认同问题。但多民族国家，情形就复杂许多。而如果里面有一两个民族间价值观差异大，更会出现麻烦。

这也就是印度和巴基斯坦之间的冲突难以调和的原因。相对之下，这种棘手的问题，中国还好一些。

孙：您为什么觉得中国还好呢？

林：这当然是相对来讲。中国最广阔的地区是汉族人居住，文化是儒、释、道三家，与少数民族固然不同，但基本上，中国又是个泛氏族崇拜的国度。比如说我姓林，林姓彼此就不分，不管他是中途改姓或皇帝赐姓，总之都是一家人。这是一个宗族观念的扩大。此外，它也一直是祖先崇拜。不只祖先崇拜，还泛灵崇拜，祭山、祭水的，这跟少数民族对宇宙自然的泛灵崇拜又不怎么冲突了。所以，尽管汉族台面上很儒家地严夷夏之分，但实务上却一直是有弹性的，因此只有在改朝换代之际民族问题才会尖锐化，平时矛盾并不那么大。而就具体来说，像藏族，尽管现在必须去处理一些问题，但中国历朝原都与它存在着密切关系。至于它的宗教，汉族人信密宗的现在固不乏其人，同时我们也能看到，他们也像汉族人那样把关公作为护法神。这中间没那跨不过的鸿沟。

孙：民族融合，那认同的层次是不是更多了？

林：当然，在当今的世界，我们要看到这多元与多层次的认同。这也是现代世界有别于过去的一个特征。

过去，在某些历史时期，单层次的认同起了积极的作用。我们在《十年去来》中曾提到列维－斯特劳斯的一句话："一个族群如果认为自己的文化优于其他文化，这种心理其实是值得赞许的。"因为文化的特质就是靠这样的一种态度保留下来的。有这特质就好区分我族他族。所以，在历史前期，一定是杀外族敌人的叫英雄，杀自己人的是罪人。只有到后来，才发觉不能这样简单地分别敌我，还要看杀人的本质是什么。为钱财杀人，杀别族也是错；为追凶惩恶，杀本族人也对。由此渐渐发展出更丰富多元的观点来。

而就现代社会来说，所谓的全球化，从负面看，世界是平的，大家快变得一样。但从另一角度，因为资讯发达、交通便利，世界上许多不曾来往、不曾被广泛认知的文化也就浮上台面。所以，这也是前所未有的时代，一个能让我们看到人类的行为、样态如此丰富的时代。

可以说，一百年前人类学家所提倡主张的东西，一些观念与行为，在今天已习以为常。这除了人类学家的努力外，更要拜那能让许多现象、议题浮上台面的"势"。

如果你让我来谈这个时代的价值，肯定是指这个，而不是"世界是平的"那个。因为这意味着有多重的价值能被我们认识与尊重。

孙：不过我个人还是很肯定那些能够从族内族外双重视野对本民族做反思的作家。他们能够深入民族的内部去思考，同时又能把它与外面世界的运行做有机的联系。这也属于他们民族的历史叙述，而且能够修正我们的一些想当然的想法。

林：那是当然。外人怎么讲都是外人的看法。讲那民族的好，是外人认为的好；讲坏，同样是外人认为的坏。而他却是这文化的主体。如果能有更多这样的人，这民族的未来也就不至于失足颠踬、跌跌撞撞。

四、纳西古乐的音乐之辨与族群认同

孙：其实从很多方面都能看出，一个民族，内力与外力这两股力的对冲。族群中的知识分子强调发展、变化，甚至去魅。外人却觉得，你魅得还不充分。几年前纳西古乐和北京的《艺术评论》杂志打了一场官司，里面就有很多耐人寻味的东西。我们可以看到，《艺术评论》对宣科组织起来的"纳西古乐队"，对何谓"纳西古乐"有不同的认识。您怎么看这场官司？

林：这里面很复杂，它牵涉到学术求真与民族认同两个层次的思考。就学术求真而言，我当然不赞成宣科把《渔舟唱晚》《姑苏行》等乐曲直接就放入他纳西古乐的节目中。这肯定是错，是不诚实的，因为这些曲子自来就没有进到纳西的文化里。而拿几种在来源及功能上自来不同的传统音乐构建成一台节目，并直接给予它一个过去没有，却似乎就代表一个民族音乐总体的"纳西古乐"名称，也有鱼目混珠、以紫夺朱之嫌，更予人以借公益而遂私利的批评口实。不过，当一个民族在讲，我的音乐保存自洪武或其他悠久的历史年代，而有个人就用李后主《浪淘沙》的词来配一首这种古乐的曲牌，说李后主的词就该这么唱的时候，我们从学术角度固认为这不可靠，但直指这就是骗人，也有值得商榷的地方。因为我们自己历史上的这种情形其实比比皆是。你看看，我们有多少东西是依附于先王的？琴人都说伏羲作琴，你叫他拿证据来，他就说是汉代的哪本书写的，但搞不好这也是一种假托，或者更甚的，伏羲根本就不存在。难道两千年前的历史，我们可以不分真假，两千年后的托古，我们就必须说它是作伪？所以我说这里面还很复杂。

当然我们也可以说，两千年前没有著作权的观念，人们也没有辨真伪的本领，但这依然是文献主义的说法。回到族群认同的角度来看，其实还是同一回事，都在借古宣说、托古改制。而宣科这些年的作为，固然涉及商业旅游，有令人质疑之处，但却又在文化认同上起了一定作用。从文化认同讲，宣科的种种托古如果是"罪不可赦"的话，那中国的托古也实在太多了。

孙：您再细说些。

林：就说回那场官司吧。后来，云南那边的法院判宣科赢，许多人从势力范围这角度切入，觉得云南是宣科的所在地，当然会如此判。但我认为这里面还有情感的因素在——事情的近因跟纳西古乐想申请联合国的"非遗"有关，对一般非学界之人，他直接的反应是：如果我们的纳西古乐都是假的，那我们纳西人不就没尊严了吗？正如日本人要侵略中国，就说尧舜禹汤是假的，真应了他们的话，那不是我们也都完了吗？所以说，对宣科纳西古乐这类事情，论述它时并不能像一般学术论文只以求真为唯一要义。我们可以说，历史上李后主的《浪淘沙》不一定要跟你目前保存的词牌有什么直接关系，你只要曲子写上"纳西传统音乐"，"宣科配李后主词"，也就可以了。我们也可以说，历史中并没有纳西古乐的名称，"非遗"的申请应就各乐种分别提出，免致鸡兔同笼，杂质太多，反而有碍事情的观瞻与进展。总之，涉及情感就是件复杂的事，也许打假纳西古乐的不是汉族人，而是纳西的本族人，结果就会不同，因为那是族人自己的较真，说不定虚实就因此得以厘清。正如此，虽然打的是毁谤官司，赢的却不一定就赢，输的也并非就输。你看，后来的2011年，白沙细乐，而非纳西古乐，入选第三批国家级"非遗"，就给予了文化既有样态该有的文化位阶。

孙：我查网上资料，《艺术评论》的观点，其实是认为那些音乐都是汉族音乐，不能叫纳西古乐。

林：是有许多不同的说法，宣科就说是洪武年间进去的，保留了六百多年。六百多年对于一个民族算是古了吧。先不说宣科所持是否精确，但基本上那个味儿的确是自己拥有多年的，说是自己的也没什么错。

比如马来西亚的南音，听来总带着些流行音乐的味道，他说是他们的音乐也不算错。你仅以起源、以考证，完全聚焦在历史文献上来评判一个族群引以为傲的东西，还是有以理杀人的味道。说这些音乐是汉族的，就跟许多国学家凡事必溯源到先秦一般。连佛教已东传中国两千年，谈佛教第一句也还是，佛教是外来的文化。谈中国，不能总是这样的讲法啊，这是一种迷思！

孙：看来您的情感倾向是在宣科这边？

林：谈这件事，其实我是跳开宣科，直接观照纳西族这边的民族情感的。要说私人交情，我与《艺术评论》的田青可要深太多了。其实两边都认识，也各有道理，而这些理还都牵涉到某些人类的基本价值。学术的求真是社会发展的重要基石，从这个角度讲，这些较真的学者一定要厘清真伪、分辨朱紫，有它的必要性，有它的正当性。而文化重建上一定的诚信，当事者本来也须面对检验。所以我们也可以看到，有一些纳西族人并不认同宣科的做法。但我之所以在这里会说上两句话，主要是提醒大家也须从族群认同的角度去看这件事。你想，丽江现在已经不是过去的丽江城了，讲严重点，在文化上，近乎被外来者全面侵蚀，而至少宣科还保留了所谓纳西古乐这样的活动，尽管你认为它是伪纳西古乐，但今天丽江除了这之外，让人熟知而带有民族色彩的活动也真是少。从这个角度，宣科还是有他的作用在。

再说到他的"作伪"，我们现在不是有个古琴曲叫《关山月》吗？你看节目单上有哪一个会写上杨荫浏配词，大家都以为李白的《关山月》本就如此。其实《关山月》本来是梅庵琴派的琴谱，很长时间没词的，是杨荫浏有天想到了李白这首诗，一配恰好可以，就成了今天流传的版本。现在很多演出弹这首曲子，在节目解说里也没有将它讲清楚啊。再举一例，"怒发冲冠，凭栏处……"，岳飞那个《满江红》，大家常唱的那首，也是杨荫浏配的词，原来填的是萨都剌的《金陵怀古》，开头是：六代豪华春去也……

这种东西你可以做学问的辨析，但若涉及生命、族群的尊严，谈时，也还可以有其他的语气。

孙：看来世间的事，不是学理对，就都算对。不过《艺术评论》的人的想法与作为，也是可以理解的。太珍视民间之宝，就不希望这宝里有假。

林：从学术，从求真，乃至从文化作为的坚实性，这当然应该肯定。但问题是，纳西族会说，这本来就是我们在奏的东西，为什么要当你的宝？这也是族群内部的人经常会对外发出的疑问。而即便我奏的是你们原来的宝，但流传到这里这么久，我也有我自己想做的事，有什么不可以？

五、历史心性，也是一种认同

孙：对少数民族，现在的知识分子的确有了更多的关爱与珍视，不过，对冲力这么强，说明两边精英的想法差异开始拉大。从外面的知识分子来说，也许该反省的是，当我们对某些所谓史实或者文化的谬误纠偏时，有没有体会，作为族群的一员，他们为什么会这样说。台湾有个学者叫王明珂，多年都在四川少数民族那一带做研究。他有几本人类学田野调查的书，汶川地震那年很受关注，因为正好涉及他调查与书写的范围。他的《羌在汉藏之间》，的确修正了我以前对这些地方的人一些想当然的看法。细节就不说了，他说到的一个词是我喜欢的，叫"历史心性"。在少数民族，历史与传说常常混在一起，但他说，有些东西是否属实并不重要，重要的是它为什么这样说，这就是历史心性。

林：他们的传说和所谓的历史真相不一样，我们又何尝不是呢？我们其实也活在自己的传说里，因为所有的史其实都被修过。正像他所讲的，我的《画禅》在大陆出版，也有人评论说，林谷芳对禅是内行的，但也跟其他人一样，犯了把传说当历史的错误。

孙：这个我们在《观照》中也谈到过，有些人习惯这样看。

林：对一个禅者，公案的本身就是生命的真实。而你要细究这公案是不是两人真实的对话，而且不多一字不少一字，就永远查不清楚，也没意义。历史本来就是相对主义的。把历史分为史实与传说，这种绝对化本身就有问题。《观照》中我提道：对习禅的人来说，当一个公案内化成他的生命经验时，这个公案就有了真实的意义。如果没有，即便有人对当时的谈话录了音，两人也的确是这样说的，对他也没有禅的真实。更何况公案还是通过文字记载的，并没有实景的录像录音。

达磨到底是这一年东来，还是差一年东来，这对禅家，有什么意义呢？

孙：我个人理解这个历史心性，是觉得它更多代表一种意愿，即我愿意相信这样的历史说法。

林：本来就是啊。我不是一直在讲，历史就是一种认同。谁能证明黄帝存在呢？但我们还不是照样以"炎黄子孙"而自豪？我们把黄帝的存在讲得理直气壮，但对少数民族却要明确分出个历史与传说来。

孙：说到底，这里面还有个潜在的自我中心主义。

林：谈及历史上一些民族间的战争时尤其如此，在这里，我觉得美国人对南北战争中的李将军的写法是值得参考的。

孙：嗯，我们在《十年去来》中谈到过。

林：这里还可以再谈。他是南方的领袖，但现在美国人提到他还是给予他很高的赞誉。身为将帅各为其主，他们不会因为南方最后失败了，就对他有所贬抑。甚至美国人在谈到解放黑奴这一段时，也并没有全面否定南方的观点。因为北方看重的是人权问题，南方更注重生产。这里的比例可以再讨论，但至少不会把人一棍子打死。

孙：NHK2000年拍的《葵：德川三代》，每集前面做有趣的历史解说的是德川家的晚辈水户光国。这里面很多重大事件发生时，他还没有出生，但这个人物的设置非常有意思。也就是他虽为德川家的后代，但并不都站在德川家这一边。还常提示，为胜利者书写的历史里，有被掩饰的历史真相。而这里面，我几乎看不出一个全然负面的人物，每个人都各有自己的人生理想，在为自己选择的那一方而绞尽心力地奋战。就连丰臣秀吉的儿子秀赖因为失势而不得不死，都被处理得让人动容。

　　对历史若多一些视角，跳出来看，是能给人启示的。当然，也不能乱解。其中，族内视角尤其值得我们尊重。因为说到底，这是人家的历史。像您所说，牵涉到一种自我认同。

林：认同牵涉到生命对自身的主体认定。尤其这时代，认同更不应该被限定为只能取一个，应该是有小圈圈的认同、区域的认同、阶层的认同、民族的认同、国家的认同……每人在这不同层次上会有不同轻重的配比，但认同始终是一个人的根本问题。而民族认同，尤其牵涉到血缘、风俗、语言、信仰等层面，就更关联到生命的尊严，你针对它的种种作为也就不得不慎重。

说起来，当代社会，追星也是一种认同啊。当追星被大家搞得好像天经地义时，别人想在更深的层次做认同，你还一棍子打下去，不能嘛。

所以要能自我认同，同时也接纳别人的认同，我们就需要更丰富的立场，更体贴的态度。这在民族间很重要，在两岸之间也很重要。

总的来说，谈五十六个民族的融合，修史还是关键。而修史，关键又在史观。史观虽然是以史料为基础，但史料其实永远有局限，所以，史观也永远在所谓的史实之前。你须在此体现、包容不同民族的历史观、生命观与宇宙观。

第十二章

期待当代的史诗

太史公写史，虽然是讲"究天人之际，通古今之变"，但最后也是"成一家之言"。我们每个人都可以有一家之言。大陆有大陆的一家之言，台湾有台湾的一家之言。中国人对中国历史的看法，应该是通过这种种的一家之言汇集出来的。

清算之所以不能提倡，是说当我们尤其已不处在当事人的时空，清算历史固然有种使命感、有种价值在，但也有可能落入自设的魔咒中。而既有盲点，就容易冤冤相报，永远活在那阴影里。

一、合而观之，才有历史的真相可言

孙：在《十年去来》中，您谈到面向华人世界的大史诗还没出现。近十年，以我这书业媒体人的观察，史诗的气象似乎已经先从台湾作者那里出现。齐邦媛的《巨流河》、王鼎钧的《关山夺路》都陆续引进过来，它们也都切到了两岸百年来的历史。此外，还有一些基于个人命运的大大小小的回忆文字。

林：谈史诗，我还是想从我们为什么需要史诗这一根本问题谈起。所谓殷鉴不远，历史就是一种教训，而不是报复。为什么往往必须隔一段时间来写史？就是为了避免一种清算。

当事人陷在其中书写，是一种人性必然，但一定程度上你已离开了那个时空，心情还一直陷在里面，历史的教训就不容易存在。

中国近百年历史中，两岸最纠结的就是国共两党斗争，但我想，即使从那段历史中走出来的人，如果他们扪心自问，相信对当年国共的看法也都会有一些修正。在一个全面战争的年代，非此即彼，一定会把对方彻底妖魔化，这样击杀对方才有正当性。那时人性的丰富、文化的复杂、社会的多元都不会在考虑之内。

历史，中国人讲"势"，当它变成一个群体之势时，就有它的盲动在。所以我们现在很难想象，当年的德国人是怎样被希特勒说服的；很难想象，"文革"这样的灾难，又怎么会以那种违背人性的样态来进行。这样一种盲动，在历史的大变动中，其实是超乎个人的。清醒、抽离的个人，不仅没有力量，而且也常不由自主地被卷入其中。

也就是这些年开放交流了，彼此才都发觉，当年的宣传模式两岸竟是如此相似，都描绘对方身在水深火热之中期待救援。这说明，在一个斗争的年代，所有东西都可能二元化、两极化。事实上，一个复杂的历史进程不可能如此。中国百年来这急遽变动的社会，要哪一方独占正当性都不可能。清末民初以来，西潮东渐，这主义那主义的，都想以西方为师，也都有其一定的角度。可一旦处在斗争阶段，对错就很容易被简化：你为什么穷，是因为他富有，他剥夺了你的财富，那么起来斗争吧。很多所谓的被剥夺感，就是这样被形塑激发起来的。

在这里，启蒙者常有其关键的作用。每个时代都有启蒙者，激进者有之，温和者也有之。激进派喜欢采取一种极端的主张。这一方面来自他们对心中理想的热情；另一方面也不得不说，有个人偏执，以及他对问题素朴乃至粗陋的见解等诸类因素在。

"五四"那些启蒙者的想法与做法造成的副作用，一百年后其实还在，而国共战争，当然也离不开启蒙者的参与。我们固然无法做历史的后设，但那场战争造成百姓流离失所，死者以百万计，两岸分隔更不在话下。所以要说到反省，那些自居启蒙者更应该自我反省或被后人检验，他们当时的主张与宣传是否也充满着独断？这些年大家也渐渐认识到，在那个年代，革命者有好人坏人，不革命者也有好人坏人，都不是可以用阵营、意识形态简单划分的。

以历史做反省，接到现代，我想说，如果一个时代真需要启蒙，那些温和启蒙者的声音反而更值得珍视。激进的启蒙者如果笼统地以大时代、国家的观念，乃至于像知识分子经常讲的抽象正义来衡量人的作为，其实很容易把另外一群人给牺牲掉，而且牺牲得义正词严。

　　回到史诗，我尤其想说，谈史诗不能离开人性，就像不能离开人性来谈国家一样。这里面，悲悯的基点必须存在。如果没有，就容易落入一种空疏的概念。

孙：是要悲悯，但如果太囿于一边的悲悯，就又不如实了。我也注意到同样是写历史的作品，喜欢齐邦媛的《巨流河》的人就多，而另一些台湾人的作品，岛内就有争议。这边也有人直说不喜欢。就是我说的这一点。

林：两岸的历史诠释，本来就有很大的不同。这不同除了因为历史诠释从来都是中国人所看重的外，还有一个法统的问题。法统与道统。两岸各有一个政治传承，这自然会影响到对历史的观点。而中国文化又是人间性文化，历史甚至取代宗教，成为人生重要的参照。所以，回过头讲两岸的交流，即使目前我们一定程度上已经抽离了那个时空，但是历史诠释的分歧仍然存在。而面对当年的历史，我们又不能回避，所以就必须更丰富、更多元地看待这个变迁。

孙：您说要拉开一段距离才写史。但我觉得，就国共史而言，好像现在这个距离还不够，所以写作者还不容易客观地看待那段历史？

林：史诗写作本来就不容易，每个人都会受到个体经验的局限，但这不妨碍一个人拿起笔来写。两岸都接受乃至信服的历史观，要经过民间很多的回忆与论述，允许不同人选择不一样的史观，最后合而观之，形成一个公约数，才能出现。每个人写作的笔力不一样，但至少我们要有一个标准，必须脱离当年那种完全妖魔化对方的层次。当这样的作品汇聚多了，虽然观点不一，水平有参差，但慢慢就会形成一种令两岸都接受的说法。在这个公约数上，彼此各自表述，也都无妨，反而因此会更增加对对方细部的了解。

举个例子说，徐蚌会战，你们这边称"淮海战役"，如果这场战役，双方从将领到小兵都有不同程度的回忆与书写，汇集到学术机构，拼在一起来研究，多多少少就会接近历史的真相。合而观之很重要，合而观之再写史，双方就不会陷入以前的写作模式：一边是神圣的，一边是妖魔化的。

孙：说到淮海战役，我们以前只知道当时战役中这边将领是谁，国民党那边将领是谁，然后就是双方的战略战术。总之还停留在一个战役的局部打量上。2014 年我到滇西远征军战场做采访，突然把这些将领的前史联了起来。比如李弥，他可是在龙陵松山打过抗击日军的硬仗，后来却又卷入淮海战役。应该说，深入了解远征军这段历史，对我触动不小。

林：所以，还是要鼓励更多当事人，拿起笔来追溯历史。台湾有个《传记文学》，一直做着口述历史的研究。有台面上人物的，也有非台面人物的。每个人的回忆当然都有自己的倾向与观点，而且中间自然也多有隐恶扬善的部分——中国人特别会如此——但积累得多了，在当年国民党来台的许多人的生命史中，也就能更清晰地看到历史的轨迹。

二、写史诗不是为清算，而是为彼此谅解，乃至由此看到人性的庄严与局限

孙：您刚才说，必须隔一段时间来写历史，以避免清算。写史诗，历史的清算真不重要吗？

林：史诗的书写，不是为了清算，而是为了更理解人在大时代中的卑微与身不由己，从而生起一种悲悯、同情。生命的尊严与某些生而为人的基本价值，在这样的作品中也更能清晰浮现，让人体得生命的庄严，确认作为人该坚持的底线。

而当对这些有所领略之后，也才会对那个时代有更同情的立场。同情是谅解的基础。彼此同情，感受到对方没有我们想象得那么非此即彼，不陷在过去的恩怨与胜败，才会真正认识到，原来胜者也有所顾未及之处，败者亦有值得尊敬的地方。这是接受共同历史的情感基础。而事实的基础则是我们上面提到的，通过对同一件事不同当事人的说法，找到一个两岸都可以接受的历史表述的公约数。

孙：虽说历史有它的偶然，但是如果回到那个历史时空，看那场胜败，这里面有没有人心的向背呢？

林：胜败是历史大洪流。所谓的洪流就是势，群体之势也有它的盲动性。一个时代的民心向背，通常就是施政者先失掉民心，它可以理解

成被压迫者的心理投射和对未来的期待。而宣传呢？宣传可以扩大效应，也可以无中生有。有些矛盾的确是被形塑的，但人民的选择在彼时彼境也不能说是错。你不能用后来的"三反""五反""大跃进""文革"的错误来评价当时人的选择——这样就又变成历史后设了。但是回过头来反思，有一些当事人在当年就对一种历史时潮有逆向的警醒，这些人堪称大智慧。比如在孙中山"联俄联共"时，就有人对苏俄觊觎中国的野心有所警惕，这在后来的历史发展中也得到了验证。然而，这种超越时代的清醒，却是要到后面才会为人所理解。所以，为什么我们总强调历史的大洪流中个人的觉醒？因为只有个体时时刻刻保持一种清醒，洪流中的盲动才多少能有所避免。

一场战争的胜败，近距离看是一回事，放到更长远的时空看，又是另一回事。比如楚汉战争，为什么后世有人举扬刘邦，有人赞颂项羽，说明它就是一个逐鹿中原之争，对于民生，并没有绝对的哪一方就一定好，哪一方一定坏。

历史的洪流也应该如此看。所以，不同的书写很重要。大家感触不一样，抒发不同，又彼此看到，历史的谅解才能达成。

历史的谅解绝不是说，那么好，大家就坐在谈判桌上来解决历史问题吧。绝对不是这样，这样叫政治妥协。要做到人心的谅解，就必须在民间论述的基础上，经由众多学术机构，根据众多资料说法，找到公约数。如此，彼此都可以对历史有一定的交代，面对未来，也就不会被过去绑住。

三、不说清算，总结胜败可不可以？

孙：那我换一个用词，对历史我们不清算，但要不要总结成败呢？如果我们都不论当时的孰是孰非，一味在自我立场上表述，那这样的历史悲剧会不会重演？

林：首先是这段历史还没有盖棺定论。另外，我们对历史也永远要保持一种弹性态度，这是非常必要的，因为越来越多的史料是在后来才会被发现，被看到。

史料之外，还牵涉史观。我们前一章也说过，文献与历史事实本身永远存在着一定落差，史观就成关键。再有就是，大时代、大变局中，个人所处的环境尽多不同，个人经验也多有差异，所以历史终究是一种认同。

孙：《观照》中您谈到过这个观点。不过没看过那本书的人可能还是不理解，历史怎么可能是一种认同？即使谈认同，也得建基于史实之上吧。有些人估计会不理解。

林：举个例子，商代六百年、周代八百年，一千四百年发生的事，我们现在只能凭《春秋》《战国策》以及出土的甲骨文等有限的文物来了解。文献正是如此有限，或者说还在不断挖掘中。另外，文献记载的时候又有观点问题，如果单纯以文献主义的眼光来看历史想历史，就容易陷入片面。

孙：也就是谈历史必须兼顾史料、史观、文献局限、个人经验这四个方面。

林：对。在大时代变迁里面，许多人有不同看法，甚至是相反的看法，都是很正常的事情。在这些看法中间，也许会沉淀出一个相对真实的历史，就好像盛唐黄金时代这样一个共识。

孙：嗯，现在大家都说盛唐时代。

林：但即便是共识，也会有人提出反证，那个时代没大家想象得那样繁盛。他们会举出一些历史的阴暗面。所以，历史说到底是活在我们心中。把历史当成事实来看待，坦白讲，要么过度自信，要么就是武断。

历史活生生地存在于当代人的心灵里面，这就是我讲历史是一种认同的原因。看明白这一点，人就不容易陷入历史的魔咒，重蹈历史的覆辙。

孙：历史如果是一种认同……但我如果认为历史就是这样子，打个比方说，有些人就认为日本人是残忍的一群人，因为他们当年曾发动过那场侵略战争。这样看历史的人，因为仇恨而不愿意多了解日本，这也是一种认同带来的魔咒啊，因为就不再有可能认识一个全面的日本。

林：说认同，就会你有你的认同，他有他的。历史是各种不同认同下拉扯的产物。魔咒是自己观念形塑出来的，它的解套也要靠人。

我的意思是不能过度强调历史的客观性。因为我们的认知永远是有局限性的，不能以片面看整个事情。不同角度会建立不同史观，不同史料也会形成不同看法。交错下来，历史就会有很多写法，只要这写法不违逆已被验证为真的事实即可。

如果你愿意把所有日本人看成杀人不眨眼的恶魔，那是你的事情，因为因果也还是自负的。你也可以选择谴责那些发动战争的日本军阀。看到一种文化里一些蠢动的因子，但也不否认这文化精微的部分。我们前面不是讲过，你如果拿一段历史来看日本，人家也可以用中国历史中的某一段扩充来看中国。

认同，就表示这里面有史观的选择。

从这样一个角度，你写你的，我写我的，只要这里面不在既有资料上睁眼说瞎话，都应该允许存在。

太史公写史，虽然是讲"究天人之际，通古今之变"，但最后也是"成一家之言"。我们每个人都可以有一家之言。大陆有大陆的一家之言，台湾有台湾的一家之言。中国人对中国历史的看法，应该是通过这种种的一家之言汇集出来的。

清算之所以不能提倡，是说当我们尤其已不处在当事人的时空，清算历史固然有种使命感、有种价值在，但也有可能落入自设的魔咒中。而既有盲点，就容易冤冤相报，永远活在那阴影里。

四、中国历史总是习惯抹掉前朝的记忆

孙：说一千，道一万，两岸纠结的都是民国史。这几年做人文版面，做过好几期民国专题，其中有一期是《先生》，是围绕一部讲民国教育的纪录片在做。看片子时，我对陈丹青有句话印象很深，以前大陆推鲁迅，抑胡适，后来出现反弹，以至于现在的年轻人热追胡适，讨厌鲁迅。台湾年轻人在经过这几十年历史的变迁后，有没有这样的反差？

林：台湾虽然有过思想的禁锢，但应该说，这样大的反差没有。因为两岸前期尽管情形不同，但台湾至少表面上要做出对外开放的姿态。所以虽说读书有禁区，但读过鲁迅的年轻人也不在少数。你如果是文青，就差不多都看过。只是说从台面的政治宣传上，鲁迅就是"附共"的文人，政治上不正确。但作品想读，还是接触得到。不像你们这边，对胡适那么隔绝。

孙：对，那部纪录片里有个细节，60年代胡适逝世，在台湾备享哀荣，但在他的家乡安徽绩溪，年轻人却不知胡适是谁，老人也只有长叹一声。

林：台湾这边信息相对丰富。甚至，对鲁迅的认识，80年代就有平反的感觉。鲁迅的孙子周令飞到台湾来，当时社会谈论起鲁迅，已经没

有当年咬牙切齿的感觉。

孙：但对胡适呢？我很想知道，现在的台湾还像当年那么尊崇胡适吗？

林：台湾知识分子，所谓的公知，最大的主流是美国式的自由主义，所以自然对胡适还有着推崇。但因为整体社会的氛围在变迁，台湾公知现在基本上是一人一把号，并没有主旋律的力量，也不像大陆那么重视一种思潮的观照与反思。所以胡适在台湾就变成一种历史的存在，像殷海光一样。对于80年代后的年轻人，"五四"的影响基本已不存在……

孙：的确是不一样。我感觉在大陆知识界，"五四"的旗帜还在。大家觉得，启蒙还须继续。

林：这就是不同。在台湾，当所谓启蒙的内容已经变成生活的一部分时，大家会觉得，"五四"那批人所讲的话、所做的努力，反而有需要重新反省的地方。

孙：这个您一直在说。

林："五四"时期有个音乐人叫青主（即廖尚果，1893—1959），他那时认为中国根本没有音乐的理论，这在今天的台湾人看来，真觉得不可思议，只能勉强做同情式的理解。大陆人喜欢通过龙应台等人去认识台湾，在我看来视角就局限了。这里的一个问题在于，这些人一直谈"五四"，而还有更多人，也包含许多文化精英，并不如此。

孙：冒昧揣测，那些民国人物，您个人是不是不喜欢鲁迅？

林：这问题问我真是问错了。因为我不是文青，年轻时没受他什么影响，对他也就没有强烈的爱憎。我是从传统中直接走出来的，不像许多台湾知识分子，是从西学回归传统。我自来不在历史时潮，从一开始就和"五四"不对接。

孙：哈。我也觉得是。

林：比如我从来不觉得白话文真就比文言文好，虽然白话文的出现和禅宗有密切关联。但一件东西是药是毒，还得看它被怎么用。禅，要破执，所以祖师语皆如家常饭，活活泼泼。但以语言的精练性来讲，白话文怎么可以和文言文比？！

孙：文言文在民国时期的公文里竟然还保留着。我在滇西采访老兵，也看了一些当地史志，读当年的龙陵县长呈送战时情况给上司，短短的几行，信息量巨大，行文还非常隽永。这样的呈文用今天的语言表述，不知要写多少页。而这些都还是他们在敌军压境的逃亡路上写出来的。这是闲话。再问一下，您对胡适喜欢吗？他也是谈过禅的。

林：也无所谓喜不喜欢。至于他谈禅，做禅学研究，谈六祖坛经，谈所谓南禅神话成立的一些问题，在我看来，都是修行的外行话。这点比诸铃木大拙，真是高下立判。

孙：但是，很奇怪的又是，民国既有胡适、鲁迅这些"五四"人士，同时也有另外的文化人，比如我做过专题的致力于民国教育的先生。当年的民国老课本，最让现代人感触深的是那字里行间所有的温润。和做《先生》的制作人邓康延聊天，他说到阎锡山这样的军阀，当年抓山西民国课本，也是一段佳话。这几年大陆有民国热，这些民国人物又被重新翻腾出来，其实都不是我们当年教科书上的印象。

林：民国史的特殊，是中共打败了国民党。在这方面，败军之将，历来在中国历史写作中处于边陲，也不太能得到正面论述，何况官方修史。有一年我到内蒙古，才惊觉在元朝灭亡之后，北元还活了大约二十年。也就是说，明朝建立时，元朝并没有灭亡，甚至国号还有。而官修史书里却看不到这个。

孙：是啊，也是慢慢才知道，清朝建立起统治时，南明王朝也还在云南一带活动。而过去我们习惯以不同朝代开国皇帝建国时间作为一个历史起点，仿佛他的朝代开始后，前朝就不存在了。

林：大陆前期的教育，也是这种思维。所以很多年轻人对民国史这段多有陌生。民国的功过，自有后人评说。虽然1949年国民党是以败收场，但前期这段历史，其实是大家共同参与的历史，是你中有我、我中有你的历史。不过也因此更纠葛不清。

孙：不知后人怎么写我们这一段历史。一个中国，文化一脉相承，却又分隔于两岸，按自己轨迹发展。

林：就因为以前没有类似的历史经验，所以就更值得两岸的中国人细细参究。

孙：因为前期是空白，现在要补，就格外有些热。

林：这个热，除了填补心灵、论述的空白之外，还有一个，多多少少像你们当年的海瑞罢官事件，是当今人以古托今、映照现在的欠缺。

民国有贵族，民国有风雅，虽然军阀混战，但民国知识分子还有一定地位。民国教育，还有你说的那种温润……而这些，都是当今大陆欠缺的，所以就热上加热。

孙：很热，以至于知识分子又有了新的反思，觉得我们是不是太美化民国。

林：任何事物往往是一体两面。我过去老跟大陆朋友开玩笑讲，国民党高官都长寿，说明他们过的比较像人的生活。当然也有人反过来说，他们那时腐败，可以享受种种特权。也都对。

孙：但不管怎么说，多知道一些史实，会有助于我们思考今天。过去我们都说阎锡山是土匪，是粗人，但看到当年他主抓的山西老课本，你不得不说，人家也有文化，或者说文化眼光。

林：当时搞政治斗争，一定会把对方的军官将领说得不堪。他们是人，当然有人性的各种缺点。但是啊，一个老土匪就拥有那么大权力，中国不是太糟了吗？他总得有几把刷子嘛。要不然，怎能把一方治得服服帖帖？大家都笨吗？

你当然可以把当时拥兵自重的都叫军阀，但军阀里还是有有文化的。而且，有文化才干得久呢。

孙：想想民国的"五四"精英那么反传统，但民国的整个文化氛围还是底子丰厚，真是一个耐人寻味的现象。

林：这恐怕是因为"五四"的人虽然在激烈地反传统，但读书人在当时还是不自觉地受到传统的深厚影响。民间包括官方也都尊重读书人，而读书人以天下为己任，出来的东西自然不是小鼻子小眼睛或粗鲁无文的。这个事实或反差，一直到蒋介石当政，甚至到台湾，都得到了延续。

五、一味凸显一边的信仰，忘记了另一边被打的人也有信仰，只能说，创作者还没有超越自己的历史局限

孙：说到百年中国这段共有的历史，反映抗战题材的电视剧一直热度不衰。但是要么做成神剧，要么拍成悬疑谍战片，大家好像在避开一种历史观的争论。

林：拍谍战剧？那不妨看看国民党这边的小说家怎么写。台湾有个叫费蒙的漫画家及小说家，四五十年前写过一本小说，名为《情报贩子》，写湖北监利县被日军占领后，两方在当地情报工作上怎么尔虞我诈。真的像龙门客栈一样。

孙：这样的我们也有啊。

林：那就有机会两边对照着看。

孙：说到谍战，我想起一件事。大陆谍战片热时，我曾在《南方周末》上看到一篇台湾人写的文章，写到当年国民党在谍战方面的失利。也就是说，很多国民党的高层身边都有共产党的谍报人员。

林：这个是事实。徐蚌会战（淮海战役）为什么会失利？因为蒋介石

的作战计划你们都知道。

孙：这说明……？

林：一个是说共产党的思想工作做得比国民党好，第二个是民心向背……

孙：但您前面也说了，民心向背只是当时人的心理投射，并不代表完全正确。

林：因为民心向背是多种原因造成的。比如相当长时间，国民党都被形塑成不抗日。在台湾，现在国民党避谈过去的历史，因为怕被骂成不爱台湾。也因此，全世界蒋介石形象最被扭曲的竟就在台湾。他被形塑成完全的独裁者。我们不是说他做的事都对，而是必须回到当时的历史时空。他的不得人心，是在抗战后有过一次裁军，令很多人解甲归田，而没有妥善处置，因此积怨很深，引起过很大抗争。后来还有腐败、通货膨胀等一系列问题……

孙：因为去了一趟滇西，让我知道了戴安澜、孙立人、叶佩高、李弥这些国民党将领的抗日业绩。同时我又不得不说，这些人在抗日战场上殉国，还算是命好的。活着的，不得不转战在国共战场上，就不能不让人觉得历史是怎样造化弄人。

林：他们在那些战役中打了败仗，看来是战略上失策，但另一个重要的原因其实是我前面说的，蒋介石旁边有共产党的谍报人员。所以他们战时失利，非战之罪也。

孙：所以有时看这些剧，会有所感慨。这两年也出了一些叫好又叫座的历史剧，比如《北平无战事》，能感到主创人员在塑造国民党的角色时，也倾注了认真的理解与努力，而不是某种概念化的图解。

只是，很多抗战剧，即使说到当年是在国民党阵营抗战，最后也一定是受了感召，认识到国民党的黑暗，然后投奔了延安。有些剧喜欢将之归于信仰的召唤。您怎么看当时历史下的信仰问题？

林：在那个大时代，能投身打这种仗的，哪个没有信仰？只是你有你的信仰，我也有我的。两个信仰打架了怎么办？一味凸显一边的信仰，忘记了另一边被打的人也有信仰，只能说，创作者还没有超越自己的历史局限。

孙：白先勇先生出了一本回忆父亲的书《父亲与民国》，在腾讯沙龙上做读者互动。主持人问他，您父亲为什么后来去台湾？当时他离开大陆时共产党也争取过他，他最后还是去了台湾。

白先勇的回答是："他到台湾不是去跟蒋介石。因为从他一生看来，十八岁就参加辛亥革命，见证了民国的诞生。后来参加北伐，最后又完成北伐。跟日本他整整打了八年的仗。……到台湾去，他是完成他自己的信仰，是向历史交代。……他们那一代有些人，把民国当成自己的一生。"

对于白先勇的父亲，民国就是他的信仰。如果我们拍的电视剧，能够让人对不同人的信仰选择都有贴切理解的话，那对于认识那段历史，才是有助的啊。

林：这点让我不得不再提一下日本。日本战国时期群雄并起，最后虽统一为德川家康的天下，但日本人并没有以德川幕府的立场臧否这些人，而都以英雄视之，因为他们忠于自己的身份与信仰，又于乱世为一边之雄。这点态度，坦白说，却正是我们讲正统、严夷夏的中国人所该学习的。

第十三章

知日
——我们怎样看邻国

国家间的关系，在历史中总有起落，只以一个历史阶段的仇恨作为看待对方文化的基点，就不容易见到彼此的短长。

一、历史的教训一定要记取，但一直把它当世仇来念兹在兹，就走远了

孙：终于要谈到"知日"这个话题了。这段时间积累了很多感受，不吐不快。一个国家的国民要安宁，也还要看和邻邦之间的关系安不安宁。在这点上，我们又恰好有一个有着历史恩怨的日本做邻居。所以现实一有争端，就有打与不打的争论与担心。而我们饱受诟病的抗日神剧，又只在意自己打得爽不爽，实在没有起到了解、反思那段历史的作用，徒让一些国人成为情绪简单的"抗日派"。

林：反思这段历史，不能只止于"抗"之一字。虽然这是段惨烈的历史，但既是回顾，就应该往前更进一步，思考要如何看待日本这个民族。美国人和日本人打仗，战时就出来了一本《菊与刀》，相比之下，我们在这方面做的实在少得可怜。

孙：所以我主张知日。无论你喜不喜欢日本，你都得知道对方是怎么回事。只是我注意到，在中国大陆，那些专注抗战史的人，很容易成为抗日派。都市年轻人，则多为知日派，因为他们接触的日本时尚居多。我有时想，要是这两派中和一下就好了。

林：对个人而言，知日、抗日都正常，因为每个人经验不一样。但就整个社会来说，过了六十年就不应该在态度上只如此趋于两极，要么

极端仇视，要么对历史疏离。不该如此。但说两极，我看在大陆，知日还是少数派，反而是仇日的氛围，直接反映出社会心理到如今也还没能转化。

孙：但那样情节离奇、广受网友吐槽的抗日神剧一度还能获得高收视率，从另一方面也能看出，国人对当年日军在中国所犯下的战争罪行还是不能释怀。于是借那种义和团式的复仇，宣泄自己的仇恨。

林：这个问题我们可以从韩国谈起。当我们谈起日本心情总不能平和时，我们为什么还用嘲弄的语气去谈韩国呢？不管我们自以为对它好不好，它当年可是连自己皇室的继位都得报大明允准的。也就是说，当我们面对现在的近邻强国，表现出一种愤慨情绪时，有没有想过历史中我们就是一个大国。我们常提到的大国的反思，到底有没有？

孙：大国？现在确实在说大国崛起，但现实中一碰到具体事儿，却又不觉得自己是强者了。正如您所说，当今的国人心理是双重的。

林：历史中的中国始终是个强者。不觉得自己强，是因近一百五十年来，我们面对西方是弱者。但长久以来，我们的祖先却都是作为强者存在的，我们已经习惯做一个强者。所以对于后来的屈辱，自然倍感深刻。但反过来说，也就很少能看到别人的屈辱。比如韩国那么长时间作为中国的附属国，它内心的感受是怎样的呢？多从这样的角度来看，我们对所谓"历史的仇恨"就会有一个较整体平衡的观点。

另外，两国的历史到底是一个解不开的世仇，还是发展中某个阶段的误差？这也要分别来看。举个例子，中国虽然在明代就有倭寇之乱，但要知道，这些倭寇其实也为日本所不容。他们就是铤而走险的一群浪人，海盗嘛。而从圣德太子的大化革新开始，一直到明代，日本却都处于学习中国的阶段。它对中国是尊敬的，把中国文化当成上国衣冠来看待，所以才一直有遣唐使、遣宋使，乃至明代的阳明学——后者在日本很发达，我们中国却已不太谈它了。总之，绝大多数时候，我们对他们是以上对下的。

另外，再举一个较极端的例子。当年，日本还没对中国怎样的时候，被我们纳入正史的元军，却是要东渡日本把它拿下的。要不是台风，搞不好日本就变成中国的附属国了。要是日本老拿这个说事，你又该怎么说呢？

孙：大概会说，这都是很早的历史了，而且并没有构成太大损失。但是抗日战争，可还不远，起码上溯三代，很多人多少还都有记忆。所以，就不容易化开。"二战"中纳粹屠杀犹太人，不少电影作品、历史研究不也一直围绕着这一段在展开吗？我个人认为，这段历史不能忘，但不能只盯在这个上。

我非常同意已故的美国学者托尼·朱特关于犹太人如何记忆历史的一段话："现代犹太人之所以为犹太人，依靠的是存有的往昔记忆。做一个犹太人，很大程度上是去铭记这身份意味着什么。犹太教拉比的训诫中，真正最持久也最独特的一句是 Zakhor！——记住！然而多数犹太人虽然听话，却不知这句话具体对他们做何要求。我们便只是一个记住了……某种东西的民族。……从这一点来说,美国犹太人本能地揪住犹太人大屠杀不放,倒是做对了:这样便给犹太人提供了身份的参照、朝拜的地点、祭奠的事例以及道德的引导——且帮助他们贴近历史。然而反过来说,他们也犯下了大错:将祭奠的手段和目的混同了起来。难道我们之所以是犹太人,只因为希特勒曾煞费苦心铲除过我们的祖辈?如果我们不能超越这个认识,我们的子孙后代又有什么理由要与我们同根?"在托尼·朱特看来,20世纪的很多纪念,都是这样根据时机、逐步地有选择的认可和回忆苦难,而这些"都不能强化我们对过去的评价和意识","由此导致的一种拼镶画面无法使我们拥有一种共同的历史"。在中日之间,当下一些日本政客的行为常常会引发中国的抗日情绪。看日本,也就容易只盯这一块了。

林:说到那场战争的罪责,最应谴责的,是那些发动战争的人,还不只是军方,也包括那些鼓动战争的知识分子、仇华分子。他们是主谋,是共犯。现在,也是他们在鼓噪,自然引发人们对那段历史的回忆。

的确,历史的伤痛不远,要人超越也有违常情,但一种文化总有长短,会有正常与异化。我们不是提过,外人看我们的"文革",觉得有多可怕!如果就以此全面否定中国文化,以为中国人都如此泯灭人性,那公平吗?看日本也一样,这个文化什么时候容易偏失走向军国主义,应该更深刻地来谈它,现前的伤痕应该引发更深刻的反思与批判,如此既不会以偏概全,更重要的,还能以前事为师。

也就是说,你不能把这种"我族"的扩张、右翼的战争意识,直接看成日本的常态。

孙：可是一些中国人不这么看，甚至某些知识分子也认为日本地小人稠，天灾又多，所以对外的扩张是迟早的事。

林：生命的不安全感的确容易让它走向偏锋，历史上许多民族或国家间的战争也都起因于生存问题。但你要生存，人家也要生存啊！这确是日本人自身的问题。尤其是，将侵略说成了求生存，甚至美其名为"共荣"。但以为地小人稠就必须以战争为出路，这也太简化了历史，简化了人性。

其实，两国之间，我们感受到他们因生存问题可能导致的盲动，他们其实也无时无刻不感受着来自大国的压力。这一百五十年的衰弱，让我们忘记了自己是大国的事实，但四邻可不那么想。你打个喷嚏，它就来个地震。要如此两面观，谈我们与邻国才会更如实，更有可能创造良好的关系。

孙：问题是，在对日本的大小认识上，我们经常会发生混乱，要不就直称它为"小日本"，要不就觉得自己怎么老挨它的欺负。还有一种，就是前面所提到的，认为日本现在变强了，而骨子里的野心还在，所以我们要小心……

林：但同样的话，日本人也可以说啊：不要小看中国，它那么巨大……那你说，以小吞大容易呢？还是以大吞小容易？当然是以大吞小可能嘛。你有危机感，它更有危机感。

所以，谈到中日之间，我们在《十年去来》中所谈的那种大国的从容，强者的谦卑与自信，在自己身上真是很少看到。你当然可以说，遭受了日本的侵略，我们这是矫枉过正。但矫枉也不能太过，太过，就显出你这个大文明缺乏返观的能力。

我们高中时要念"三民主义"，课本上讲，乾隆时期中国有四亿人，到了清末四万万五千万吧，这两百年时间，法国人口增加了两倍，德国增加了多少多少。孙中山就急了，号召大家多生。我当时就想，你已经是全世界人口最多，让人家感受到你的压力了，再多生，不把别人压死啊。

这说明什么？说明我们这个民族"我族感"强烈，自古以来就视中国为天下之中。从一方面看，这固然让我们对自己的文明有一种认同的骄傲，但同时也让我们在许多地方缺乏反思性。一个大文明，必须有看到自身局限的自觉，要不然就会出问题。

所以，历史的教训一定要记取，但一直把它当世仇来念兹在兹，就走远了。如果这样，韩国在我们统治下做附属国多年，它的委屈也多着呢！怎么宣泄？

二、面对被学习走的文化，我们应该反思的其实是：为什么礼失而求诸野？

孙：中韩之间有对日的共同记忆，在这一点上，中国人基本不会对韩国有很复杂的情绪。不过，一旦碰上特殊事件，比如"端午"申遗之类，许多小情绪就会变大。

林：是啊，但凡韩国要把孔子、端午节之类"申遗"，中国人都急。那种情绪下的轻蔑语气，我就不赞成。坦白讲，他们去"申遗"，有他们的资格。因为他们一直很尊孔，而端午在他们那儿有跟我们不一样的仪式、内涵。也就是说，端午节在他们那里已经本土化了。面对这些，我们要思考的反而是：为什么礼失而求诸野？

孙：是，查网上资料，过去也有人替他们申辩说，有些说法报道出来有误。"韩国将江陵端午祭申请为世界遗产时，明确了名字由来为中国。而中国媒体根本没有报道这些，只报道说'我们的传统被他们抢走了'。而且他们过的不是端午节，而是端午祭。吃的、玩的、拜的完全不同。他们也根本不知道屈原是谁。"

林：当然，在中国人的立场上，总觉得他们还是以紫夺朱。但在这里，我还是想提醒一句，在觉得他们以紫夺朱之外，你也得再自问一句：为什么现在紫比朱更夺目呢？这样来看，就不致只死守着神主牌骄傲于人，反而会倒过来，感慨或感谢别人把自己的文化保存得这么好。

就譬如，韩国的茶文化叫茶礼，它是将儒家文化具体且深刻实践于生活的一种文化，仍是那句老话：礼失而求诸野！

回过头来谈认同。国家的认同当然重要，但政治意涵的国家在历史中是随着统治权一直在变化的，只谈这个认同也会衍生出许多问题，更何况，生命本来就还有其他重要的认同：你可以是民族认同下的汉族人，宗教认同下的佛教徒，社会认同下的工农兵。

文化的问题要从大于国家的视野来看，这样看韩国，动气的成分就会少些，争气的成分就会多些。

　　再说回中日之间，国家间的历史总是有起有落，有正常有误区。日本人杀中国人，在那段时期是很狠，但你不能揪住一段历史笼而统之地说，日本人就是坏，它的文化不值一钱。当年它侵略我们，我们称它为"鬼子"，理所当然。但到现在，我们中国人还动不动就"小日本""小日本"地来称它，就有我们视角的盲点了。

　　再说，如果我们把历史的仇恨，当成看待另一种文化的根本的话，那我们怎么来评论以色列与巴勒斯坦？它们对抗了两千年呐。可是你看我们说起巴以争端，多理性，多高瞻远瞩。

孙：是，巴以冲突的历史那叫一个剪不断理还乱。不过，正像您说的，看别人的历史，容易理性，回到自己，就创伤难复。

林：我一直说，对于深处当年之痛中的人，他们的情绪可以理解，但对于后来的两三代，我认为应该做的是避免类似的历史重演，而绝不能只把过去当成眼前。

　　还是那句老话，正义是不须愤怒的。如果一直处于激烈的情绪中，我们也很难坚持历史应该有的正义。

孙：其实中国人通常不这么想。中日之间一旦有政治、外交上的摩擦，电视上通常会有韩国人激烈抗议日本的画面。这时就有人觉得，我们在这些方面还抗议得不够有力。

林：韩国，坦白讲，它没抗议你，是因为这一百五十年来你不是强国嘛。要不然谁能保证它抗议的不是你呢？在日韩之间，韩国一直处于弱者地位。但中日之间不是，只要你愿意回看历史的话。

孙：但也许我历史了解得不够多，印象中中国历史上虽然统治过朝鲜，但基本手段还是怀柔主义。而日本人对朝鲜王朝，即便是明成皇后，都是直接冲进去就杀了。后来又有"二战"中征用慰安妇这类事情。是否有这样的区别呢？

林：有，的确有区别。日本人对死的态度，尤其在战争中，与我们很不同。中国文化比较宽松、有弹性，比较现世，日本不然，它比较极致。但你对自己极致也就罢了，例如切腹，若以极致对人，就可能成为恶魔。此外，日本比较集体主义，集体就容易极端，就容易给野心分子以可乘之机。这些都是日本文化可能异化之处。过去的错误，日本人要能深刻地自我观照，想想自己文化的局限到底在哪里，否则难保不重蹈误区。而我们给日本政客一定的压力也是必需的。但彻底否定这个文化，以世仇代替了解，却也绝对不必。

三、它干吗要学得像？学得不像，学到后来"变成"不像，就是一个本土化的过程

孙：因为历史的渊源，日、韩文化都是受中国影响。而现在，用我们通俗的说法，韩国把端午"申遗"了，日本把从中国学习的茶、禅、汉字之类慢慢衍化为它想要的。作为文化的母国，通常会有一种情绪：你把我们的文化拿去了，然后变个样子就说成是你们的。加上中日之间又有那场战争，所以想起来就气不顺。

林：何止气不顺，误解还很严重。我自己的学生在日本不经意也流露出自己的文化骄傲，认为日本文化是从中国文化拿去的，但它根本不了解我们。

它干吗要了解你？它根本的用意就是拿你的东西为它所用。我们学习西方，不也是为我们所用，要不我们不就变成西方的附庸了吗？

孙：这个事实不说出来也罢，一旦说出来，一些人总感到日本对中国好像也没多么有感情。哪怕是历史上友好的时候，它也只想怎么把我们的东西变成它的。

林：学习，真的好的文化学习，原先必然是基于对此文化的尊敬。你，上国衣冠嘛！所以我学。学，最先当然怕学不像，但"橘逾淮则枳"，它原有自己的水土，想不变都不行。这里有无形的变，有有意的变。

前者如喝茶。茶，宋代从浙江径山传至日本，原先日本人喜欢天目碗，也用它喝茶，但天目碗开口大，失温快，渐渐就改用韩式的茶碗，它高，口较小，好捧。有意的变，就如同日本学汉字，语言不同，你还非得有个片假名来用，才能完整表达意思，也因此自来就是平假名、片假名兼用。

总的来说，日本吸收外来文化，其变，一般是缓慢位移的，你因此可以看到，中国的东西是如何在传到日本后一点一点地日本化，最后呈现出跟中国不一样的样貌。而也由于这变化流程缓而清晰，你又能在此看到最后被凸显出来的日本文化的特质，哪些是值得我们学习的，又有哪些是他们的局限。

从这个角度看他们，像与不像就不是衡量好与坏的标准了。

实际上，学得不像，学到后来"变成"不像，就是一个本土化的过程。我有一篇谈音乐的文章，就在说这件事。日本琵琶是由中国传过去的，但后世则映现出与中国极不一样的生命风光。

孙：对，在您主持的"萨摩琵琶与中国琵琶"的一场对话音乐会上，以及在您的好几本书里，您都说到这种唐代最重要的乐器不只在日本传统音乐中占有重要地位，且有与中国琵琶不一样的特质。

林：我有一篇《执铁板铜琶，唱大江东去》的文章，就是那场音乐会的缘起，很多人感叹说篇幅不长但信息量大。我想说的是，唐代的琵琶，我们从白居易《琵琶行》中所感受到的种种，在中国后世的琵琶中已经稀薄了。而日本琵琶，则不仅保留了原有的基本的型制个性，还更有发挥。日本人保留了拨弹琵琶的传统，但拨片更大，弦又是丝弦，于是以拨击弦，乃正是"以天下之至刚击天下之至柔"，用力处，每一声皆似欲断弦。又因它音柱高，压弦得出来的韵乃可以极其幽微，表现张力也宽，是真正的"一击必杀，再无反顾"。

所谓"别有幽愁暗恨生"，所谓"四弦一声如裂帛"，听萨摩琵琶，感觉就出来了。而我在那篇文章里，提到这"细远幽玄"与"一击必杀"的两极，应和的正是菊与剑，是曹洞默然独照、临济生杀同时的具现，而这又显然是日本文化中特有的极致化的东西了。

本土化后的东西，与宗主国原有的文化常各有长短。日本把唐代的东西学过去了，比如榻榻米，比如东大寺，但它的呈现，一般都比唐代显得更规矩更紧促。这可以从几个角度来理解，拿东大寺来说，它是全世界最大的木建筑，是仿长安的，中间几度重建，目前规模没从前大。但即便如此，日本也就这一个，并没太多余力做出更多来。因它地方小，地形又没中国西北那么开阔。这是客观条件所限。主观上讲，日本美学后来越来越趋向于静寂、幽微、极致，他们更愿意以小作大，在小中见极致。这种小，你可以喜欢也可以不喜欢，但了解了其中的原因，就不会说日本人哪里没学像。何况从另一方面讲，它保留的唐风，可确实还比我们多呢！

孙：唐风，和风，这中间您怎么界定？

林：就拿食养山房做个例子好了。食养山房你也去过。许多大陆朋友到食养山房，觉得它比较日式，我就告诉大家，这是唐风。中间的区别在哪里？唐式比较宽敞——西北开阔嘛；日式比较幽微。日本人最令人惊叹的总是那转角处的小枯山水、小小的和室。

　　禅庭园的枯山水一般直接就放在方丈室前，占地都不大，外面还用矮墙框起来，它要你在一隅中见极致。唐风则更宽敞、疏旷、大气、吞吐自在。

孙：可是现在要在当下的中国感受唐风，已经很困难了。

林：不错，大陆目前保留的古建筑多是明清式的，尤其是清，雕琢太多了。我个人认为，无论是日本人的幽微极致，还是吞吐自如的唐风，都比现在这些好多了。

　　看来祖先给了我们荣光，如何接续、涵受，又不被这荣光所束缚，是我们的大功课。我们往往是既没有接续这份荣光，又为它所惑，这样一系列问题就出来了。

孙：是的。我们再继续往下深入。您中间提到日本把中国的东西拿过去，实现了一个本土化过程。这个过程可以想象，但我们还是想知道，在某些具体的东西上，它是怎么做的。比如中国的禅，怎么就变成了日本禅。《知日》杂志做日本禅专题时，曾采访过您，这里不妨再辨析一下。

林：我这两年出版的《诸相非相——画禅（二）》，有相当多的篇幅在谈中日文化之间的不同，以及为什么禅画会在日本发扬光大。中间举了一些中国禅画家：梁楷、牧谿、八大、渐江。日本也举了几个：雪舟、白隐、仙崖、良宽、宫本武藏。我特别提道，中国人动不动就说，禅风在日本不存在，却没有看到，以禅来讲，日本至少有两点是我们不如的。第一点是临济、曹洞并存，只这一个就守住了禅的原点。中国禅后来变成"临天下，曹一角"，再后来，又因政治、社会的影响，率皆文字禅、口头禅、狂禅之辈，缺少机关不露、默照的曹洞宗风来中和这个发展。相较之下，日本就有这个平衡。尽管它临济大一点、曹洞小一点，但近乎五五分或六四分。日本人谈禅，因此不会直接坠入文人的情性局限。此外，日本人有日本人的禅风。比如良宽、仙崖，这两个都是江户时代的禅僧，一个是曹洞家风，一个为临济生涯。像仙崖，是把自性天真挥洒到极致。而良宽，则是把简单生活做最彻底的体践。

孙：这样的禅僧难道中国禅宗史上就没有吗？

林：当然有。因为这是禅生命风光中的一种样貌，但在中国就不会变成主流，成为大家赞叹的禅家。我们的主流要么是临济喝、德山棒，要么就是宋之后的公案禅。中国人一老实就变成老实念佛，生活上看不出禅家那种宗风。而日本人则是可以老老实实把简单生活与自性天真都做到极致，且形成一种宗风。也正因此，道，才会既在他们的生活里，也在他们的艺术里。极简是日本人做出来的，那是一种禅风的极简。

而中国的艺术，不容易直接看到禅，它总是文人的味道，在这里面挥洒情性，有更多的世间丰富。但禅是生命的减法，是彻底的减法……

孙：那禅与他们的文化是怎样连接起来的？或者说怎样影响到了他们的生命观？

林：我们不是经常说，日本文化是菊与剑吗？菊花是曹洞禅、默照禅的产物，武士道、剑文化是临济禅的产物。而恰恰是这些，在我们后来的文化中看不到。中国文化在后来的世纪变迁中发展出耽溺的幽微，这个离唐五代的生命境界差太多了。

孙：耽溺的幽微，昆曲是个代表。很有意思，昆曲的复兴经常在大陆被认为是中国文化的复兴。白先勇在一篇演讲中感叹中国大汉天声之不存，然后寄希望于昆曲。我觉得大汉之天声和昆曲，听起来有矛盾。

林：坦白说，昆曲是美，极致的美，但中国人是在内缩的时代听昆曲的，若大汉天声只此一味，就不要了吧。这都是某些特殊的文人对自己所爱的想法，就个人情性固无可厚非，但我只能这样讲，昆曲现在被大陆一些人追捧，那种美学的提倡，是意在使大陆的文化不至于过度的下里巴人化。但欲借此弘扬大汉天声，使我们的文化更有气象，从昆曲，其实是不可能的。

孙：但是日本人不也把他们的歌舞伎与能作为国宝推崇备至吗？

林：歌舞伎是歌舞伎，能是能。歌舞伎在日本，只是当传统遗留被保护，并没有那样的神圣性。只有能剧才有。我们即使谈日本文化中幽玄的一面，它的幽玄，依旧不是文人情性的耽溺。那种从默照禅发展出来的幽玄，即使把一种东西推到极致，仍然不像中国文化那样堆叠唯美到耽溺的状态，像昆曲那样。说到美，我们就极尽其美，而不是在最少的里面看到极致。

孙：我旅居日本的朋友靳飞写过一本《茶禅一味》，他在"后记"中有句话我印象很深，是就中日文化如何走出近代阴影这个问题来谈的，他认为："日本有必要再次通过对中国文化的学习而进一步去重新解读日本历史；中国应对邻国的日本文化做更多了解，并以之作为反思中国文化的参照。"后一句的意思，当是和您接近的。

林：我不是常讲，中国的精英若不能看到日本文化的优点，中国文化的重建就较不可期，因为它的优点正好对治我们常有的缺失。当然，日本也得学习中国文化的宽松出入，才不会在规矩极致中将自己绑死。而就我自己身在其中的禅文化来讲，日本禅的确不能被轻忽。中国宋之后虽还有临济禅一脉——临济本来是讲大开大合的——但因为这时儒家兴起，讲究礼教规矩，那大开大合的气象即便在禅门也已少见。另一方面文人又把狂禅、口头禅直当成禅，根本不落到实修，禅在中国就缺乏真正了死生的锻炼。在这里，日本禅多少本分地承接了宋代样貌，也就有我们学习的地方。

四、什么东西原创不重要，用得好才重要

孙：但国人也有一种看法，日本人是可以把一样东西做得极致，但那不是你原创啊。你的原创在什么地方？

林：干吗要原创？世界上很多东西，你真正要追溯它的源头，都可能不知从哪里找呢。当年西方人侵略中国，要找入侵中国的正当性，还常提"中国民族西来说"，它说你这个民族都不是原生民族……人类学传播论派有一支叫太阳学派，以为各文明都是由埃及传播出去的，玛雅金字塔也是埃及人以芦苇舟渡大西洋而建的。另一支叫太阴学派，认为一切皆从两河流域传出。19世纪末20世纪初西方的民族学者多的是这类说法，后来被美国历史学派摒弃。传播论里，多的是这类西方优越论的思维。有意思的是，我们说日本的东西都不是原创的，而当年日本人为了凌虐中国，也提出"尧舜禹汤抹杀说"，讲尧舜禹汤都是神话人物，不是信史。

孙：有些事情越往根儿捯，就越捯不到根儿，尤其是为一个东西追根溯源的时候。

林：是，我们现在渐渐也发觉，这个世界的文明绝对不是只从一个原点起来的，而是由许多点在前后差不多的时期发展出来的。当年我们发现了"北京人"好高兴，似乎表明我们已经在这里住了几十万年，"北京人"

就是我们祖先了。这是鬼扯,"北京人"跟我们根本是两个物种,它是直立猿人,我们是智人,这中间的距离不晓得有多少呢。

再举稻谷文明。至今,当我们要问稻子究竟是谁种出来的,也没有很明确的答案。更多的证据显示,稻子是在距离不太久的时间内不同地区的人发明出来的。有些原生稻是在泰国,有些在中国江南。

所以说,强调原创,常就是大家的想象。科学研究上有句话说"尖端为常规之和",说到底,从哪一点开始叫创造,有时是难以划清的。

孙:但中国古代有四大发明,这还是世界公认的吧?

林:的确,我刚才那样讲,不在否定那些事物是哪国哪人发明的事实,以及它的重要性。但过度强调原创,就容易忽略发展,而文明的高度和成就靠的正是这一步一步的发展。中国何止这四大发明,像中医,尽管没有普及全世界,但多了不得啊!可你有这些,别人难道没有?0 就是印度发明的,没它,数学又如何往前迈进?再说到人文方面,包括宇宙观、生命观,西方许多东西都来自希腊,却在别处发扬光大。基督教源于犹太信仰,但并非犹太人让它走向世界。

可见,文明史中原创并不是最重要的,对生命而言,怎么用才重要。历史的发展不是看哪个东西是原创,而是看最后能不能发展成一种高度文明,或更有裨益于生命。

还有一点,就日本民族而言,不管徐福东渡这个传说是否属实,日本其实原本就有它的原生民族。因为人类很早就遍布全世界了。我们因为这个传说,就认为它没有自己的原生民族,这也是我们的想法。

而一个原生民族在一片土地上活那么久，什么东西都不是原创的，这也是你的想当然尔。

纯粹要对原创较真的话，有些学者提道：我们在商代出土文物上也能看出，那个时代东西方已经开始交流，我们已经受到西域民族的影响了。刚才还说到印度人发明了0，又有一个无限的概念，这对数学有多重要。但它自己很强调这个吗？我看也没有。

一个文明，老强调什么最初是你有的，讲多了，就是跟人家比家世。没信心的人才会一直跟人比家世呢。

孙：就跟人说"老子从前也富过"一个感觉。

林：问题是现在怎样。到我这个年纪，常警觉的是，不要动不动就说"想当年"。当下有无尽的事要我参呢！哪有工夫想当年？

孙：是，越说还越显出自己的酸葡萄味来。但中国人和日本人较这个劲，还是出于那个历史问题没有厘清的潜在心理。

林：主要因为历史上它是输入并学习中国文化的，近代却以强国之姿侵略中国。即便不说那真实的历史创痛是否已走出，这小弟变大哥就让许多中国人受不了。当然，也就无法心平气和地来看是什么原因使这主客异位的。

其实，日本早先是跟中国学习，但从德川幕府时代国门被打开之后，就转而学西洋了。它现在过的还是阳历新年。所以，你也不能动不动就认为日本的东西总来自中国，它同时也把西洋的拿去了，变成了它自己的。这正是它文化了不得的地方。

孙：日本在一个阶段那种脱亚入欧的急迫，外人也能感受出来。福泽谕吉的头像至今还被印在D号1万日元和E号1万日元的纸币正面。他就是倡导日本脱亚入欧的启蒙先锋。许多人又说了，一个亚洲国家，这么急着入欧……

林：我这典型的东方人也不喜欢日本的脱亚入欧论啊！但话说回头，它能脱土入唐，为什么就不能脱亚入欧？对日本来说，这是一个自然的过程。我们常常讲，你是亚洲国家啊，你怎么能这样呢？你也不想想，我们不是也一直在学欧美吗？再有一点，日本人学人学多了，负担反而小。（笑）它完全是出于维持生存、发展的考虑。重要的是学得好不好，能不能为自己所用。

孙：但日本学界对日本的脱亚入欧也有另外的感叹。读日本史家渡边京二的著作《看日本：逝去的面影》，里面有这样的说法："日本近代可以说是在活生生地斩断了与古代日本的制度、文化遗产的血脉相连后构建起来的。"他认为，在这种构建中，文化虽然在继续，但文明已死。这里的文明，指的是古代日本在那种有特定宇宙论、价值观基础上的独特社会结构、习惯和生活方式，与自然万物息息相关，并且通过包括餐具、服饰、玩具在内的器物反映出来的总体生活方式。

这本书有意思的地方，是通过许多到过日本的西方人的文字来还原一个古代日本的样貌，或者说让他们新奇、惊讶的细节。被引述的西人著作中有一本是张伯伦的《日本事物志》，它被称为"古代日本墓志铭"。这位西方人字里行间也透露出同样的看法："古代日本已经死去，取而代之的是一个朝气蓬勃的崭新的日本。"因此，作者认为，即使在摩天大楼上继续祭祀稻神，即使茶道、花道的宗师长生不老，这些表象也不过是张伯伦称之为"年轻日本"的新文化复合体，即作为一个部分镶嵌在现代文明中而已。而张伯伦为何一方面认为"保留下来的日本多于被扬弃的日本"，同时又断言"古代日本已经消亡"，原因在于他深知某个民族的特性与某种文明的精神尽管乍看有错综纷乱的关联，其实它们原本是两个完全不同的概念。"逝去的是文明，而文明所孕育出的精神、民族的特性会披上新文明的外衣，反复重现。但逝去的精神不会重生，如同曾经照亮过日本人脸庞的笑容，连同孕育出这种笑容的精神一并永远地消亡了。"这里说到文明与文化的区别，以及日本人为他们的生存而付出的文明的代价。这说得有些严重哈。

林： 文明与文化的用词，各家不一，但一般而言，文化是指一个族群为适应其自然与人文环境长期发展出来的一套行为模式，它是人之所以为人的立基。文明有时是指文化在有文字后乃至都市化后的发展，有时则指核心性的精神文化。这里的文明指的就是文化，而其精髓就直接称为精神了。

除非遗世独立，除非环境不变，否则文化变迁是一种常态，关键只在这变迁有没有动到文化根本的核心价值。就此，学西方、信基督等种种，的确会使日本与过去不同，但是否成了另一种文化，就看你对它的了解。战国时期的忠君，与"二战"时为军国主义所利用的献身，其实仍源于同一种生命态度。日本在许多地方还是明显与其他国家不同，仍具日本味，核心的一切如社会的秩序性也仍在。当然，你若谈极端的例子，如切腹，的确是一去不回了。因此，才会有三岛由纪夫的抗议。至于现在的年轻人与以前不同，那更是世界扁平化的结果，不是日本特有的现象。

这位作者会如此感叹，应该是太欣赏过去日本那特有的味道吧！

当然，日本的脱亚入欧，对它的传统文化、它的历史核心中的一些东西，是有相当冲击的。举例来说，明治天皇对佛教就有相当大的打压。佛教，这在日本文化中起过极大作用的精神文明，现在与过去的角色就相去甚远。从国事来讲，明治是个明君。但从文化来讲，日本也有不少人对他有不同的评价。

日本，的确与以前不同，但特质依然浓厚，深入其间，还是能感受到它内里的闭锁性与稳定性。想想，从明菴荣西将茶与禅做开始的连接算起，日本是花了三百多年才将"和敬清寂"这四个拈提茶道的字确定的。而也因此，确定了就近乎不疑、不移。这较之中国的变迁、融合乃至扬弃前朝，真是不可同日而言。

五、我们看来的矛盾，在他们来说并不矛盾——也谈菊与剑

孙：说到日本的特质，有一点是很多人的共识，日本文化的确在很多方

面是一个矛盾的存在。

林：我从远一点来谈这个问题。初期太平洋战争，美军节节败退，因此想了解这矮而小的敌人到底是个什么，人类学者研究后就出了一本书——《菊花与剑》。大陆译成《菊与刀》，但我比较倾向于前者。为什么？说"菊与刀"，估计就认为那只是一把刀——武士刀，但"菊花与剑"，则直扣剑道的存在。这里面还是有区别的。本尼迪克特用菊花与剑的意象来形容日本的特质，谈到日本人具有双重性格：一方面可以喝着清酒，对着菊花吟咏，宛如诗人；另一方面他举剑杀人时，又是个不眨眼的剑客。

然而，这看来矛盾的现象，其实来自同一根柢的生命态度，就是日本人总要把事情做到极致。这极致，与禅有直接的关联。菊花与剑，正对应着不同的禅门宗风。前面也谈过，武士道、剑道是临济禅；花道、茶道、俳句则是曹洞禅。而根柢就是一句：樱花美学——好，生命既必然殒落，那就让它在最璀璨的时候殒落吧！正因活在现前这一刻，所以能视死如归——剑道的修行原是为了让你视死如归的，但怎么就成了大家印象中的杀人魔了呢？说到这里，还须提到武士那种忠君思想以及这思想被上面人利用的情形。所以，在这里要反省的，不是剑道的问题，而是他们这样一种忠君的价值观，比较容易出现极端的集体主义、军国主义的负作用。日本的集体主义与忠君思想、英雄崇拜、单一民族、地小人稠、天灾较多有关，而过去会出现那么极端的军国主义，关键还在视天皇为神的信仰。

每个民族都有它的优缺点，就像人的性格都会有罩门一样，这就是日本的罩门。日本的集体主义，一旦被某些他们认为的"英雄"所控制，这"英雄"又走岔了，就会有较他人极端的情形发生。

很多有关日本的研究著作是西方人写的，这里还要看到，西方人看日本，是从外面往里面看，和他们看德国不是一回事。德国"二战"时也出现极端的异化，但西方人一般不会说德国或基督教有什么问题。

孙：怎么没有，也在反思啊。最近就有一本《他们以为他们是自由的》，就在说，为什么当时的德国人会那么容易被希特勒蛊惑。

林：我的意思是，他们再怎么反思反省，也不会把它弄到矛盾人格上面来。这里还是有我族与他族基本态度的不同。所以看到日本人很多作为，他们会说，这是不可思议的、矛盾的、暧昧的，没听到有人说德国人暧昧。

孙：问题是，日本人也承认自己暧昧呀，大江健三郎的那句话多经典：我在暧昧的日本。

林：不是。日本人所说的暧昧，不是我们所想的那样。在他们理解，暧昧是因为人生之虚无，有些东西讲不清。日本的"幽玄"这两个字，在中国美学中基本就找不到对应词。它里面的意思……怎么说……就是一种难以用言语表达的情怀。这是暧昧，不是我们讲的矛盾。

孙：这个意思我能明白。英国人类学家麦克法兰在他的《日本镜中行》

中就提到,他在日本札幌问法官,有些案子为什么迟迟不判。结果对方说:人生复杂啊,哪是那么非黑即白的事。这是典型的日本思维。

林:日本暧昧,有它的根柢。日本是个崇尚英雄的民族。我们中国,说到英雄,常就是典型的成王败寇观,所以历史上一直要分忠奸正偏,说正统与道统,硬要分出谁对谁错。像戏曲,尤其如此。日本没有,你读日本史就知道,无论是源氏与平家之争,还是日本战国时期的武家之争,不管成败,许多人在后世仍然被看作英雄。它的英雄,是那种在困境中成长,或能在极短时间内把生命燃烧绽放的人。

这种生命观,你很难讲它就是错的。正如中国人谈印度,西塔琴为什么能一直保持它的特质而不受外面影响?常常理由说了很多,却忽视了根本一点,印度基本是一种出世间的文化。它不受你世间种种的影响,是因它不甩你。但我们中国人却常用儒家的人间性来谈论印度文化有多虚无缥缈,多不注重现世,多不中庸……人家本来就不想要这个,或者已经看透,你还在叹他怎么没有。这就错位得大了。

孙:印度给人的印象是出世间文化,但我觉得谈印度时,还是要明确我们谈论的是古老的印度还是现实的印度。因为许多研究者也指出,印度在很长时间并不是一个国家的概念。我在一篇文章里看到德国人威廉·冯·波赫哈默尔(Wilhelm von Pochhammer)的一个说法:"任何一个打算将印度的历史特征看作一个知识体系的人首先就会面临这么一个问题:该怎样看待'印度'?次大陆从来没有形成过一个统一的国家,一些历史学家只愿承认一个类似于统一体的共同的印度文化的存在。"

最近，我又看到一位印裔导演迪帕·梅塔的"印度三部曲"，背景都是印度近现代史上的重大事件。从其中一部《水》里面，我能感到，印度人的生存境遇依旧是想挣脱神权、阶级、种族对人性的桎梏。印裔英国作家奈保尔在他的《印度：受伤的文明》中也富有深意地写道："20世纪后期的印度看起来依然故我，仍然根深蒂固于自己的文明，它花了很多时间才明白，独立的含义远不只是英国人的离开：独立的印度，是个早已被挫败的国度；纯粹的印度历史很久前就结束了。"坦率讲，接触到一些有关现实印度的影像、文字时，不太能让人只想到出世间文化这些字眼。

林：对，你看到的是想从原有出世间系统跳出的作品。但印度的主流在哪？根柢在哪？它即使在变，也还没有根本改变嘛！说印度从没成为一个完整的统一体，这是就国家概念来谈的。世尊时代小国林立，但多数人是同一个宇宙观、同一个生命观，你干吗要以西方意义下的国家观念来看它呢？有一位德国军事学者还说，中国从汉之后就不曾是个完整的国家，因为一直有外族的侵入，文化早已分裂了。这样的观点也有啊。一些人觉得族群的纯粹性很重要，但真是这样吗？在这里你要打个极大的问号。

回头看，一个文明，一种生命观、宇宙观，从根柢来讲，有些是很难直接论其是非的，而是要看它那短长的发挥。印度人有他们的短长，日本人有他们的短长，但中国人也有啊，你看中国人一辈子都在正和偏里斗啊，斗到现在两岸还隔绝着。

孙：正如您所讲，日本人的生命观决定了他们的英雄观和我们不同。于是就变成极致的人容易成为英雄，不管他是哪方面的极致。《感官世界》中的阿部定，爱人爱到癫狂，做爱都把对方做死了，还把对方的生殖器割了带在身上，但日本人还是从上到下原谅了她，觉得她那是爱的极致。

林：这是极端的例子。小说、电影总会就此立言。但能接受这种极端，确实是因为日本的文化性格。所以说，菊花与剑看来像矛盾，其实是一体，是同一件事。正如按理说它是个重礼的民族，可又在性上这么宽容开放。日本Ａ片还那么发达，还有浮世绘，为什么？因为朝不保夕，索性把感官享受也做到极致。如果说剑被利用，变成战争的利器，菊花的被误用，就变成了这个。所以我们总笑日本人有礼无体。

孙：有礼无体这件事，在明治维新时代以前，更是直接从衣饰与风俗习惯上就能看到，可是大大惊着了旅日的那些欧洲人。《看日本：逝去的面影》里写到在佩里舰队做翻译的威廉姆斯，看到日本男女混浴，到处是春画，妇人袒胸露乳，男人只用一点布头将下身遮住，实在受不了，就写："祈祷神明让真理的光芒开启这个民族愚昧颓废的心灵吧！"不过西人也有对此呈宽容态度的："如果意识到日本人在礼节与羞耻心上与我们存在差异，那么我们就不会有此'异常的、不愉快的'感觉了。"只是从字面看，这两个确实有矛盾。

林：日本人自己不矛盾。无体也不是随时，是在某些地方才如此。无体的意思是，生命是如此无常，啊，那我就放纵吧。

六、活着向神社走，死了向佛教——日本人的信仰

孙：如果说日本人暧昧，还有一点是，你若就一件有关他们文化的事来寻求解释，他们会说：这事儿我们也说不清楚。比如信仰这件事。2005年新年，我在日本度过，和同行者一起去了神社。听到神社里的日本人念念有词地祈祷，我就问在日的朋友：他们说什么？朋友听了一会儿答：就是保佑他们今年发财升学之类。这当然不是我们所认为的信仰啊。

林：多数中国人的求神问佛也如此。在这里，就看你如何定义信仰，是就指超自然的寄托，还是必须谈到死生终极的观照。

讲到日本人的信仰，要看到他们文化所带有的团体性这一面。这团体性，使日本社会、日本生命遵守特有的秩序性，这秩序还不只是那种忠君、爱国之类的秩序，也包含其他的社会秩序、人生秩序。比如福岛核外泄，他们排队领救济品。这要在别处，秩序早瘫痪了。日本，就是个秩序的民族。

而人生的秩序在哪？就是六岁时要带孩子到神社帮他祈福。成年的男女要有个成人礼。因为从小就养成一种秩序观，不照这个来，日本人心里就会不舒服。你问他，干吗要这样？他也可以说：那你干吗要一天吃三餐？

孙：哈，他可不会那么直接回应，只会暧昧地说：我们也不清楚。麦克法兰的《日本镜中行》，有一章专门谈日本人的信仰，最后也没得

出明确的结论。

林：信仰这个概念，广义地说，是对超自然的态度。你不能说必须像基督教那种把一切都交给上帝的才叫信仰。信仰如果是那样，那你怎么理解禅宗？禅宗有没有信仰？当然有啊，它相信人人都有佛性，有不生不灭的本心，要不然就不必习禅了。

日本人信仰什么？这个社会、这个宇宙有个秩序，你要照这个秩序走。所以是活着朝神社走，死后交给佛教。就这个样态来说，当然和西方不一样。而你要问他到底是归神社还是归佛教，这个也是我们自己的执念。要换印度人看，你干吗要分得那么清楚？

再说暧昧。如果我们把不清楚对应的那个日本叫暧昧，日本人也可以把它的暧昧叫丰富，把你那个清楚叫执着，是不是这样？

孙：这样说倒是对。说到暧昧这个特质，不得不承认，日本人在此基础上发展出来的艺术作品的确杰出。我一位朋友微信上的一段话很有意思："几位出版社的朋友来访，谈到太宰治，我说，他的确不是好人，但我的确喜欢读他的书。"太宰治、三岛由纪夫，这些人作为个人，实在是太丰富、太极致，也太不可理喻，但文字又好，以至于你总是不能以简单的好恶对待他们。

顺便再说下，说到宗教，日本的佛教戒律与我们不同，他们的僧人可以结婚，这个观念也是困惑了很多人。

林：首先，日本其实不是所有宗派的僧侣都能结婚的。第二，日本僧侣最初也是不结婚的，是统治者下令他们结婚。这里有统治者的考虑，是政治影响宗教的又一个例子。

这个当然后来就传下来了，影响也的确大。但回头说，我们中国的和尚吃素，看别人不吃素会受不了，可原来印度的僧侣是不吃素的。因为僧伽本就是和合众，乞食为生，也就是乞讨到什么吃什么，不可能纯吃素。中国和尚吃素，是从梁武帝开始的，也是统治者下令，才有了这样的戒律。

孙：通常说持戒，不杀生不淫欲，所以觉得结婚这件事蛮颠覆的。

林：所以日本有太多的家庙，住持都是父传子，子传孙。有些像我们民间的道教那样。

七、同文同种，还是不同文不同种？

孙：麦克法兰写《日本镜中行》，用了一个镜子的意象。他把日本比作一面镜子，它可以从里面往外看，但你从外面看不到它。或者说，它在里面也看不到自己。这个说法您能认可吗？

林：日本的确比较暧昧或丰富，但印度不也如此？其实许多文化都不是我们想象得那么赤裸或直接，要跨越文化的这种隔阂是要有条件的，有些生命情性彼此像并行线般难有交集，西方人看日本就像中国人看印度，往往雾里看花。

　　日本这个民族，过去我们常喜说与我们同文同种，但是要真正知日，应该提的反倒是：中日之间不同文不同种。

孙：这里是什么用意？

林：这首先意味着一种尊重的态度。我们尊重它，当然也要求它尊重我们。其次，不管我们过去影响它有多深，也不管徐福的传说是不是真的，确立一个民族最重要的，除了血缘还有语言和它的生活习惯。就语言来说，日本，也包括韩国，和我们就不是一个语系的。

孙：这个我还真没想过。就是和学日语的朋友交流，他们普遍认为日语难学。

林：日语是很特殊，对于它的谱系至今没有一致的定论，有的学者认为它属阿尔泰语系，也有学者认为它属南岛语系，总之，跟我们的汉藏语系分属不同谱系。语言本身就有差了，再经过各自这么多年的发展，尽管它用了许多汉字，和同文其实真扯不上什么关系。

孙：语言外，不同文不同种指的是？

林：是说尽管它受到中国很深的影响，但渐渐发展出的特质，已经是非常日本的了。就像我们刚才讲到的菊花与剑、日本的极致幽微，以及日本的秩序性，都跟中国很不一样。

你知道，因为禅，也因我所感受到的日本经验，文化上、美感上我是喜欢日本的。但我也深切知道，我并不适合在那边生活。像我这种唐五代开合出入的禅者，或者说这样一个家风、性格，活在日本必然是不相契，甚至是很难受的。

孙：哈，您不守秩序，不愿受束缚。

林：基本的生命情性就如此。出格嘛！

孙：但因为您没有在当代的日本生活，我有一个感受，似乎是和上面谈印度同样的感觉，从您这儿更能看到一个古老的日本、古老的印度，都是没被近代化侵蚀过的。当然，这些也都是我个人最醉心的。

但我同时也有一些在日本生活的中国朋友，他们经常给我写关于日本的文章。我由此也知道，当代的日本，还有一些人和文化现象，是不能放在您那个日本文化框架里谈的。我尤其知道，照萨义德东方学的某类提法，我们肯定日本的部分，也是符合我们对日本想象的那些方面。而当代日本，比我们想象和谈论的日本要丰富、多元。现在的孩子如果说还喜欢日本，他可能喜欢的是奈良美智、村上春树、草间弥生，还有日本的漫画。

而日本当代的艺术家、作家，有些也并不突出他们的日本性。比如村上春树的小说，就更多受美国小说的影响。他在公开演讲中也透露，自己不喜欢川端康成。从另一方面看，我们也能感到，这些作家、艺术家因为不那么日本，反而让我们更好理解一些了。

林：当代世界存在着文化的跨界，这在谈"文化主权"时也说过。就像李安拍《少年派》，它的当代特征常会大于它的文化特征。而当这些人的个人性大于别的方面时，他们将来会不会成为日本文化的一个新质，这都有待观察。反而是日本漫画，我敢非常肯定地说，它是非常日本文化的东西。不要说变身的观念完全来自日本东密的思想，它对英雄的崇拜与塑造，也确实跟西方人不一样，有非常明显的日本特征。

孙：不过我个人还是能从那些日本当代作家、艺术家那儿感受到他们的日本味儿，某种幽玄的存在。这真是难以言传。而他们之所以能够带起一股世界范围的日本风，也可能是因为他们比传统的日本更能让现代人引发共鸣。

　　对大多数外国人来说，古老的能剧真是一个理解的困难所在。像您以前所说，大家尊敬它，也知道它是国宝，但就是听来听去一头雾水。让您概括它的精髓，会是怎样？

林：日本人的喟叹与幽玄。生命之虚无，一种幽玄的形式或情怀，大致是这样子。而这些面相都不是一般中国人所能理解的。

孙：嗯，甚至我觉得当代的日本人也未必都能理解。

林：那当然，以现在这种生活步调，要能理解是有困难的。

它的特色在于，把一种情绪观察入微，因为入微，所以会生出"别有忧愁暗恨生"的种种微妙情绪来。而为了传达这种情绪，它可以把情节简到不能再简，连同故事情节也是。外在的不必要都简掉，你的情绪就深入在这里面。这也是它的美学，认为只有在最单纯的东西里才会出现真正的幽玄。现代人节奏那么快，很难深入，人一直在外面，你就会觉得蛮无聊的。

说能剧也会想到日本音乐。日本的传统音乐许多时候不是靠旋律取胜，而往往是几个音在反复，每一次反复中很自然地出现张力的变化。尺八就是这样。这个特质也被现代音乐拿来应用，往往喜欢用一个音做出许多张力变化，来诠释一种心情。但因为是刻意为之，所以不见得能入心。真正的日本音乐，就是让你在幽微的心情里体会那种无常、那种幽玄。

孙：包括它用面具把脸遮蔽，也是这个考虑吧？

林：就是一种让世间诸相被限制的观念与感觉。它有些像我们前面提到过的枯山水，我用一个最简单的词说枯山水，就是"非山非水"。日本的东西往往假得那么真，真得那么假。能剧也一样，看来都是假的，也没有真正的故事该有的复杂的起承转合，但，反而能进入深处。

孙：说到能剧，就想到昆曲。您曾经有一句开玩笑的话说，昆曲是不能一直看的，看多了国都亡了。那也是很雅致柔细的艺术，和能剧的区别在哪里？

林：昆曲的喟叹，是人间性的喟叹，总是才子佳人，对人生有无比的憧憬，即便是悲剧，也是一种无法完成所愿的惋惜。无常感，坦白说，也并不深。能剧不同，还是那句老话，生命既必然凋零，那就让它在璀璨中殒落，将殒落看成一种生命的完成。

孙：在简洁的意象中体物哀、见幽玄，不能不再说到俳句。俳句给我的感觉是，虽然我能从译过来的诗句中大致明白它的微妙，但还是觉得，不学日语，就难得其精髓。但您给我的感觉是，不学日文，还能深谙日本文化。

林：是，我带学生到日本，谈到这些，日本人也觉得，你讲得比我们好，不懂日文真是蛮奇怪的。有些东西可能跟我的禅经验有关，有些东西或可叫触类旁通，但有些真是生命情性吧！是玩笑但也是认真的一句话：我哪辈子说不定曾做过日本人。我感觉自己与蒙古文化间的连接虽不那么深但也有点类似。不过，现实理解上还是那句话，菊花与剑不是对立而是一体的，把它想明白，许多日本文化你就可以理解了。

中国有律诗有绝句，日本人有俳句，其实从诗歌也能看出中日文化的不同。中国人为什么那么推崇杜甫，因为他写的律诗非常工整，有韵律有量感是不是？但大家也晓得，绝句比律诗难写，要靠天分。李白、王维那种绝句，一般诗人就写不来。但相较绝句，俳句又更不工整，是一种对工整的打破。读俳句，懂日文当然最好，不懂，即使读译成中文的大白话，你也能从中领略它的美学，其实是：就到这里。我点到这里，下面就是你的空间！

第十四章

一元与多元
——怎样才有一元的凝聚力与多元的弹性

大陆三十多年的开放，结果并没有像我们预期的那样走向多元，而是从一个封闭的一元走向一个外表开放的一元。相对于此，台湾看来缤纷且自负的多元，则带来了社会力的失焦。

一、看起来多元，整个社会又显出一元性的积极

孙：谈一元与多元，其实是在谈两岸问题。对我来说，这个话题比"知日"那章轻松多了。用您以前的比喻，毕竟是大哥与老弟之间的事情。彼此了解多了，有利于两岸相处。

当年聊两岸孰多元孰一元的话题时，您认为两岸各有其一元与多元之处，这个看法很辩证。不过到今天，我觉得当年支撑一些观点的基础已经有了改变。至少大陆因为经济实力的增强，通过旅游看到其他地方丰富的多元性的条件已经具备。另一方面，多元的样态也俨然有了。有一句话大家经常说：外国是好山好水好寂寞，我们则是好挤好乱好快活，或者叫真脏真乱真快活。抛开自嘲的因素，里面仍然能透出某种多元的意味来。

林：但这个多元和真正的多元还不是一回事。的确，大陆这十几年蓬勃发展，除了政治体制有较大的固定性以外，其他一切都有可能。它的进程，像我们几次谈到的，是无前例可循的。社会动能大，又牵涉到14亿人与这么大片土地，可以想象，任何情况都有可能。

从这个角度来看，一个在大陆从未发生过的多元社会应该会产生。可我们却发觉并不尽然。不尽然的原因是，这个社会的开放，所对应的并非相对多元的外部世界，而是从当年的集体主义价值转向个人价值，这样一个反差或反动，成为社会发展最主要的一个能量。而这个能量，从禅家来看，就是一切还都往加法上做。无限的加法，直接体

现的就是世间法里金钱与权力的追逐。

三十多年的开放，整个大陆社会基本就处于这样一个洪流中，有成功学、有权钱理不清的关系，这都跟从锁国中跳出来迸发出的不自主能量有关。也正因如此，你原来认为它该是百家争鸣的，后来却发现不是。看似多元了，总体上大家还是往同一个方向走。就好像过去的口被封住了，如今前面又只开一个，大家就朝它一齐涌过去。

而如果说前期大家还在竞逐商品社会强调的利润最大化的话，后面则又恰好赶上了真正的资讯革命。本来大量的信息流通，应该会产生很多种声音，就好像大家认为现在是一个自媒体时代，人人都可以发声。可综观下来，又不是这样，另一种主流或者说另一种更大的从众心理仍然占据了主位。

孙：不妨具体一说。

林：过去的社会，天高皇帝远，许多时候，帝力真是于我何有哉，人还可以有一个自由自在的空间。如果你愿意，你可以跟主流跟社会时潮保持一定距离。现在，个人则基本上被湮没了。无限的信息一直过来，这个时代看来是更自由了，其实却更从众，也就是更倾向于一元化。

所以说，大陆三十多年开放，并没有像我们预期想象得那么多元，而是从一个封闭的一元走向一个外表开放的一元。

孙：但说到资讯社会的问题，就不是大陆独有的现象了，全世界都如此啊。台湾难道不是吗？它也受着资讯社会的影响啊。

林：当然受影响，但情形不太一样。台湾社会在20世纪末，也就是资讯还没有大量涌入时，就已经有了各种社会角色认同的分立。从某种角度说，社会的多元已经形成。尽管从政治版图上是一个"统""独"二元分立的样貌，但在其他场合，社会显示出的价值观要多元多样得多。从那时起，台湾人就愿意在自己喜欢的领域找到一个落点，或者说安顿的地方。因此，资讯社会来了后，并没有将它带向一元，而是使多元更加纷乱。

孙：纷乱？

林：纷乱的意思是，每一个人都会在资讯的联系里找到自己的认同，所以反而看不到较明显的凝聚。台湾虽然也会有流行趋势，但流行并没有去凌越其他不同的价值。流行和主流价值在这里并不就画上等号，甚至流行有时根本谈不上是主流价值，它只是一窝蜂。但在大陆可以看出，流行和主流价值通常有一定的合一。

孙：台湾的这个分野我能理解，但我对您谈大陆这边的看法稍稍有所保留。我自己身处其中，特别能感觉出来，这十多年的大陆社会还真的有一些多元价值呈现出来。虽然从整个社会来看，尽是一些急功近利的浮躁，但仍然能看到许多人在默默做事。像我比较关注的纪录片领域，拍纪录片比拍故事片辛苦百倍，也几乎默默无闻，但是这群人就是在做，记录这个社会应该被记录的事情。

林：但这是少数人啊，纪录片也没多少人看。

孙：没人看不代表没人做这件事。

林：14亿人，坦白说，你要找多少例外，就有多少例外。我的意思是，从宏观来看，整个大陆目前还是这样一种情形，少数人对整个社会的动能还不太有影响。你说的少数群落我也接触过啊，像企业界组成的阿拉善生态协会，像近些年公知群体与慈善事业的兴起，但这些的数量与影响力，相对于一个开放成熟的社会，仍差得很远。

孙：但总还是有了。像您当年说台湾，那种隐性的民间力量，我能感到在这边正慢慢形成。

林：的确。总是有些秀异的生命在洪流中觉醒。当然，他们会形成一股力量，也正因大陆现在面临很多问题。可以想一下，如果没有生态问题，也就不可能有阿拉善生态协会。我不是说他们没有先知先觉，而是说，大陆的很多觉醒是基于现实问题的逼迫。

孙：因为问题不同，催生了不同的应对与思考。这不也是多元的一种吗？

林：也不尽然。大陆被大家认知到的知识分子或社会力量，在我看来，绝大多数还就是一种思想、一种态度，虽然他们对事物的立场可能不一样。但在台湾，你可以看到价值观完全不一样的人，而且同样被认

297

知到，比如传统中的儒、释、道三家，但大陆现在哪有多少真正的道家和佛家为大众所熟知！

孙：有肯定有，只是没有达到社会普遍的认知度。

林：是啊。所以大陆的一元性在我看来还是明显存在的。这也是我们在《观照》里谈的，大陆台面上的都是公共知识分子，他们的观点不一样，但人格特质基本一样。每个人都很会论理，每个人都很会把自己的生命跟社会做一种强烈的连接。

这种多元社会里的一元性的积极，和台湾是不一样的。比如说，台湾有些人就觉得，政治什么的和自己无关。或者像我这样的人，到这时还一定程度会说，世间法的事情不要来找我。可社会也认可这个想法的存在，甚至去体会这说法背后指涉的终极生命价值。

孙：您作为禅者的价值，现在不是也在被我们这边很多人慢慢认可吗？有的还是非常年轻的孩子。坦率讲，现在一起聚会，看到他们，都有些不适应。不太知道他们是出于怎样的想法想和您接近，或者说对您所做的禅家的观照能理解多少。但这可能也暴露了我的一个偏见，我们总习惯以80后、90后去做一个群落的划分，但他们彼此之间的异同，我还不太知道。不过，从追随您的这些年轻人身上，不也能看到大陆的多元吗？再有就是，我身在北京，发现北京的文化真是圈子文化，要说有多少种不同就有多少种不同。

林：我的年轻学生怎么说都是极少数，而我于生命或体现在书中的禅家观照，他们还都多在门外。这些你眼中的追随，其基点，更多因于我家风的不与时同。当然，他们至少跳出了时潮。而若在不同地方、不同观点中都能看到这类人，就好说多元了。

正如你所说的，知识分子，尤其是北京的知识圈，是有一定程度的多元性的。但即便多元，我还是能看出他们在世间性上面的一元。知识分子若不修行，再秀异，也还是没办法和我这类的生命对接。就好像有些人会把我讲的话、写的书当心灵鸡汤一样，他们的生命轨迹或层次与我基本上就是两条平行线。我写的禅书是生命的两刃相交所得，怎么可能是心灵鸡汤呢？

也许对他们来讲，人一定要是积极面的，当我们遇到挫折时，我们要勇敢地克服，太困难克服不了，偶尔可以喝一下心灵鸡汤。却从不去想，为什么会有挫折的情绪？"克服"这种作为是在遇到所谓挫折时必然要做的吗？世间所谓的积极就有先验的正当性吗？我们有没有可能超越这成功失败的二元逻辑？

孙：是，大部分人的逻辑还是世间逻辑。

林：这样的人就很难理解我们在《观照》中所切入的问题，如何比他们所谓的社会性、积极性更趋近生命实相。

而即使不谈东方的修行，他们也多缺乏西方哲学的切入，也就是体认有些东西是超越于现实性的。

孙：是，西方有纯然的哲思。甚至更古老的西方哲学，追溯到古希腊哲学，思考的根本就是：我们应该怎样生活。到后来，哲学的流派越来越多，大家的思考方向才有所转变。

林：无论东方、西方，观照生命本质原都是世间诸种作为的原点，但目前在大陆，这的确还相当稀薄。

二、台湾的多元，与社会力的失焦

孙：和台湾人谈话聊天，的确能感觉到这个社会的多元。但是我怎么每次听您说台湾的多元时，感觉您都好像不那么肯定它呢？

林：前面说了，资讯社会没有使台湾变成一元，由此串联而强化某种价值，并使它成为主流，这看起来是台湾的幸事。正如台湾的学生运动，从报道来看轰轰烈烈，但对实际生活影响并不大。

孙：像您所说的，游行照游，日子照过？

林：就是如此。但你要说台湾多元就使它变得特别好吗？事实是，因为这种多元，台湾面临的问题反而是失焦，尤其是社会力的失焦。

孙：这个怎么讲？

林：在台湾，除了政治诉求能动员这种表象的力量之外，社会的其他方面往往缺乏共同价值。

孙：但您不是说，在台湾，一个隐性的社会，在支撑着它朝好的方向发展吗？这里应该有一种潜在的共同价值，怎么能说没有呢？

林：隐性台湾指的是一种生命态度，他们有共同的生命特质，但除了这基底的做人做事乃至生活修行的态度，彼此之间并没有具体明显的共同价值，比如对文化，比如对国家。一个社会不可能只有多元而无核心，那样社会力量就会在彼此的相异乃至对抗上彼此抵消。而台湾目前的情形正是如此。

从大陆看台湾社会，很容易从形式上的多元来说它的好与不好，而没有往深里注意到台湾所重视、外界所肯定的民主、自由、法制等在此的实践都出现了一定问题。民主、自由、法制是一种精神、一种制度，这种精神、这种制度是使社会能长治久安、生命尊严得以确保的基础。但社会的存在还不仅有赖于此，它还牵涉实质生活内容的完成、实质生命价值的追求。可现在，台湾社会越来越不重视这个实质性、内容性的价值，而把它的程序性、形式看成一切。

孙：在《观照》里我们辨析过程序正义与实质正义的问题。

林：是。台湾的多元，如果说有问题，就在这里。我因此也写过一篇小文章：《当多元变成一种独占时》，就是在说台湾的这个多元现象。你可以看到，多元在台湾近乎变成一种至高价值，这个多奇怪。多元成了一种形式样态的描述，跟实质无关。多元也可能失序，使台湾在现实世界，无论作为经济体还是政治体，面对外面的改变，效率都是慢的，能量没法集中。但台湾人却总是以多元为傲。

孙：不过大陆人也真心觉得台湾社会挺多元的。因多元而自由，而有活力。这可能是台湾作家、知识分子常做多元表述，以及我们这边的作家提到台湾的这一点时多所强调，形成了我们的这种印象。

林：你没有的，我会特别强调；你做得不够的，我也会强调。两岸都如此。另外，台湾为什么那样强调多元，还有一个重要原因是"独派"在，他的多元是要显示台湾的种种不是华夏民族、中华文化所能界定的。

举个例子说，这些人一直强调，台湾地区受过荷兰、明郑、前清、日据的影响，而日据一度还被改成日治。他们在做此陈述时，是将荷、郑、清、日等量齐观的。可我们晓得荷兰对台湾人的影响真是微乎其微，除了几个红毛城，完全看不出它对台湾人的生活习俗乃至生命观、宇宙观有何影响。但他们为什么故意将荷兰如此放大，放大到跟明郑、前清、民国等量齐观？就是要告诉你，我的历史跟你不一样，我的多元历史不是你所能涵盖的。对日据时代做正面肯定也是如此。

另外，在族群特色上，台湾会那么强调自己的少数民族，除了本来应该尊重少数民族之外，也是这个原因：突出多元种族的特色。台湾这些年还有一个现象，年轻人因为社会转型快，找不到老婆，就出现了东南亚新娘，外籍配偶达二十几万。台湾有些人就特别自豪，表示我们是新移民之乡。

台湾的多元，其实并不像大陆的公知所想象的那般。两岸，彼此对对方都有过多的想象。

孙：在您看来，大陆是表象的多元，实质是一元。台湾看来有缤纷的多元，却缺乏一种共同的价值，即核心价值。一元与多元并存，在两岸的今天，还都不是理想的构成。

林：是。一个社会，一元、多元都很重要。一个社会如果没有某种程度的多元性，就很难应对多变的环境。但相对的，它若缺乏共同的核心价值，也仍然没有深层坚固的力量，来面对一个不断变动的环境。

都说美国多元，但好莱坞电影多爱国啊。它的爱国电影真是比中国大陆拍得水平高太多了。你可以不喜欢好莱坞电影，但不得不承认，涉及爱国，出现它们国歌国旗的地方都很恰当。

我的意思是说，美国还是有美国的认同。除了移民社会带来的自豪感，它还是有它核心的价值在。我们永远不要忘记美国是一个基督教社会，不要忘记维系了美国发展的中西部那些居民的价值观。为什么美国出了那么多枪击事件，但管制枪械却阻力重重？这里面是有一些终极的基督教信仰在起作用的。例如，生命来自造物主，后天成立的国家因此无权剥夺生命基础的自卫权。

谈美国是移民的大熔炉不假，但如果只当它是大熔炉，就不会有我当年在纽约所感受到的许多文化歧视了。看美国，一方面当然是看到它大都市所呈现的多元追求与样貌，但也要看到中西部那些中产阶级所体现的主流价值，及基督教在这个社会的根柢。

三、多元的副中心，从南京、西安、杭州的定位谈起

孙：虽然大陆还没有达到您所期许的真正的多元，但我必须说，有一个好的迹象，您在《十年去来》中谈到的"多元副中心"这个构想，现在倒是看出些端倪了。现在已经开始讲京津冀一体化、协同发展，一些相关政策已经出台。

林：好事啊。这说明，我们当年所谈多少还是有历史的预见性的。我们不是在"乡村的逝去与重构"那一章里提到过吗？这个时代既然是一个资讯社会，就要善于运用资讯的联结性。北京过去的思维是进衙门式的思维，办事大家都得往里头进。现在不是，当前的信息如此无远弗届又彼此联通，城市分化为多个副中心的可能性就比以前大得多。

一元与多元，从大的方面说，是中国要分化成几个中心；从小的方面说，每一个中心还要分流出几个副中心。只有这样，这个大社会体、大政治体才会具有一元的凝聚性及多元的弹性。

孙：比起所谓的政治副中心的构想，我个人更感兴趣的是，您这十年来

经常往返和说到的城市：杭州、南京还有西安。您说这几个城市要是真找准了自己的城市定位，绝对是比北京精彩多了。

林：谈中国的多元性，尤其是城市的多元性，一般人都着眼于地理方面。而我觉得，历史的多元性远没有被我们强调。

中国历史的一元性不必讲，从周以后就一直存在。春秋战国虽然百家齐鸣，到了董仲舒就独尊儒术了，有了政治思想的一元性，换句话说，在世间法中儒家独占优势这一点基本是定了型的。

但为什么我们同时又说，中国历史是多元与一元并举呢？这个多元性指的是什么？首先，我觉得有一点是大陆整个给忽视掉的。也就是，尽管中国官方历来都有它一贯标举的主流价值，但这个价值并不就是每个朝代的社会主流。

举例讲，西汉的前期主流是黄老，西汉的中后期和东汉才是儒家；魏晋南北朝基本上是道家；隋唐就是佛家；到了宋代之后儒家才真正占有绝对优势。换句话说，中国两千年来有差不多七百年左右的时间，儒家是弱势的。在魏晋南北朝，它甚至成为名士嘲笑的对象。

再有，我想强调的一点，也恰恰是我跟许多号称"国学家"的人看法相反的一点，中国独尊儒术的时代，其实多是中国处于乱世或相对贫弱的时候。比如说西汉的末期与东汉以及宋之后。

而到底是乱世，所以我们需要儒家的秩序性来整饬这个社会？还是儒家的规矩使得社会僵化、紧缩导致了弱势？这里面当然有一个鸡生蛋蛋生鸡的问题须探讨，但我个人还是认为必须先从后者观照起。

孙：为什么？

林：还记得我们说过的儿童读经的事吗？读经是好事，不管他懂不懂，有些也就烙进了他的生命。这些都可以肯定，但将读经说成是教育救国、教育救人的根本良方，甚至说学生读百遍《论语》就不变坏，你就得质疑了。朱学之后中国读经最盛，不只读经，还得读特定的版本，读儒家经典还不够，还要大力批佛老。如此积极读经了，中国气象却还是日衰——如果读经真有那么大功效，就不会发生这样的事情了。

所以，读经并不像当今那些国学家说得那么伟大。还是那句老话：先得观照要读什么经。谈国学，不只儒家的经要读，释、道两家都要读。如果不限于国学，外国的经典也要读。

用什么态度读，也是个关键。过去人读经，大多为科考而读，读到后来，多迂腐多功利！能科举出仕的，哪个不是《论语》读过百遍，乃至倒背如流的？

再举例，有人不是说昆曲兴，则中华文化兴吗？但昆曲中哪里有释家与道家的思想？完全没有。零。在昆曲里，道姑尼姑都是思凡的，其实还是从儒家的角度来看这些事。当然它不是硬邦邦的宋明理学，但却是很现世的，在现世之外并没有开展。

魏晋南北朝就跟这完全不同。许多人以为它是乱世，但文化上其实它是个盛世。这也是我跟许多人讲法不一样的地方。

孙：是，大家公认唐朝才是盛世。

林：隋唐是文化跟国力都盛，魏晋南北朝则在文化兴盛上。你以前不是问我一个问题，如果能选择，我愿意生在哪个时代？我说是百家齐鸣的春秋，风流蕴藉的六朝，再加上一个开合大气的大唐。而这三个时代恰好都不是儒家兴盛的时代。

　　这个多元性如果能被我们看到，我们在谈中国的性格时，就不会那么趋于一元。只聚于清代的堆叠，或者明代的唯美幽微、宋代的或严谨或自在的完整，而看不到隋唐五代的开阔吞吐、魏晋六朝的风流蕴藉。

孙：所以您希望南京做六朝，而不是他们现在爱说的民国。

林：大陆现在有民国热，但民国在南京的日子实在太短。民国时期的人物，坦白讲，也一定程度被我们美化了。思想上，那个时代原就有它一定的局限性。之所以后人看重它、追缅它，是因为相对于后来，那个时代的人还坚守着一些可贵的情操，有着一些让人追思的身影。与其说他们个个是大师，不如讲他们都是富于生命情性的人。明代在南京的日子也很短，就不用讲了，所以南京要做六朝。

孙：其他几个城市呢？

林：西安做大唐，这更不用讲。杭州，要做宋。宋是一个转折期，气象虽然已渐衰，但它有一个长期开放之后凝聚收敛而得的完整性，尤其是美学的完整。

孙：有些人认为宋是中国文化最成熟、最顶峰的时期。

林：要看你怎么界定成熟。如果成熟是指体系的完整，宋的确是个高峰，但这完整与生命之间的关联为何，更值得观照。完整，从某个意义上说也代表一种死亡，或只是个完美的形式，生命能量却已在此不见。正如宋儒为使体系完备而援佛入儒，其中尽多哲学概念的标举与理论体系的建构，反而把儒家的生活性给扼杀掉了。

但总体讲，宋毕竟是一个文化成果可以被明显看到的时代。所以杭州的宋，绝对是比明清的北京精彩得多。

在两岸之间，谈中国历史，我也许不像某些人对某些朝代特别钟情，研究得精而专，但作为一种历史的纵观，我这不同生命情性的切入，会提醒大家把各个时代看得更清楚。而尤其重要的是，对儒、释、道三家该摆在哪个位置，可以有一个较如实的看法，和那些儒家本位的观点，角度有一定的不同。

孙：您说西安要做大唐，这当然没错。但是，秦汉不也是和西安有关的历史吗？它为什么不能做秦汉？我们这边有个电视剧叫《大秦帝国》，我回西安老家给朋友发短信，还经常说，我回大秦帝国去了。您对秦汉怎么看？

林：秦是一个转折。秦，就是一个收摄了战国的大一统。有人说，从政治来讲，如果没有秦做书同文、车同轨的事情，中国不晓得会分裂到什么程度。我觉得也不会，这只是个时间问题。战国时期虽说不同文、不同轨,但那只是在量上,本质上还是互通的,要不苏秦、张仪这些人怎么纵横六国?

汉代是第一个扩张的时代。汉代有经学,在春秋战国的百家争鸣之后,汉代独尊儒术,肯定有它的价值在。但是汉代从武帝后就开始衰微,光武中兴了一下,后面基本就是个乱世。所以说汉代是盛世,也是被美化的。

要我为秦做时代定位,我会说,秦的国力是强盛的,文化方面,在战国的纷乱后也建立了影响后世的秩序性,但这跟开花结果是两回事。

你们拍了《大秦帝国》,只有十几年的大一统当然仍是大秦帝国,但就拍这十几年?

孙:它是把秦穆公这些人的历史也算在内的,说秦国是怎样励精图治,才变成大国。

林:叫"公"的时候还不能算帝国。当然,没这励精图治,它不可能在六国中崛起。但从整个中国文化来看,嬴政虽自称始皇帝,秦朝毕竟只有十几年的短暂时期。所以中国的历史,秦汉、隋唐是并称的,汉有秦过渡,唐有隋过渡,秦隋成绩也有,但明显汉唐是最辉煌的。

而我们大陆做旅游,到哪都讲康雍乾,好像中国历史只有清代的三百年。连明代的皇帝都很少提,更不用说唐代。也就更不知道,六朝其实是视帝王为无物的。

孙:关于魏晋南北朝,这些年也出了一些历史读物,渐渐改变着大家的印象。其中有一套讲谈社的"中国的历史"丛书被引进,日本学者写的,很受欢迎。我尤其注意到,讲魏晋南北朝的那本书名叫《中华的崩溃与扩大》。封面上还有两句话:一个绝非用"黑暗"可以概括的时代,一个文化上风流竞逐、异彩纷呈的时代。

林:魏晋南北朝还是一个诗兴最足的时代,连政治家都是以诗人个性在做政治,带着无比的浪漫。这个或许会打动日本人吧!

孙:所以说,真要给一座城市定好位,也要把这历史的方方面面看清楚。

林:对,不只看地理因素,还要看历史。有时是大历史,有时是小历史。比如成都,就要看蜀的特殊性有没有被强调出来。

孙:对西安我是更关注的,因为那是我的家乡。它现在似乎要做大唐。但我每次回家都很失望,小小的华清池被各种新开发的遗迹传说塞得满满的,还排了一出《长恨歌》,白天那个舞台支架也横在湖面上,真是失去了以前清爽、清净的韵味。而西安,除了城墙在,能让人遥想大唐的气息其实少了许多。

林:我不是以前说过吗?西安要复制或接续一个古城,就先去看看日本的法隆寺。把那些土墙包含那些院落都复制还原,就是长安当时的景象。

孙：可惜我去奈良时，还没有去成法隆寺。只去了东大寺就已经感慨，那就是我的长安。我对西安不满的地方在于，把历史书上有影没影的传说都具象化，虚的当实的来复建，效果适得其反。

林：有些东西用后世观念复原，没必要。历史的遗址本身自有它的能量在。再者，你复原了遗迹，却没复原原来的生活，看着还是不伦不类。有些东西不是你想还原就能还原的。这里即使是为了观光，也要有一些反观光思维。

就整个西安来讲，我个人觉得，终南山始终是一个非常好的文化意象。如果说宋明之后的隐士文化是在富春江，唐就在终南山。你能不能将它以这样的意象被人认知？这认知还不是让你用现代旅游手段去干扰终南隐士的生活，而是让它最大限度地完整呈现在那里。

能做到的话，西安能自傲的，就不只是那城墙。终南山隐士加慈恩寺，唐代的佛家思想、道家思想就都能看到了。

第十五章

大小之间
——心结时时有

大有大的心结，小有小的心结。这个返观在个人还比较容易观照到，但牵涉到群体，就会有一个群体的氛围。再加上现在的网络以及媒体某种程度的扁平化、弱智化，心结并不会因为两岸现实的靠近就那么容易化解。

又·十年去来

一、小大之间的态势存在，心结就始终存在

孙：再接着说两岸问题。当年《十年去来》出版，《中国图书商报》（现已改称《中国出版传媒商报》）的记者张维特曾做过一篇采访您的文章，标题直接就是"林谷芳：我相信两岸一定能统一"。这标题有些猛哈，但或许也是看了那本书之后的想法。既然两岸不统一是因为有诸多心结，心结解了，总会有统一的那一天吧。

但这十年两岸关系发展下来，时局变动不居，一切并没有想象中乐观。我们还是只谈心结。当年您谈到两岸的心结，首要的是经济发展不平衡带来的生活落差，现在大陆经济一次次飞涨，起码在都市，这种因生活落差而起的心结应该没那么大了吧？

林：谈这个话题前，我想先谈一下中国文化整体观照下的两个特质：一个是神圣性与世俗性的合一；一个是一元性与多元性的并存。这在《十年去来》以及前面的谈话中也提到过。而正是这两个特质，影响着中国历史的脉络。所以，我们看到儒、释、道是一元的，民间文化又是多元的；文字形成的体系是一元的，口语与方言又是多元的。这就使得中国历史始终处在分久必合、合久必分这样开合的状态中。这和日本历史的"万世一系"不同，也和别的国家或地区所谓的"统"和"独"不一样。先强调这个，是表明我并不是从时事评论的角度来看待这件事，也不是从单一的、政治意义上的统一标准来谈这件事，而是从文化学者或禅家的角度在说这件事。

说到心结，我以前总结的小跟大，基本上现在也还是存在的。作为一个客观态势，处在其中的人如果没有一个深刻的返观，这个心结基本上就不容易调回来。

孙：这个又怎么讲？

林：每个状态有每个状态的心结。大有大的心结，小有小的心结。这个返观在个人还比较容易观照到，但牵涉到群体，就会有一个群体的氛围，把可能的观照给拉下来。加上现在的网络以及媒体某种程度的扁平化、弱智化，心结并不会因为两岸现实的靠近就那么容易化解。

比如说，原来台湾小，自以为在制度上、经济上或社会层面上拥有优势的时候，它跟你当然会有心结。可一旦这种优势给拉近，它同样也会有心结——它怕被你吃掉。前面我们谈民族认同，但在这之外，还有一个地域、族群以及生活方式的认同，这些都是一种主体认同。而一旦意识到自己的主体性可能因彼此的往来而消失，心结就有了。香港不就是个例子吗？很多香港人觉得大陆朋友到他们那里疯狂抢购，破坏了他们的秩序。但从另一个角度，不也繁荣了经济吗？要彼此就是完全竞争的态势，香港其实已没有过去的优势，经济没准就衰颓了。可香港人不会这么看。为什么？因为香港优越的主体认同不见了。

台湾也一样啊。台湾这些年"统""独"对立，经济停滞，两岸之间的紧密关系反而加强了许多人的不安。而这种不安，不同于过去两岸严峻对峙的时代。前期的不安来自一种纯粹的战争态势，不是你死就是我亡。开放初期的不安来自大陆经济的勃发，台湾人不晓得你将来会变成什么样子。而现在的不安又加了一层：大国崛起，你和它又有千丝万缕的关系，你要怎么办？你的位置会不会愈加边缘化？正因为有这层社会心理，台湾岛上可以说除了极少数对"统""独"有炽热的信仰的人之外，多数人目前都在调整自己的态度。

你看，尽管反应各有不同，但它的波动主要就来自这大小的态势。因为台湾小，所以大陆的种种都会在这边起扩大的效应。相对的，大陆因为大，过去封闭锁国，一旦开放，社会力就会迸发，就有一种没有做不成的事的自信。在两岸关系上，心情就没那么复杂。

大陆大，可以更花心思了解这大小态势对小者的影响，在真正的良性互动中消解这个心结。

二、以多元政治做哲学背景的话，所谓的"一国两制"，就不应该是一个权且的选择

孙：虽然两岸的未来谁也无法预测，但是一些智慧人物在历史的关键时刻所起的作用仍然不可小视，否则也不会出现一个在两岸发展中如此重要的"九二共识"。从这里出发，再发展出应对两岸问题的智慧，当是普通民众的期许。您对此有何建设性意见？

林：习近平在最近一届索契冬奥会接受采访，提到了包括政治在内的诸多改革举措，并称"总目标就是完善和发展中国特色社会主义制度，

推进国家治理体系和治理能力现代化"。我们可以这样来理解，他基本是从社会史、文化史角度看一种制度演化的进程，认为这个世界因为各民族、各国家历史发展不一样，价值不一样，所以才会发展出不同的政治制度，而我们应该尊重不同政治制度的存在。在一般外人来看，这当然是为中国特色的社会主义找理论依据，但在我看来，这也是为未来的"一国两制"打理论基础。

孙：怎么讲？

林："一国两制"在邓小平时代的理论基础是比较现实性的，因为这是一个客观性的存在——我们不可能马上变成一种制度，就只好"一国两制"嘛，用这个来打破现实的僵局。

但如果将"一国两制"置放在多元政治这一哲学背景来看的话，它就不止于解决现实问题，而首先是尊重每一个地方的历史特色。这特色还包含文化的特色、社会的特色，以至由此而形成的一种政治特色。

多元政治这个哲学背景同时也在说，每个地方历史、文化发展都有不同。而这发展，也并不是一个进化论的观念，而是说它们的特质就是不一样。其次，我理解他的意思还包括，政治其实是很务实的一件事，必须回到"政治乃众人之事"这个基点来看待。

谈政治制度，无论是社会主义、共产主义还是西方资本主义制度，信仰它的人总相信它是一切的根本。许多公知也认为，只要这个变好了，其他一切都好。坦白讲，这种相信也只是一种信仰。我这样说，肯定有许多知识分子不喜欢，毕竟很难客观印证嘛！都还在实验。何况面对的是如此复杂的群体。

多元政治根本的基点,是把政治视为社会文化的一环,不同的社会文化就会出现不同的政治。因此,你很难抽离文化来论判一个政治制度的好坏,毕竟政治的目的是有效解决它所处社会的众人的问题。

而如果我们把政治看成社会文化的一部分,那么同一民族,甚至享有大段同一历史的海峡两岸,拥有不同的政治制度,也不必被当作不得已的、权且的选择。也就是说,"一国两制"也可以变成理论上的天经地义。

孙:您认为也可以将"一国两制"看成两岸问题的终极解决之道?

林:也不就是如此。我只是觉得不要把单一制度的确立,视为解决问题的前提。

孙:说起来容易,做起来难,尤其涉及两岸决定层。

林:当然。但我这个说法,比起学西方那些人,算是宽阔许多。就因这种宽阔,再加上对中华文化的了解,根柢当然还有禅家的观照,使得我没有多数台湾人因小而有的心结。而看别人的心结,因此也更清楚。

如果大陆对自己的制度解决自己的问题有信心,就应该更大气更开放地看待"一国两制"下另一种制度的存在,而不是因为统一是我们的神圣使命,所以将"一国两制"只视为一种阶段性的存在。

一个国家,两种制度并存,这里甚至不能只用竞赛的观念来看,好像它有一个纯然的优劣,可以打分论高下。不是。因为这两种制度所面对的问题不一样。一个那么大,一个那么小;一个积存的历史问题那么多,一个相对较少。所以,即使我们看到民主制度在台湾实行得可以,也不能一味地说,就能照此移植过去。

三、有些看来是非常适合做小说经验的,却不是多数台湾人的经验

孙:您虽然说,大陆与台湾在大小之间态势明显,但近十多年来,台湾在大陆的影响却变得大起来了。一方面是它的传统文化保存得让人羡慕;另一方面它的文学艺术成就也越来越被人认识。

我记得台湾纪录片人有一年在这边放映纪录片《他们在岛屿写作》,我的一位从国外回来的翻译家朋友看了很激动,为我的版面写了一篇文章这样描述感受:"坐在漆黑一片的观众席里,我感觉心里有束内源的光被点燃,萌生了久违了的要读诗的冲动,觉得自己又成了大学时代的文学青年,并且还望着银幕生出奢念,要能有个诗人陪我一起看就好了,一起分享精神的愉悦。""几部片子看下来,我不仅为一个个人物的经历和内心世界所感动,产生了阅读他们作品的愿望,并对台湾这个在印象中总打着政治、历史烙印的遥远岛屿产生了幻想,惊讶于在那个岛屿上竟保留了如此纯粹、如此风雅、如此宽容的文学空气。"

应该说，台湾很多作家、艺术家的作品，都唤起了人们了解台湾这片土地与人的冲动。我也和他一样，因这部纪录片读了很多有关台湾历史、人文的书，但读完后不是觉得更了解台湾了，而是觉得它更陌生了。所以，我在为台湾一位作者的一套书写书评时，标题起作"陌生的台湾心路"。

这位作者写自己的家族：祖父是清朝遗民，父亲是"日本皇民"，自己是台湾青年。也就是说，如果谈到身份认同，他们家已经不是一个简单的中国认同问题。我们通常认为，在台湾，中华文化没有断裂，但这个家庭已非如此，三代人之间的传承断裂带相当大。

我另外看过一部电影，开始以为是日本电影，后来看它拍的是花莲的林田山，才知它讲的是日据时代这一带台湾人的纠结。这里的森林轨道当年是日本人建起来的，所以当地老人都会简单的日语。一位老人的儿子后来到日本留学，娶了一位日本妻子，后来他死在日本，妻子带孩子回到林田山，孩子问大人：我到底是哪里人？这一句直接反映出当年的日本殖民统治给人带来的认同困惑。

林：台湾历史背景确实比较复杂，因为它还包含外族的统治。只是在这里我们还要看到，一般能被写出来的人或事，也就是具有小说特色的那种，反而不是一个普遍样本。

不错，日本殖民统治台湾半个世纪，但是绝大多数的台湾人并没有因此改姓。而日本是多强调改姓归化的民族，你归化为日本人就得改姓日本姓。在这种情况下，当时有没有台湾人改姓日本姓的呢？有，但并非"独派"所讲的，当时大家都想变成日本人，改姓的其实只是极少极少数人。因为汉文化强调不能数典忘祖，不改姓就表明自己不想忘掉自己的根在哪里。自己是中国人，在绝大多数人身上是一清二楚的。

所以日据时代，民间一样演歌仔戏，演的也都是忠孝节义的中国历史故事。那种身份认同，并不像现在搞政治的人说得那样混淆。你举的书与电影只是特例，不代表台湾人普遍如此。或者说，能有这种认同危机的，反而是当时有权有势，或者和日本有着某种特殊渊源的人。

尽管你说的那本书，与作者一家的身世境遇，的确是非常独特的小说题材。

孙： 那本书不是小说，应该是纪实体的，但其中的东西确实让人觉得可以在此基础上再做一部小说，或拍一部电影。当然，不同人的视角，其实都是可以写出好小说的。

林： 写小说从常民写可以，但很精彩的通常是在世家。世家因为是台面上的人嘛，接触的层面也比较多，容易展开。所以说到某些纠结，也只有世家或有一定条件的人才有。一般人，像我爸爸妈妈，他们哪会想到自己是日本人还是台湾人，对于自己祖辈是来自唐山，他们清清楚楚。而当时一般人想做与"大和子民"平起平坐的日本人也都不够资格，就这么简单。当然，有些人因为没有做日本人的资格，反过来欣羡日本，也有可能。但你本来是谁，大家却还是一清二楚的。

要真说回日据时代，它哪有那么好！日本警察是跋扈的，要打人就当街打人，还是有把台湾人当清国奴的心理在。

孙：是。我写书评的那位作者，他其中一部书就是《母亲的六十年洋裁岁月》。书中提到他母亲虽然靠日本的洋裁手艺过活，倒是没有认同危机，因为她一直记得日本人让她有做清国奴的屈辱感。不过这里还是要问一句，什么又是多数台湾人一路走来的普遍经验呢？

林：上面也说过，台湾民间一直是唱着自己的歌、看着自己的戏来过活的。像我妈妈不识字，我祖母也不识字，我的曾祖母也不识字，但若骂人，骂一个外表善良而内心奸诈的人，直接就是：你，王莽啦！说你苦，命不好，便说：唉，你王宝钏啦！你看，民间讲话都是用典故的，而这典故是看自己的戏才会这么说。她们不会说，你是德川家康，或武田信玄之类。民间没人会这样讲话，也可能都不知这些名字是谁。他们对日本的认知就是当时的天皇、当时的总督。

孙：是不是在台湾日据时代，男的受教育、成为精英的机会多，容易有认同危机，而女的为条件所限，反而不存在这类问题？

林：不是男女，最主要还是阶层。也只有少数阶层有这个问题，大部分人没有。台湾的真正问题是，这类经验因为政治原因而被扩充，给人的感觉是当时台湾人都这样想，这就走入了误区。我们在用心体会少数人的生命困顿时，其实也把多数人的经验给抹杀掉了。

我们在《十年去来》里提道，李登辉他们为什么那样认同日本，因为他们的父亲那辈就认同日本，到他，心理上也是靠近日本的。但像我这样的普通常民，要在当时说自己不是中国人，那会让人觉得不可思议。

孙：您这番话是个提醒，看来通过电影、通过文学作品还是不能更贴近台湾。

林：是。那终归是个特殊视角。真要了解台湾，现在色彩淡了些，放到二十年前来台湾看庙会，你就知道民间的台湾是什么样子。哪有多少日本痕迹？那是常民生活与愿望体现得最直接的地方。要真有影响，里面就该有日本神了，没有嘛。

四、保密局的枪声……当朱枫的遗骨被迎回来之时

孙：也是因为我爱看电影，所以话题总是扯到电影。我在《十年去来》中也提到，小时候看一部电影《保密局的枪声》，对那个英俊的地下党念念不忘，他最后带着使命潜伏到台湾。到底最后怎样了？电影留了个悬念。现在答案知道了，他们是被清掉了。但是几年前仍有一条新闻与这些中共地下党的命运有关，一位名为朱枫的女士的遗骨被从台湾迎回来。而她的遗骨是怎么被发现的，中间又有很长的两岸故事。据说从查询遗骨到最终发现确认历经九年，说来还是挺曲折的，好在遗骨回大陆，台湾也开了绿灯。

林：是啊。这就是两岸间的悲欢离合。台湾在这方面做得还挺不错的。毕竟多元开放已久，虽然有"独派"的势力存在，但遇到人性问题时，

还是会比较讲人情地处理，而不是马上回到当年历史的仇恨来看。

孙：这条新闻在这边做得很隆重。台湾也做了吗？

林：做了，所以我才看到。也没有回避她的过去，意思是说，这样的历史恩怨就让它随风远去。这不是从政治上肯定她当年做的事，而是在奉迎遗骨这件事上，理解并尊重亲人所有的情感。人性、人情之常，在这里超越了政治。

孙：但这仍像是很特殊的礼遇。我看消息，台湾对1979年投诚过来的林毅夫的回台请求，就一再拒绝。

林：那是军方。他们不得不有这个立场，也是为了显示自己的主体性嘛，否则军队如何打仗，毕竟他是从当时的战地金门游过去的。不过，台湾民间对他早都没有什么坏印象了。

反而，从台湾角度看，大陆对一些国民党抗战将领尊重不够。像张灵甫，那可是了不得的人，遗孀现在还活着，更是了不得，十九岁守寡到现在，显现出一个生命可能有的纯洁与崇高。

孙：现在民间写史的人越来越多，而国民党抗战将领的历史也有越来越多的人在关注。这个我那年在对远征军老兵采访时特别能感受到。说到这位抗战名将张灵甫，我在网上看到凤凰卫视所做的专辑，令人感慨唏嘘。

张灵甫阵亡后，他最后一任妻子王玉龄带着自己的孩子到美国打工谋生。2005年，她随儿子回上海居住，孟良崮战役中她丈夫的对手——也可以说是让她丈夫走上不归路的粟裕将军的儿子，邀请她们母子一起见面。别人以为她不会见，但她说了一句话特别好："谁叫先生是职业军人，你能恨谁啊。"她把这件事想得多明白。

林：谈到这个话题，我总是会提到日本战国时期。那段历史尽管复杂，但你还是能看出，日本人在书写历史时并不是以成王败寇的眼光来塑造人物的。他们认定的英雄，也和我们认为的不尽一样，这个在"知日"那章也谈到过了。我们尽管不像他们那样崇拜英雄，但能不能放开那种单一的正统观念来看待中国历史上那些各为其主的人物？不说别的，就看看他们的职业伦理好了。作为一个军人，你有没有努力打仗？

我以前还写过一个施明德的故事，阿扁在参加第二次竞选时，我把它给了报纸编辑，对方没登，觉得敏感。就在这里说下好了。

那是施明德出狱以后，有一年竞选"立法委员"失败，就因为他提出和统派的大和解。我为了声援他，给他一些安慰，就办了一个音乐会，里面提到他的一生。音乐会后，台湾警备方面的一位总队长设席请我，大概是感谢我为这个主张大和解的人所做的事情，而这个总队长，就是当年抓施明德的人。他们后来成为好朋友。施明德跟我讲，他们之所以成为好朋友，是因为两人都是负责任的人。"他负责任地抓，我负责任地逃。"多了不得的一句话！

当初写这个故事，也是想说，政治不必搞到那样非赢即输。一个政治犯可以成为被尊敬的人，一个总队长同样也可以。每个人都有自己的责任与理想，尽管彼此很不同。

这样来看历史，来看历史沧海中的人，心结就容易化开。

孙：施明德与总队长的故事，令我想到我们这边拍过的一部电影《天地英雄》。故事设在唐代，也发生在追缉的人与被追缉的人之间。作为旁观者，你甚至觉得他们就是一类人，内在还有些惺惺相惜。

实际上，我看您当年送我的《是后之宫本武藏》，有一处是笑出声来的。宫本武藏因为比武杀了佐佐木小次郎，所以结下一些仇怨。其中一个对手联合佐佐木小次郎的情妇一起追杀他，并发誓要把他的恶行一笔一笔记成一本宫本武藏恶行簿。结果一年一年这样记啊记，最后发现，宫本武藏挺好的。

林：这个人我记得，应该叫鸭甚内吧。中国人喜欢讲"相逢一笑泯恩仇"。怎么叫泯恩仇呢？就是把那恩仇当成一个过程、一个现象，当成当时的一个局限，彼此多少站在对方立场上体谅一下，而不是始终处于不共戴天的境地。

孙：有的时候是这样，根据外界的说法想象对方是一回事，接触对方又是另一回事。甚至对同一件事情的反应，两岸所站角度不同，理解也不同。

林：两岸要真实地接触，才会消除认知盲点。尤其需要好人碰好人……

孙：哈，您的著名理论。我们倒是随着它，跟您身边不断壮大的学生群，都处成了朋友。

林：有些事不接触到具体人，印象就不会转。董阳孜你知道，台湾的书法家，她因为有姐姐在上海，"文革"中受过苦，所以她对大陆批评很多，来这边也通常只做故国一游。去年随我去京都，和我大陆的学生一起。

孙：这个我听您的学生晓玲说过。

林：董阳孜对他们印象可好极了。为什么？大家对她还是执长辈之礼，到哪里都想着扶啊搀啊，最后她也不得不承认，我的大陆学生真是好。

其实，台湾人对大陆民众的印象，多少因为这些年的台湾自由行有一定改善。因为能自由行的，老实说，都有一定水平。

所以说，实际接触非常重要。包括大的论述的扭曲啊，网络的盲动啊，精英叙述所造成的误差啊，这些都得在具体的接触中才能得到修正。

第十六章

又十年去来，依旧在碰的因缘

许多看来很深的缘分，都来自于我生命中的这一点浪漫，而这浪漫背后，正是对佛家所说"因缘不可思议"的领受……

一、虽然认识我的人变多，但说到很深地结缘，依旧离不开"碰"

孙：哈，我们的谈话终于到了最后一章。《十年去来》以"好人碰好人"说到了从1988年到2003年书出版之前您认识的大陆朋友。现在想和您再谈谈这十年与您结缘的人。因为，这里面同样有一些值得琢磨的社会信息。前后对比，我感到，您和大陆朋友的相识，已经不能用"碰"这个字眼来描述了。因为眼见得更多人是慕名而来，有一个场已经形成，您都不用碰了。是不是这样？

林：说到前后十年与大陆朋友的来往，大概明显的有几点不同。第一点，前十年我主要是以一个文化人的角色出现，越到后来则越是一个道人或禅家的生命风光。这也就是为什么前十年我跑北京比较多，这十年基本不太来北京的缘故……

孙：嗯，连禅课，都是先在杭州开而不是在北京……

林：呵呵，这讲出来可能有人听得不太舒服，北京……道气太少，很自然人就转了。这是第一点，角色的转变。

第二点，前十年，的确如你所说，基本很少人知道我是谁，除了因《谛观有情》结缘的那群朋友。这一来是因我的作风和一般台湾文化人不同。台湾文化人尽管一般没有大陆这边的高调，但他们也需要被人知，对露面基本是欢迎的。而我是看到这露面对生活自在的干扰。更深的是，面对大陆如此大的体量，只要有一点追逐或有所求的心思，也是深深的无明，往后你就会深深地被它拖下去。另外，大陆当时比现在封闭，我的那种跨界或者无界的角色也使许多大陆人很难了解。那时真是无从介绍起——就是到现在，以我90年代那种角色，在大陆也还是不好一时说清的。所以，接触的人也就这一些。

孙：对，那时候大家习惯问：你是哪个单位的？您从来没有单位，所以就半开玩笑地回答他们：我是台湾最大的文化个体户。听着挺好玩的。

林：那时的人没法通过习惯的架构来认知我，我又一辈子不印名片，所以，过去真的是碰。相较之下，后来的修行人角色反倒容易被认知，也就有一些人景从。

而除了作风与角色，另外一个原因，则是我自己主要的著作，尤其是禅，也就是这十年才在大陆出版的。这些书倒是帮我结了不少缘，有些还结得蛮深的。以前的碰是这样，时间地点对了，就此一碰。但如果没能续缘，一碰之后也可能就不见了。现在不一样，对方已经从你的著作中对你有比较深的了解，加上这些年大陆人也开始追寻心灵的安顿，也就更容易从这个角度来看你，于是就有了跟以前不同的缘分。就像你所讲的，一个场开始出现，希望见到我的人就多起来了。

不过如果从同的方面来看，倒是有一点没变。在我，还是在碰。因为首先我并没有预期要在大陆产生如何的影响、发挥怎样的能量，一切还是随缘，就是碰。而尽管碰到的人后来也会一直交往下去，你也可以就中找到会延续下去的一些理由，但最后，你还是会有很深的感叹，人与人之间，有一个不可思议的因缘在。

孙：不可思议之缘。我记得当初写《十年去来》的前言时，我也感叹过这不可思议之缘。一个不是音乐口的记者，代班跑去采访一个民乐比赛的评委，可以说两眼一抹黑，还是主办方介绍我去采访您这个台湾来的评委，有人还拍了现场采访的照片。那时怎么能知道，和您往来，一下子会持续一二十年。这一二十年，有多少交情很深的朋友都隐没不见，成为记忆，也真是感慨啊。那在这十年中，有哪些人会让您觉得彼此是这样不可思议的缘分？

林：就从杭州的朋友说起吧！叶明，你也见过的那位杭州领导，我跟他的结缘，就是因为他在认识我之前看了我的书，而这些书恰好在他生命的转折点上起了一定作用，所以他一直想见我。但虽然这样想，要见，也还需一个契机。结果他是通过了程俊来安排。程俊，你也见过的，我在杭州的亲近学生，一个在空间、文化、修行上都特别有观照的学生。这种安排看来像是可预计的，但过程中其实也还是不可思议的。事实上，我当时就只与程俊见过两次面。一次是因他在做赖声川的演出，被邀请到台湾来。在一个很多人的场合，乃竺（赖声川夫人）恰好跟我介绍了他。他递了名片，我虽也顺手收了，但一般也都不会深印在心。只是在谈话中我顺便提到不久会到杭州灵隐寺办茶会，这事也就过去了。

我在杭州的学生多，办茶会也就办了。但竟然就在茶会前一天突然想起这个人，一翻，他的名片又恰好在我的包包里，于是打了个电话，他也就来了。就因有了这样一个延续，叶明就请他来找我。

这时你说我认识程俊能深到哪里去。关键还是他因这任务去苏州昆曲博物馆接我时，在路上问了我一个问题："老师，中国的学问，或者说艺术，是不会拿身体开玩笑的，对不对？"我说："是啊。"他说："那像我所熟悉的云门，一半以上的舞者膝盖都开过刀，这在中国是否就是不对的呢？"我很干脆地回答他："这当然不对。"

就因这个问题叩到了艺术跟我们生命之间一个东方的观照，一下子我就和他亲了起来。

孙：嗯，我后来发现，与您最后能走得近、走得久的人，最初都有一个契机，让您觉得对方在自我生命与外界事物之间有观照，或者在这之间起过疑情。

林：是如此，但也不就如此。像程俊，不可思议是说：他为什么会问这个问题？当然他问肯定有他的背景，可当时为什么要提这个话头？要是问了另外的问题，和他的关系也就不会瞬间拉近。而再想，我在杭州的朋友那么多，如果不是那天没来由地想起他，恰好名片带在身上，大概也就没这段缘分了。

所以，回头来讲，这十年更多人认识我，固然有上面提到的那些原因，但我跟某些人结缘特别深，也还真有那不可思议的因缘在。说真的，也还是碰出来的。

孙：其实是可遇不可求的。

林：说碰，同时也在说，正因我在大陆没想追寻什么，才更有机会遇到及领略这不可思议。

我再讲一个巧红的例子。巧红你还记得吗？

孙：当然记得。西湖边人文空间"吾舍"的女主人。那回我到杭州会您，刚下飞机，原本想在宾馆等您，没想到您让接我的司机直接载我到吾舍。我还记得，那天杭州微雨，一群朋友在吾舍喝茶，谈天谈地，真是惬意。

林：我和她结缘，也是第一次从吾舍出来，她送我到停车场，分手时她就欠身站在一座古典的拱桥上送行。我如果当时直接坐进车子，也就没什么了，顶多是在杭州一个空间遇到了这空间的主人。但这时我却恰好回头，又恰好她还站在桥头上送我，她人古典，四周的氛围也古典，那个场景就好像回到了几百年前，突然之间就跟她有一种很亲近的感觉，缘分因此变深。尽管之前她已经读过我的书。

孙：这个画面挺能让人产生联想的，是个很动人的古典场景。和您聊这个话题，我突然有个感受，和您有感应并且愿意亲近您的，心里都有这么一份古典情怀。而您和大家更深的对应，也来自于同样的古典情怀。当然，他们在您身上所触发的，您又愿意以佛家不可思议之因缘来领受。结缘而惜缘，说来您让大家对这两个词领受更深刻。

林：说不可思议，就有着浪漫的色彩。相反，能安排就有计较，要浪漫也难。

可以这样说，许多看来很深的缘分，都缘于这一点浪漫，而这浪漫背后，更有对佛家所说"因缘不可思议"的领受。

孙：对啊。应该说，我一见您就似乎有一种很特别的感觉，和我一般的采访对象不一样。当时不仅谈民乐，也谈了许多文化的事情，之后很快我对您还有了第二次追踪采访，却已经基本和民乐无关了。也许最根本的是，您身上的特质呼应到了我们很向往或觉得只会在古书中映出的生命色彩。而您经常挂在嘴边的浪漫，在我现在这个年纪来理解，已经不是年轻人通常想的风花雪月，而是古典情性下的一种审美。

林：我其实并不喜欢用审美来谈这种浪漫，毕竟，美也常在世法里耽溺，这里面常可看到更多的我执。说到缘分，许多看来很亲的学生，算算跟我一年见面的次数也都是个位数，但就是亲，这里还有那种情性的对应乃至夙世的因缘。因此不管多久没见面，也不会有距离疏远的感觉。

二、作为被请益者、被咨询者的角色……

孙：说到前后十年，我还有另一种感受：前十年您来大陆，若说聚会，所有认识您的人都会碰到。但这十年，我们经常发现这个场合这人没来，但又在另一场合见到，会觉得原来所有的缘都还在。给我这种感觉最多的是民乐界那批人。

林：人都有自己独特的生命情性，在我来说，这包括某些古典的情怀、道人的家风、个人的特质。此外还有根柢的一点，待人以诚，没有利害的交织。因此，有缘则聚无缘散。恰好在，就聚一起；真没机会碰到，也就各自忙去。

孙：但在我印象中，这十年，企业家身份的人在您的朋友圈多了起来，聚会常能看到他们的身影。您与他们的往来，中间有一些共同做事的成分，这种感觉不知对不对。

林：共同做事？这其实离我最远。这些年世法是越来越淡了，而这些人却就是世法昌盛的人。找我，其实都是应对生命的困惑。

孙：但总的来看，您在这十年已不是过去单纯的评论者、观察者的角色了。

林：更多是被咨询者、请益者的角色吧。比如你常听我说什么时候要飞一个什么地方，就是帮某人看一个案子，但事情必定与生命的安顿有关。具体事也是他们在做，与我无涉，我也不在意这些意见最后有没有被采纳。

孙：一个企业家愿意向您请益咨询，其实已经让您介入他的企业内部了。从这个意义上讲，比做纯粹外部的观察者与评论者肯定是进了一层。企业家是这个社会的精英阶层，影响到他们，也无形间影响到这个社会。应该说您介入这个社会更深了。

林：心更远了。前十年，还更关心这个社会以及中国文化往哪里走；这十年，就关心人的安顿。因此，这十年我大陆的学生，虽不是随侍在侧那种，但那关系就更像弟子。他们就是跟着你这个老师，走着这个人生……

孙：也包括企业家在内吗？

林：当然。占的比重还有一些。

孙：那如果我们换个角度，拿企业家这个群体来观察社会，从他们做的事，以及他们希望您做的事中，您会看到什么？

林：前十年我们不是在讲大陆正经历惊心动魄的变化吗？这十年也照旧是。在这里，你会越来越清楚地看到，社会精英的不安与常民的不安其实是一样的。现前固无以安顿，对未来更充满惶惑。

有些人不能安顿，自己以为原因在于物质条件不够，但更根本的，其实是物质的相还没看破。企业家中也有这样的类型，在别人看来他的财富已经很丰厚，但相没看破，就还在追逐。这些人也有想跟我结缘的，通常就只点到为止，毕竟我不能给他们带来他们想要的。而另一类企业家，物质已觉满足，但同时也发觉有钱和过去没钱时生命的困顿却如一。这些人和我的结缘就比较深。

当然，一个社会，总是有显有隐，他们算是显的部分。我们不能说升斗小民的生命困惑就比企业家少，但从客观条件来看，社会精英就较有余暇。结缘毕竟是双方的事，一个人生命走到一个阶段，再加上他的认知，又行有余力，就有了与我修行路上的缘分。

孙：那还是回到刚才那个问题。从大陆企业家身上，难道只体现了有钱没钱都心灵不安吗？这十年，当我们说企业家这个词的时候，有些人已不纯然是这个身份了。我们都认识的企业家，有些也是公共知识分子，您的学生就有这样的例子。

林：有，但比例不多。一般公知身份的企业家，正如我们在《观照》里所提的，反而不太会返观自身的生命问题。但如果有所观照，必然就要面对社会角色与生命安顿间如何调适的问题。

坦白说，这是很根本的问题，内与外、个人与群体。我自己就有十多年这样的公共角色，也许正因如此，给出的建议或映现多少他们会觉得受用。

孙：从某种意义上说，当代的企业家确实比一般常民更能触碰到更尖端、更前沿的问题，他们的雄心与追求、希望与失落，更能反映出时代的症候。所以，也还是他们最先寻找出路。

林：是这样。他们的确最早感知到解决问题不能单靠财富的积累。现在，他们有些人也开始深切观照到，个人安顿未必要等到社会问题解决的那一天。这些人，就跟我有了缘分。

三、禅穷密富，我就是个贫道

孙：这些年，大陆很多人都开始心灵的追寻，所以各种心灵导师、修行法门也都涌现出来。他们每个人身边也聚合着一批人。坦率说，有些人的聚合能量还很大。禅讲无别，但是看您身边聚合的人，似乎见面很能建立一种信任。连我一向不喜的企业家，若是在您的朋友圈中认识，也天然会生一份亲近感。尤其是能走得久的人，大家真可以以友相称。这是否也是中国人所说的"物以类聚，人以群分"？

林：还是那句老话：好人碰好人，坏人碰坏人。就是通气嘛！只是这气也有清浊之分，在这里无现实功利可得，浊者只觉无味，自然就退了。相反，现在许多人找心灵导师，就是要对方为自己指点迷津，确保他的财富，确保他世间的种种更为成功。

禅穷密富，我自己是个典型的贫道，大家来找我时，也就不会有功利上的需求。

孙：也就是说，到大陆的企业家发现您的存在时，有些人已经过了那个财富膨胀期，或者说是真正想面对自己的心灵困顿了，所以会觉得相应、受益。

林：的确，我的学生中多社会精英，而我给他们启发，或者帮他们破除的，恰就是精英带来的困扰。而那些还想因福报而精英，因精英而更福报的企业家，大概与我是无缘的。

孙：这里面存在一个自然的淘洗？

林：当然，这是必要条件。不会因外在的种种而让这禅者的原点跑掉。

就像我不会为了扩充自己的影响，吸引更多的学生弟子，或对着这些世间的企业家，应和他们原先的加法哲学。跟我亲近的企业家，基本上都从我这里看到减法哲学对人生的意义，甚至由此希望生命能做到彻底的归零。

比如我有个杭州的学生王高明，面料生意做得蛮成功的，四十几岁，有次听我讲生命的加减法关系，就决意做减法，与我的缘分也就如此来了。总之，我结缘的这些精英，他们对自身的处境都有观照，我对他们，从禅的基点出发，也就只谈如实的修行，如法的知见，从不跟他们谈所谓世间的福报。

一般世间法的观念和作为，在我和学生间，基本上是不存在的。我和许多所谓"导师"的不同，正在这禅的家风。

孙：但这里有个疑问：福报确也是佛教的观念，为什么要回避呢？一个人事业成功、婚姻幸福，大家当然可以说他有福报，难道不该是这样讲吗？

林：梁武帝问达磨："朕造寺写经度僧不可胜纪，有何功德？"达磨只回了四个字："并无功德。"禅不讲这些有漏福德，它直指究竟的解脱。福报一般谈的是世间法，它有起有落，原不随人转。你讲福报，世法倒霉了，你还信不信佛？修不修行？所以尽管佛家谈因果，你在福报上转，反而落于颠倒。

孙：还有一点您也说过，您从来不主动开示别人，只讲叩应。"不叩不应，小叩小应，大叩大应"，最后有一句更好玩，"叩破了，算你赢"。

林：以一应众，本来就不容易契机，说开示，听者又容易将你所讲尽往胜义上解，这些都离开了禅门家风。禅讲应机，说药毒同性，对此人是药，对另一人也许就变成毒。只有对应于有问题的当事人，所谓的回答才有对错可言，因此不叩不应。而其实这也是佛门原始的传统，佛所说经都是有个应机主提问，佛才宣讲的。

孙：的确，虽然叫"林老师"多年，也多次请益，但经常也就是一个电话，从没想过这之间还要有什么师生礼仪。当然更不会紧张。但有些修行人，提到名字，你还是会有莫名的敬畏。比如去世不久的南怀瑾先生，听说很多人都想去他那个太湖大学堂请益，但并不是都有机缘。

林：有些道场的确往来无白丁，有些示法者也真说法庄严。个人家风不同，结缘不同的相契者。重要的是，你这老师有没有依附于外相而名不符实，甚至欺世盗名。禅讲悟者就是个无依道人，外相的庄严，因位阶而致的便利，都必须警觉其中可能的局限与异化。

说到南怀瑾，许多人也以他道场非寻常人能至而有疑。我自己的观察则是：因为他有心改造社会，弘道立人，而面对大陆如此大的体量，想风动草偃，就只能让具社会能量的人优先成为他的学生。不过，所谓的有力人士，有些也真是整天在世间混的，很多像魔头一般，你希望借他们来更大地改变社会，也就存在是不是真能管得了他们的问题。

所以，还是那句老话：药毒同性。在应缘上我是非常清楚的，也会清清楚楚告诉前来请益的人。

孙：比如说？

林：比如儒家会强调经世济民，但对我来说，个人的安顿、生命的安顿永远是个原点。我从没想要把经世济民放在个人安顿之前。所以你还是能看到，我的学生跟我的关系相对放松，学生中不仅有企业家、媒体人，还有许多刚入行不久的小朋友。

十年来我见过的各色人不少，但因这不动，那些有特别想法的人在我这里找不到对应，自然就走了。我的学生因此显得很纯，理念行为上的一致性就较高。像杭州的程俊，你看他做多少事，但还是愿意把我的话挂嘴上：老师讲，四十六岁以后做事，如果跟修行无关，就不用去做了。

孙：哈，做减法，一点点归零。

林：正是！

四、后十年去来，那些隐去的人

孙：虽然大家都是惜缘的人，但是随着岁月增长，你还是会发现，大家都分别走在了各自的路上，有些还真是渐行渐远。这十年，在我的观察里，有些您过去交往甚密的大陆朋友，几乎真就来往不多了。比如音乐家田青。

林：他忙嘛，忙"非遗"。我的角色又越来越道人，只能说，不和修行直接相关的人与事，我已无余力旁顾了。

孙：倒是有一次他生病动了大手术，我跟着您去看望了他一次。他在佛教音乐方面造诣很深，但这些年的重点又在"非遗"。像您这样彻底放下很多文化事务，只做和生命修行直接相关的事，可能是很多文化人都不会选择的。

林：每人的因缘不同。倒是中乐界的朋友还偶尔有联系，因为那毕竟是以前下过功夫的事，有些请我帮忙的还会再帮一下。真要再融入，气也还能马上接得上。

孙：即便是出入那些场合，您也越来越是纯然的道人角色、禅家角色。大家都有这感觉。

林：对，如果你的生命和禅修行无关，你自己也能感到，与我的联系就越来越少了。

孙：当然，还有一些事实是，您曾交往的朋友不再出现，是因为他们过世了。做这篇访谈，特意将您的《落花寻僧去》找来，重读那篇《忍将神韵断琅琊》，还是有想落泪的感觉。虽然是道人笔法，但能感觉您是动情了的。

林：俞逊发是我中乐界的好朋友，是我在写《谛观有情》这部音乐著作时结缘并多次合作的朋友。他的笛家特色，正像我在文章中讲的，让人有"人生至此，尽皆含容"之感。并且人文蕴藉，直接唐人意境。大陆在经过了几十年社会改造之后还能有这样的笛家，让我深感它历史深处的底蕴。而更令人感慨的还是他的病。虽然一场大病让他对生命有所悟，但是刚有起色又去奔波演出，无疑还是有一份对艺术的执着割舍不下。我当时没能从这一点帮到他，就有深深的遗憾。

在前后各十年与大陆朋友的交往中，逝去的大多是中乐界的人。90年代恰好是转折的时代，前一代大家基本都在这期间过世。而这些人中一些顶尖的都跟我有些来往。当年艺评我曾写过四个大家：琵琶的林石城、板胡的刘明源、指挥编曲的彭修文、笛子的俞逊发。后来这四个人的纪念音乐会，也都是我在台湾办的。一般还认为，办得比大陆成功。这里有我的情怀，更有一种文化的观照。

孙：也就是说，他们身上都承载了一种值得珍视的美学理念。我们在《十年去来》中就谈到过刘明源的板胡特色，您用武侠中的"一击必杀"这个词来形容，令人瞬间就领略了它的神韵。所以他们的逝世，在您还有这一层意思在，就是"典型在夙昔"。

林：林石城从艺六十六年台湾场的音乐会是我办的。他当时已高龄八十一，弹《十面埋伏》时，老态龙钟地从后场慢步走出，但甫一坐定，"十面"的第一声就直撼人心。而后的十分钟，千军万马的场景在他手下竟如弹棉花般顺手拈来。中场，一位当过专业"国乐团"团长的老朋友忍不住激动地拉着我的手说："第一次知道什么叫真正的武林高手了！"

而彭修文的古曲改编，尤其厚重苍茫，有着东方史诗的意味。他的《月儿高》是经典之作。《谛观有情》录音时，他已重病，指挥时每一举放手，都像人生最后的一击，而这录音也成为他最好的版本。

这些，无论曲境还是人，都将文献中的美学与生命直接在现实中映现出来，但现在，基本已不可得了。

然而，这些起落，你也只能领受，记下他们也算是尽了我的本分。前阵子，二胡家闵惠芬过世，我因此写了一篇较长的文章《音声的传奇》，谈 50 年代出现的各领风骚的这些音乐家。给《联合报》副刊主编瑜雯的信中说道，这可能是我最后一篇写音乐的文章了。她问为什么。我说：一是，能做已做；另一是，斯人已远。当然，若为让更多人有缘接触到他们的音乐，要我偶尔出马，也就去了。

孙：每次都是听说您主持了某个人的音乐会，我才突然知道这位民乐界演奏家也是您的学生。呵呵。不过我也注意到，虽然您在大陆结缘的朋友很广，但狭义修行界的朋友反而并没有增多。似乎和您交好的佛教界朋友也是不多。

林：是有，但确实不算多。不仅是大陆，台湾也少。要知道台湾的道场都很大，但对体露金风的禅者来讲，并不是如此契机。

孙：所以我预感，虽然您为俞逊发这样的笛家写出了动情的纪念文章，但能让您提笔纪念的佛教修行人，大概只能是时代久远些的人，比如弘一。

林：也不尽然，只是有些不熟。像苏州灵岩山寺九十几岁的老和尚，坚持门票只收两块钱，公款几亿元原封不动地移交。峨眉山的老和尚坚持不能在那里办什么"峨眉武林大会"，说这是欺骗世人。这些都应了那句禅语："春深犹有子规啼"。

孙：我的一位作者，从未谋面，有天她突然看到我们合著的那本《观照》，自己读了，还写了篇书评发我。书评中有句话总结得还算到位：

"集禅者、音乐家、文化评论人于一身的林谷芳,让我们有幸见识了当代禅者活泼泼的多重风貌。"她在信中说,她搜了一下跟您有关的视频,觉得您特别像古代人。

林：呵呵。不仅是大陆,台湾很多认识我的人也有这样的感觉。有一次,上海的学生羊羊来到书院,回头看我一下说：啊,真像穿越剧。后来又一转：林老师你本来就是古代人嘛！

孙：哈哈。

林：有一次,与大陆小说家应缘对谈,他也溢美："以前总以为道骨仙风是书中的话,见了林老师,才知真有道骨仙风的人。"许多人常说,对我的感觉就像面对唐传奇中的人一般。但这也就是大家的想象,与我生命的实然并不就是一回事。过去曾有文学编辑想要长篇地写我,我婉拒了,理由是"你们写的精彩部分都不是我,我精彩的部分你们又写不出"。看似玩笑话,究竟还是有修行族内族外的分别。当然,虽是想象,但这身影多少能激起大家的道心,我也就随顺了。

孙：当年写《十年去来》前言,我写的是：一身布衣布裤的他神情清澈,像是丛林中步出的隐者。这的确是最初的印象。但是,现在接触久了,会觉得,您又不像某些隐士,让人感觉要绝尘而去。

林：我肯定不是终南山练气士那种。他们修行,是选择了另一种已经

347

久远的生活。外人看他们，比较像看历史遗迹。我不是，我还在现实生活中，较像个活着的传统。

孙：记得当年您说，您自许为历史浪漫传奇的最后一代，所以在高中时别人写志愿，您却要写墓志铭。很多人都喜欢引您那一番描述："某某年，长安街头，人见一老者，须发皆白，冬夏一衲，不畏寒暑，佯狂问世，既歌且吟……时人以为林谷芳者……"但就我现在对您的了解与想象，我倒觉得最后不会是这个样子，至少不会佯狂问世。您觉得自己最终会变成怎样的一个人？

林：就是个活着的道人吧！

后记

我还会在这片大地继续走着

林谷芳

淡出台湾文化评论界已十余年,却在此之后,出版了《十年去来》及《又·十年去来》这两本文化观察的书。会如此,也只是想从中华文化传承者的角色,对当前的大陆及未来的两岸,尽些自己的本分。在此,原有我那不移的文化情怀。

海峡开放之初,两岸经济发展尚有一段差距,台湾朋友对我常跑大陆,且不辞乡间山野,颇感不解。其实,上世纪六七十年代的台湾,比大陆保有更浓郁的传统文化氛围,成长于那个时代的我,所读尽多中国书,近三十年五百余次的两岸往返,也就在"印证生命所学的真实与虚妄"。在此,原有我那做学问该有的一点如实与真诚。

中国太大,无论从哪方面看都如此,用五百多趟,想读这样一本天地大书,时间其实不够,行程其实不足,但尽管如此,其间所及,对自己,更就是"境界现前"的生命锻炼。在此,原有我那宗门"访尽丛林叩尽关"的修行。

就这情怀、这学问、这修行,乃有了这两本书,而往后,不管有否第三本的《十年去来》,我知道,自己也还是会在这片大地继续走着!

两个十年，作为老师的林谷芳

孙小宁

《又·十年去来》访谈结束，现在又该我写"后记"了。这个原本是为《十年去来》重版而做的补充，最后竟然独立成另外一本书，而这中间的周折又历经六年，连我自己都没想到。

　　最开始是商务印书馆想把林老师在大陆出版的图书做一套文集，《十年去来》因为最早面世，自然在考虑之列。又因距初版已隔十年，有些东西就考虑重新修订。主要是对当年所议之事是否有些时过境迁，做再一次的考量。去陈，当然是为今天的读者考虑，但是否要出新，又在怎样的程度上出新，开始并不是想得格外清楚。甚至编辑对我们的要求也是，有些章节如果觉得不必要就可以去掉，有些章节能够再谈——毕竟又过了十年——可以补充，算是对《十年去来》做一次修订。

　　按这个初步设想，我对林老师的访谈做了局部补充，当然，在哪些主题上继续延展，依然是由我这个访谈者设定。但这一轮的采访之后，效果并不理想。尤其是在砍掉旧书一些章节之后，我们都发现《十年去来》的整体架构似乎被拆解掉了，也因此看不出林老师当年观察大陆的基点、视野与整体脉络。

　　第二轮的采访几乎是从头再来，这倒使我们有了新的想法。对《十年去来》，保留其原有的十六章框架，只删除一些不必谈的部分——事实上很少。接下来，对应着前十六章，做新的一轮访谈。部分是前书某一章话题的延展，另一些则是新十年以来需要思考的新议题。应该说，这个脉络清晰后，我的思路也开阔许多，当然，这仍离不开后十年来与林老师在大陆一些场合的接触见面。这十年来，尽管我的知识阅历在增长，也结识了更多的学人作家及各路精英，但是我不得不说，林老师的视野、看法，依然是最跳脱最开阔又最睿智的一个，有时候仅仅是茶余饭后的闲谈，都能激荡起一些灵感火花。这还不包括他自己这十年来身为禅者的身体力行、不断出版的禅学著作，以及与我所做的那本有关知识分子安身立命的访谈《观照：一个知识分子的禅问》。

所以，在我试图为《又·十年去来》做一个"后记"的时候，我慢慢意识到，我必须对我在《十年去来》中所写的《被遮蔽的存在》中的林老师形象做一个呼应。所幸有这两本书的文本做参照，我确信已经有了一种历时性的眼光，能让读者做前后印证，窥到一个禅者的生命轨迹，也或许能借此返身回看一下自己。

"苟日新，日日新"，生命不就是借助无数次这样的返观与自省，才变得清朗、自在而又无憾的吗？

一、两个十年，他都在那里，但在的方式已不一样

做了四本有关林老师的访谈书，现在看下来，大概是五年出一本。也可能不了解内情的人据此猜想，我大概一直是把林老师当百度来用的爱问生。所谓"万事不决问百度"，这个"百度"所给予的信息的准确度、丰富性，当然远非那个冰冷而芜杂的百度可比。而我自己，在我们的生活禅书《归零》后面也有一篇采访印象记，标题就是：《且按这台榨汁机》（再版时改为《禅者的立场，是不设立场》）。

但其实，在重修《十年去来》时我已意识到，两个十年的时光，林老师在我心中存在的方式是不一样的。前十年，我的确是把心中的疑问都向他抛掷，期待一个意想不到的回答。他在大陆所举行的艺术与演讲

活动，我都每每参与，其间也收获颇丰。但是后十年，仔细想来，我其实缺席了他大部分活动。甚至连他到大陆的踪迹，也更多是通过微信朋友圈或别人的只言片语获悉。我们之间最紧密的联系，是在共同做的这些书上。为了书的访谈，看来电话往来不断，却几乎不扯闲篇。

但这并不说明我们的关系就此疏淡。客气与虚应只在从生到熟的过程中需要，我们显然已经超越了这些。默契中的心领神会，当然得感谢两个十年的时光。它足够长，让我恰可以把前十年中直接从他身上获取的东西，放到后十年来勘验与消化。而在体认他所给予的佛陀之道真实不虚之时，也更增加了我对他的信任与尊敬。当然，从另外的意义上说，后十年他很多著作的出版，也让我从阅读角度加深着对他所思所想的认识。所以，我已不觉得他在大陆的每一个活动，我都要做个见证。

同样，这种交流的言简意赅，我也不会将它与朋友间那种因道不同而渐行渐远的失落情感联系起来。相反，即使长时间没通音讯，我也会在某一刻想到他，念起他说过的话、做过的事、走过的路，以及所交往的人。所不同的是，当再次遭逢现实困扰时，我不再是拿起电话求教，而是把他曾给予我的一些东西再次反刍、回味，并做出自己的选择。

"禅者的存在是宗门对众生示现的最大慈悲"，这句话现在常从他嘴里说出，而我在给他的《落花寻僧去》所写的书评中是这样理解的："慢慢体会，这并不是在说修禅之人有多么高大上，而是在提示，这扰攘的世间，连口口声声谈佛论道的人都不免乱象频出，但还是有人，将修行当全身的实践。"林老师是这样的修行人，他深信道就在那里，所以多年坚持不懈。而正是这种为道的修行，让他始终呈现一个禅者清朗的样貌。这也就是他何以是今天的他的原因。了然于此，我会觉得，如果再事事问他，实在就是我的偷懒了。所以，后十年，真实的情况就是我上面所说的那样，但他确也没有从我的生命中消失。

当然，后十年，他来北京时，我们还会见面，但是也都属于随缘而聚。有了聪慧、开朗而又处事圆熟的晓玲做林老师的新"助理"（这其实是个玩笑说法），张罗组局的费心活儿已不用我来做。晓玲和我生活圈不同，我也因此得以见识更多层次的朋友。他们和林老师是另一种因缘，却也依旧很亲。这同样能折射出林老师随缘相处的一面。

但与我而言，林老师就是林老师，无论何时，只要一想到他还在那里，心就会踏实起来。

二、角色，眼光，变与不变

"参乎，吾道一以贯之。"年轻时，即初识林老师那会儿，经常能想到这句话，并且觉得，林老师就是将他的道一以贯之，践行得彻底的一个人。当时会觉得，道既不可移，人就不会变。现在看，这实在是修行浅才有的执着与妄念。人，怎么可能不变呢？只不过，有的人变了，依旧可以予人以生命启示——这同样是两个十年，从林老师身上得到的印证。

有一件事说来有趣，是他前几年来北京做《谛观有情——中国音乐里的人文世界》再版的商洽校订工作。饭桌上，对着出版社的编辑与诸位旧友同好，他说：看校样时才意识到，当年竟然也做过这样一件事。众人都笑。而我听来，却有些类似弘一出家后看世间昨是而今非的异样一击。

他说的可是《谛观有情》啊。当年他付出那么多精力、财力搜集整理并著述的音乐大作，一部暗暗影响了那么多人对中国音乐与文化认知的典籍，怎么现在被他说得好似生命中偶然划出的一道？当年，我不就因为被这部经典所折服，而不管不顾地要将它介绍到大陆来；也不就因它的出版过程，认识了更多被林老师所举感动的朋友，更加坚定了将林老师这个被遮蔽的存在介绍到大陆的想法吗？没有它，怎么会有后来做《十年去来》访谈的契机呢？

合作《十年去来》，是2002年左右。彼时的林老师，身上已经是禅者的特质，但因为和他就各种文化问题都交流无碍，我也就觉得，他完全可以将禅者、文化人、知识分子角色集于一身，就如此过一生。谁会想到，后十年中，他竟是将后面这些角色一一放掉？

什么才叫作身外之物，可以放下的呢？他有一句话我曾发在微信上，当然也出现在《又·十年去来》的某一章节当中："许多人问我，怎样修行？我说你得去体会'及身'这个词语。什么事物与你有切身关系？什么是自我概念的无谓延伸？你能看清楚，就有在这纷扰世间自己生命的'不动'。"好一个"及身"，好一个"不动"。我们大多数人心灵不能安顿，不就是因为向外追逐索取太多，而忽视了"及身"所蕴含的生命省思吗？

纯然的禅者，当然状态与心境就和我们不一样。所以我自然能理解，做《观照》访谈期间来来回回地往返改稿，他会笑着说：好累！怎么这些问题我还要再面对一遍？他说是我在"逼"他回答。这当然是部分的事实。但另一方面的情形是，在我们真正进入做事状态时，他其实很能做到处处是禅者的观照，处处是禅者的机锋。而且，更重要的是，让我们的谈话充满乐趣。我因此也不认为自己的"逼"没有成效。我所问的问题，无论是世间，还是出世间，读者其实都可以从那种应机作答中看到他禅者色彩的观照。从这个角度认识林老师，就都对了。

而回答完《观照》中的问题，又接着做《又·十年去来》的访谈。坦率讲，他这次的痛快答应倒是出乎我意料。这不是又回到之前的文化人、知识分子的角色中去了吗？连我都觉得不可避免。但是林老师还是给了我另一种可能性。对此，他自己在《又·十年去来》的"缘起"这部分是这样回答的："这十年间，我已从大家印象中的音乐家、文化评论者变为纯然的禅者。对过去的角色，可以说放得很彻底。在我，这是生命情性的回归——我天生就是个宗教人格者。但另一方面，这转，也是生命走到一个阶段的必然。现在，我自己既聚焦于自身生命终极安顿的问题，也就更多会去观照其他生命是否安顿。就从这基点看，和大社会还是连在一起的。"

从他的系列著作来看，心的安顿，的确是他作为禅者一贯的观照基点，我在《归零》中也曾用不经意的几个字"把心放下，随处安然"对这个词做过自己的体悟。但是从安顿的角度来观察一个变动社会中的众生，这的确和前十年看大陆的角度有了很大的不同。但又不得不说，这两种角度，恰好和大陆的社会进程都有着真切的对应：前十年，也就是作为观察点的1988年到2003年，大陆社会恰好正在走向开放，当时大陆社会令人"心不得安"的诸多问题多数是由发展带来的。那时从文化人、知识分子角度来提醒，不是发展是硬道理，而是怎样发展是硬道理，非常合于那时的情形。而在后十年，大陆已经发展到一定程度，一派大国崛起之象，精英知识分子对多元开放更是充满无限想象，林老师则以因多元开放而变得失序的台湾社会做参照，更多地肯定隐性台湾对一个社会的默默奉献以及各自在一方天地安顿的可贵。

虽然是对大陆两个十年的发展进程做观察，林老师身处的台湾社会始终是他的一个参照对象。而就两岸做比较与评说，林老师呈现的是一种动态看法。与《十年去来》中的看法相比，有变，也有不变，但它们始终是进程中的思考，也就非常应机。

而作为禅者，为什么还依旧愿意关心社会层面的事？他有一句话已算解疑："整个文化的问题牵涉更实在的生活，谈来就比较轻松，比较情性。而与过去对照，也可以趁此对自己生命的变化做个观照。"

三、作为提问者的我

最后说说作为提问者的我。因为做过林老师几本书的访谈者，我似乎在不同阶段都会碰到不同朋友问相同的一个问题：林老师给你带来了什么？

前十年，我会不假思索地想出一串答案。但现在，我往往会先看着对方，揣摩一下他/她问话的深意。

而有些朋友，不等我回答，就会说出自己的感受。我在南京的一位书界朋友有一天就对我说：她其实一直都在企盼有一个在灵魂上可做对话的人，但就是没有，或者说，不太能保持这么长时间。所以，她很羡慕我和林老师的相遇。我回答她说：这确实是可遇而不可求。一方面跟我当时的年龄有关。倘若那时我不是二十几岁，心怀一份对文化与传奇的浪漫想象，遇到林老师，很可能也就像现在遇到某些人一样，虽觉不错，但总还忍不住心底怀疑几分。所谓成年人的矜持里，有某种偏见的成分，也可能是另一种自保——免于自己因为盲信而受到伤害。但无形间也就难免错过生命中的美好部分。当然，能和林老师相交相知这么久，也跟他自身的生命特质有关。可以说，正因为他的生命轨迹没有偏离他所说的"道"，我也就随着他一路走过来，并尝试着寻找属于自己的一方天地。

现在我想就这几本书说说我作为一个提问者的体悟。仅就我们采访与稿件之间的交流，林老师其实已经是不可多得的良师。他的提醒不多，但又都恰到火候，常常能点醒我的无明。这些看来是思维层面的事情，有时也会涉及生命的自处。

最早的《十年去来》，实际是他写好的一个文本的反向操作，其间缘由，出书时我已在"前言"中有所交代，在此不赘言。但从提问与回答之间程度的悬殊，已经能看出一个老师对学生的宽厚。坦率说，那时的我，生命经验及视野都远没有积累到可以和林老师对话的程度。仅凭促成这件事的热忱就上阵，实在可以叫无知者无畏。而林老师还是让它存在在那里，不管是当时还是后来，他都没有对我有过任何苛责。像是一个走过很多路的人，在前方耐心地等我赶上来。

后来的这几本书，我也将之看成他对我的历练。我当然也成熟了许多，但不经意间，仍会显出我作为提问者惯性的一面。尤其是在做完《观照》后，我有时不自觉地会把这种知识分子的辨析习惯带到《又·十年去来》的访谈中。

因此，一向对我的整理工作不做大幅改动的他，在修订中提出要对其中一个章节做大的处理。稿子返回时，我看到他去掉了我当时自认很精彩的一部分对话，他则在电话中认真向我做解释，那个段落太像《观照》了。《十年去来》系列应该是社会观察书，而不是一个知识分子自我困惑的求解。那一刻我意识到，作为提问者的我，也是该有角色意识的。你对问题做怎样的导引，直接会影响到这本书的整体方向，是给谁读，并且希望对方从中读出什么。

一次稿件文字的矫正，也足见林老师的智慧敏锐。不过话又说回来，虽然那部分从书稿上拿掉了，但在我心中仍然非常珍视。我甚至记得，我把他回答我的一段话发至微博，还赢得了不少朋友的共鸣。这说明，这的确是我这类读书人思维的症结。

我是一个喜欢随手在微博上记录自己所思所想的人。和林老师做访谈的那段时间，外界一些事以及林老师的话，我也随手记了一些。不妨选取几则：

拥毳对芳丛，由来趣不同。发从今日白，花是去年红。艳冶随朝露，馨香逐晚风。何须待零落，然后始知空。——五代·法眼文益。昨日听林老师闲聊，深记此诗。

向林老师提问，从来都不需把问题提前抛给他，而他的回应总有出人意料处。席间有媒体问禅者和孩子的区别，他答：孩子是没有逻辑，禅者是放下逻辑。//@解玺璋：听林老师谈禅，是一种享受也是一种觉悟。

从去台朋友处得到林老师给我的《谛观有情——中国音乐里的人文世界》校稿，这本书断档几年，即将在线装书局出版，荣幸地又做了出版前的第一读者。书里增加了再版序言。其中一句是："当年机锋仍属太露，理必欲人一次听清，却就稀释了与人文可能的深契。""修订，正可理事俱全。"好一个理事俱全。

整理林谷芳先生访谈，就一处不明白反复问他。我说我总得自己想清楚，他回：想不清楚就把它放掉，而不是彻底解决它。想要寻求问题解决的态度，有时也是问题的一端。"有些人会把这个看作逃避，但它其实是生命智慧。有些东西天生有局限，局限不是说你一定不能做什么，而是在有限程度做就是了。"

应该说，这里的每一个微博，都系着一个思维的刹那。将它们放在一起重看，似乎两个十年去来当中，许多温暖的记忆，都在其间。